扫眉才子柳如是

了了村童 著

中国言实出版社

图书在版编目（CIP）数据

扫眉才子柳如是 / 了了村童著. -- 北京：中国言
实出版社, 2016.5
ISBN 978-7-5171-1859-6

Ⅰ.①扫… Ⅱ.①了… Ⅲ.①长篇小说－中国－当代
Ⅳ.①I247.5

中国版本图书馆CIP数据核字(2016)第086376号

出 版 人：王昕朋
责任编辑：邓见柏
文字编辑：李琳
封面设计：水岸风创意文化

出版发行　中国言实出版社
　　地　　址：北京市朝阳区北苑路180号加利大厦5号楼105室
　　邮　　编：100101
　　编辑部：北京市海淀区北太平庄路甲1号
　　邮　　编：100088
　　电　　话：64924853（总编室）64924716（发行部）
　　网　　址：www.zgyscbs.cn
　　E-mail：zgyscbs@263.net
经　　销　新华书店
印　　刷　阳谷毕升印务有限公司
版　　次　2016年9月第1版　2022年1月第2次印刷
规　　格　710毫米×1000 毫米　1/16　　　印张16.25
字　　数　282千字
定　　价　38.00元　ISBN 978-7-5171-1859-6

　　有人说，作为秦淮八艳之一的柳如是，蕴含了另外七个女人的风标气韵：李香君的忠烈、卞玉京的清傲、陈圆圆的瑰丽、董小宛的温婉、寇白门的侠勇、马湘兰的才情、顾横波的不拘一格。但我必须补充一句，在明亡清兴、江山易帜、舆图变稿的风涛云烟中，柳如是的一竿文人风骨，茁茁屹立，闪烁着耀眼曦光，使号称江左三大家的钱谦益、龚鼎孳、吴梅村等黯然失色。难怪三百年后的国学大师陈寅恪，怀着一腔钦敬，为她献上一曲绝唱。

目 录

引 子

　　盛泽镇地处江浙交界，北靠苏州南邻嘉兴，襟带吴江而环抱太湖，距离东、西小洞庭仅一桨之遥，山清水秀，土肥民丰，是典型的江南水乡小镇。镇上大大小小的缫丝作坊连绵十几里，经纬机杼之声通宵达旦。万历以来，随着海上交通的发达，盛泽镇的丝绸远销东南亚各国。一时间，各地来盛泽采购丝绸的商人云集，丝行绸店星罗棋布，多达数百家。青石铺筑的街道上，行人摩肩接踵；垂柳掩映的河道上，船只来往如梭。富商大贾携万金而来，纷纷买地造楼，建起华丽的会馆。盛泽一带又是明末党社文人频繁活动的基地，繁荣的经济与发达的文化促使民风早开，声伎风流盛于一时。

　　一条小河横穿盛泽镇，河上架着玲珑的小桥，名为柏家桥。走下柏家桥只需再行几步，便看见一片水清水净的楼房，这便是声名远播的妓馆归家院，又称十间楼。归家院的主人名叫徐佛。

　　徐佛字云翾，能诗擅画，艳名噪于一时。她手下的那帮子美姬，个个慧传声诗，妖冶动人。王孙公子，富商巨贾，趋之若鹜。

第一章

娇杨嫩柳 雏凤新声

┌─────────┐
│   1   │
└─────────┘

　　阳春三月，天气晴和，一片明丽。从柏家桥走下一顶紫色小轿，悄没声息地进了归家院。轿子停稳后，随从揭开轿帘，走出一位五十多岁的老者。老者方面大耳，一身绛紫色的杭绸，缘了盘蛇样的花边，每个钮扣处绣了一朵朵小小的金钱菊，颔下几根稀疏的胡子，手中把玩着一块绿玉龟，大模大样地站在院子中央。这就是吴江县的人头——吴江故相周道登。

　　周道登，字文岸，万历二十六年进士，天启七年以礼部尚书召入内阁，后加太子太保，晋文渊阁大学士。他性格木讷倔强，刚愎自用，不喜矜饰。有一次他侍朝默笑，熹宗看见，问他为何发笑。他既不回答也不谢罪。熹宗觉得奇怪，但未深究。退朝后相国钱龙锡又问他此事，他回答说："已笑矣，奈何！"钱龙锡听了，更感到莫名其妙。他自私贪婪，胸中学问不多，在朝廷奏对时显得粗鄙浅陋，常常传为笑柄。崇祯二年，受御史田时震等联名弹劾，遂罢官归隐。回到吴江故里，无所事事，纵情声色，常串歌楼妓馆。这天他读书读得烦腻，便来归家院散心。

　　周道登了挥手，管家便到芸翠轩去唤徐佛。

　　"徐姑娘不在院中。"随着一声娇嫩的回答，从芸翠轩中走出一名细细的小女子，白白的，嫩嫩的，如一株出水的小荷，一对大眼睛在娇嫩的脸上忽灵灵地闪动。

　　听说徐佛不在，周道登有些不悦，烦躁地问：

　　"梁道钊呢？"

　　"不在。"

"张轻云呢？"

"不在。"

……

问了一大圈，几位红牌名妓均不在院中，原来这天是三月初三，正是妓家吊柳七（即柳永）的日子。此风兴起于宋代，妓女成群结队携酒食到郊野，筑起柳七坟，挂纸钱祭扫，又叫"上风流冢"。所谓"乐游原上妓如云，尽上风流柳七坟"，说的正是这个意思。到了明末，吊柳七已演变为踏青游。这天徐佛正是带领院中的十几位姐妹，到东山岛踏青野游去了。

细女子将以上情况告诉了周相爷，周道登蹙紧了眉头，手中的绿玉龟频频转动着，眼光突然落到面前这细嫩的小女子身上，她一身翠绿绸衫，在春风中微微漾动，细细的，柔柔的，漾成半天幽幽的涟漪，归家院顿时幻化成一汪碧波粼粼的太湖，碧波中跳动着两只小小的尖尖的红鞋，像两只活泼欢跃的金鱼，一会儿跳到周道登手上，一会儿跳到周道登肩上，霎时小红鞋变成一双狡黠的星眸，在周道登面前烁来闪去。周道登紧蹙的眉头慢慢展开，胖脸上的笑意也漾成一片水波。

"小女子，你是徐姑娘的什么人？"周道登问。

"是徐姑娘的丫头，也是干女儿。"

"今年多大啦？"

"十四岁。"

"叫什么名字？"

"姓杨，名云，字朝云，又名云娟。"

周道登拍着手中的绿玉龟念念有词地说：

"云娟，朝云，啊！那个小名叫阿云的是不是？"

细女子点了点头。

周道登瘪着嘴巴，舒心地笑了：

"阿云，随我一起到垂虹桥观赏观赏太湖春景，好吗？"

阿云忽闪着一双星眸，若有所思地说：

"徐姑娘安排我看守芸翠轩，是不可以随便走动的。"

周道登将院中打杂的娘姨叫来，给了二两银子，简单地安排了几句话。那娘姨满脸堆笑，谄媚地说：

"阿云，能侍候周相爷，可是老天赐给的福气。芸翠轩的事交给我好啦。还不快去！"

这时周府的管家已在外边叫来一顶丝光缎子小轿。周道登从侍从手里接过一个檀木匣子，从匣子中拿出一挂三星珍珠项链，伸手欲挂在阿云的脖颈上。阿云急抽身退了几步：

"这么贵重的礼物，我……我……"

周道登将珍珠项链纳入匣中，交给站在一旁的娘姨，请她代阿云收着，然后牵着阿云的手，请阿云上轿。

阿云不再推辞，转身跟娘姨交代了几句，袅袅婷婷步入轿中。

垂虹桥是一座气势恢宏的十八孔长桥，像一条长龙，衔着碧波烟水，卧在浩瀚的山光水色中，凌空伸入太湖，一直伸向湖中的垂虹亭，桥与亭连接在一起，形成一座气势磅礴而又玲珑飞动的建筑。桥有画栏，飞云展彩；亭有翘檐，勾心斗角。无风浪起，碧云白花，水天迷濛，淼淼无涯，人在亭上，宛若置身虚无缥缈的九天仙境。

周道登携阿云走上垂虹桥，注目海天，遥望绰绰青山林树，禁不住叹道："呀，真是大好春色！"回头问阿云："来过垂虹桥没有？"接着大讲游山可以健身，玩水可以养性的道理，说经常出游，可以吸纳大千精华，培养胸中的浩然之气。最后问阿云："你为何不经常出来玩玩？"

阿云嫣然一笑：

"一个院中的丫头，哪有周老爷那份闲情逸致？"

软软的话中藏着骨头，周道登回头看了一眼身边的这位小女子，觉得她人小心大，已经不是一个小孩子了。

迈上一段桥拱，再缓缓步下，来到瀛洲回环处，碧绿的莲荷间跳跃着一朵又一朵雪浪花，似冰霰，如碎玉。阿云鲜红的绣鞋在雪浪中盈盈颤动，但始终没有溅湿鞋底儿。团团簇簇的垂柳，从水中秀出，柔软的枝条一绺一绺拂着水面，叶儿油绿滴翠，长得那么茂盛。周道登搬动一簇柳枝，正好纷披在阿云的肩上，将那张粉嫩的脸儿罩住，如乱云罩住了一轮旭日，阿云嫩笋般的手指牵起一根柳丝，含在嘴边，默然不语。周道登情绪亢奋，摇头晃脑地朗诵起来：

"予独爱莲之出淤泥而不染，濯清涟而不妖，中通外直，不蔓不枝，香远益清，亭亭净植……"

阿云轻轻摇了摇头，周相爷把她说成出淤泥而不染的莲荷，她并不满意。她松开唇边的柳枝，轻声细气地朗诵起来：

"仿佛兮若轻云之蔽月，飘摇兮若流风之回雪。远而望之，皎若太阳升朝霞；迫而察之，灼若芙蕖出渌波……"

周道登感到惊异，热切地赞扬阿云："你就是洛神！你就是洛神！"又有些不解，这么小小的年纪，怎么会有如此学养？寻问阿云家世如何，从师于何人。

阿云告诉他，自己祖籍嘉兴，父亲是个塾师，她从小就受到诗文翰墨的熏陶。父母亡故后，族人将阿云卖入归家院，徐佛待阿云亲热，把阿云当干女儿养着，专门延请名师陈眉公老人传授歌舞乐艺、丝竹管弦，同时教习诗词歌赋，这篇《洛神赋》，就是陈眉公师傅传授的。

提起陈眉公老人，周道登微微冷笑：

"佘山陈眉公，小有名气，这老头虽学识渊博，遗憾的是一生结交风流浪子、名姬才媛，浮浪中消磨了才华，没有取得丝毫功名，只能做一个风流教主……"

听周道登言谈话语间对自己的恩师有些不恭，阿云心中不悦；但在这位有钱有势的人物面前，不宜多说什么，只装作没有听到的样子，转身向垂虹桥奔去。

周道登一面追赶，一面喊着："阿云，我要跟你比一比，看谁先登上垂虹亭！"他晃着胖墩墩的身子，在桥拱的漫坡上大步攀登，阿云的绿绸衫在他眼中幻化成一抹绿色的风，半天绿意间跳动着两只小小的红鞋，如同两尾鲜红鲜红的鲤鱼，在眼前一闪一闪。他步履越来越沉重，汗珠一串串滚下来。

阿云已经登上垂虹亭的最高处，腰间的红帕子如同勃勃燃烧的火苗。

周道登越急越跑不动，有几次险些滑下桥去，他跌跌撞撞连滚带爬地上了亭子，乘势抓住阿云的一只小脚，喘吁吁地叫道：

"小精灵，可逮住你了！"

阿云急忙躲闪，亭子方圆咫尺，无可周旋，周道登握住阿云葱白似的手指：

"阿云，跟我到相府去吧？"

阿云两只水灵灵的大眼睛里泛起几分恐惧，连连摇头。

"进了相府，天天有人侍候着，天天作诗画画，天天游山玩水，你就真的成了洛神了。"周道登笑眯眯地说。

"不不，我不能离开徐佛姐姐呀！"阿云挣脱周道登的手，急步冲下垂虹亭。

2

已是仲春大忙季节，盛泽镇归家院前一如既往，车响马嘶，穿绸着缎的人们络绎不绝，有巨绅富贾，也有王孙公子；有官府胥吏，也有文人士子；有翩翩少年，也有白发老人。他们来到这里，要么吃喝玩乐、歌舞弹唱，要么吟风弄月、放浪形骸。与忙在田里的农人决然是两个天地。

这天从柏家桥上驰来一辆敞篷马车，车上坐着一位儒生，车后颠颠簸簸一溜小跑地跟着一名小厮，马车在归家院门前还没停稳，看门的老苍头便高喊了起来：

"张老爷到！"

徐佛在前，张轻云、梁道钊、宋如姬、周素茹、黄皆令等一群姑娘，如同一群花蝴蝶儿，扑了上来，把这位张老爷引到芸翠轩里，莺声燕语，问长问短：

"张老爷，怎么这时辰才到呀！昨儿接到您捎来的信笺，一大早我们就等着呢！"

"两年不见了，张老爷还是这么精神！"

张老爷接过徐佛递来的热手巾揩着额头，哈哈笑着说："早该到的，船行顶风，缠绕到如今。"

"张老爷这两年早把俺姐妹给忘了！"徐佛三分嗔怪七分高兴地说。

"哪里哪里！在下性情狂放，行止难以预计，尽管山踪水影，旅途疲惫，总不敢忘记诸位大姐。"

躲避在徐佛背后的阿云，闪着一对水汪汪的大眼睛，忽忽闪闪，暗想：昨儿就听几位大姐说了，这位马上到来的张老爷，是位名扬海内的大才子，今见他四十岁开外，白净面皮，腮边黑黑的髭须，风神潇洒，器宇轩昂，神采奕奕，一袭蓝缎子海青长衫，头戴儒巾，脚着朱履，果然是儒雅风流。这时徐佛捧上一只成化窑的茶瓯，递到张老爷手中，张老爷啜了一口，道：

"呵，谷雨前的碧螺春，对吧？"

"正是正是，这叫客雅茶则雅，只有张老爷才有如此高雅的饮趣。"徐佛连连点头。

张老爷一边啜饮一边谈起了他的茶经：

"这碧螺春产自太湖东山碧螺峰，因形卷曲盘绕，如同细螺而得名，青而不腥，细而不断，茶汤澄碧清澈，叶底嫩绿明亮，看似龙宫绿玉，香气绵长，品味醇厚。"他瞅着瓯中的茶汤，说得兴浓，摇头晃脑地吟了起来，"不让黄山炫毛峰，敢与祁门斗红纱。"

众姐妹交口称赞张老爷的才学。阿云虽躲在徐佛身后，也跟着点头。

这时张老爷在众人缝隙中，突然瞧见一个小小的美人儿，只觉眼前一亮，忙招了招手道：

"不曾想这树叶里还藏着画眉鸟儿！"

徐佛把阿云拉到前面来，说：

"快，给张老爷请安。"

阿云趋前给张老爷道了万福。张老爷十分谦恭，急忙站起来说：

"在下山阴张岱，号宗子，人称蝶庵居士。"

阿云嫣然一笑道：

"啊呀，原来张老爷就是写《道古》的大名士。张老爷的大名，小女子早已铭刻于心，只是无缘谋面，这叫'名不副实'。"

"咦！"张岱十分惊奇，"小小女子，读过我的《道古》？"

"张老爷不信？您考究的那些古名古姓，小女子依稀记得。"说着，阿云嘟嘟噜噜背诵了一大截，"尧，姓伊祁。帝喾，名夋。成汤，字高密。彭祖，姓篯名铿。老子父，名乾，字元果。杜康，字仲宁。鬼谷子，姓王，名诩，河南府人。杨王孙，名贵。这位杨贵，正是我的祖宗呢。张老爷还不知道，小女子我也姓杨。"

阿云这一席话引得满堂人都笑了。张岱捉住阿云玉笋般的小手说：

"看来，这不但是个美人坯子，还是小才女呢！"

阿云被张岱说得有点不好意思，羞涩地勾下脑袋。徐佛胸中悦意，连声喊："阿云，快给张老爷斟茶。"

这天晚上，徐佛以归家院主人的身份，设宴欢迎张岱，芸翠轩烧起通宵红烛，茶几上摆着一尺多高的螭首古鼎，镂空的花纹里吐出袅袅轻烟，氤氲馥郁，满室芬芳。张岱被众姐妹请上首位，他啜着香茶，环顾四壁，见悬挂的字画多系名家手笔，书架上玉轴牙签，陈列得井井有条，多宝柜里摆满了珍奇古玩，琳琅满目，窗台上红绒布罩着瑶琴一架，窗檐下吊着扫云的风婆婆，双手抡帚，悠悠盈盈，一脸滑稽相，大概是主人徐佛的杰作。张岱禁不住在心中暗暗赞道："好一个清雅的所在！"

这时阿云托了一个青花瓷盘，盘里堆着些笋芽样的玉兰花朵，满屋散着活鲜鲜的清香，阿云给每位姐姐襟上别了一朵，最后将一朵最大的别在张岱衣襟上。张岱使劲儿嗅了嗅香气，挽住阿云，强行将她按在左边的座位上。

"不行不行，这是徐姐姐的位子，我哪有这个身份陪老爷！"阿云急得连连挣扎着。

张岱半是开玩笑半是认真地说：

"小美人，恰如这一瓯盈盈溢溢的碧螺春茶，清雅之极，可人之极，今儿我不许任何人作陪，非要阿云作陪才行！"

众姐妹听了，一起拍起手来，又笑又闹："从今儿起阿云是咱归家院的花魁了！""徐佛是妹妹，阿云是姐姐了！"

阿云面红耳赤，忸怩起来，徐佛按住阿云：

"要你作陪你就作陪，只要张老爷悦意，我不嫉妒就是了。"

"徐姐姐不嫉妒俺还嫉妒呢！"梁道钏、张轻云等七嘴八舌，吵吵嚷嚷。

"若是张老爷喜欢，干脆把阿云带走好了，免得在院里占尽了风流，众姐妹没了立足之地。"

这场迎宾宴会，好像主角不是张岱而是阿云了。大家饮了许多酒，说了许多话，直笑闹到深夜，散席时，张岱跟众姐妹约定，他做东，请姑娘们明日泛舟游览太湖。

第二天一早，张岱派人订就了游湖画舫，早膳后众姐妹乘车来到码头，登上画舫。这画舫名"绿云"，长三丈，宽丈许，装饰华靡，前后悬袅风灯，多达五六十盏，皆嵌白玻璃，覆盖着珠络，远看像一只精巧的花篮。用西洋印花布制成遮阳篷，正好与舫形相合，四角有鎏金柱固系，避雨露，遮霜风，阳光下便于游客远眺近瞻，观赏景色。

张岱与众姐妹进了客舱，见窗明几净，绣帘轻盈，还算雅洁。船家奉上香茗、果点、瓜子，讨了赏钱，然后开船。

众姐妹拥着张岱入座吃茶，岸上传来小贩的各种叫卖声。随着画舫的游动，叫卖声越来越小，渐次渺茫，渐次沉寂，隐隐传来水波击打船舷的脆响，大概离开码头已经很远了，不多时便有水鸟唧唧啾啾地鸣叫。这时，阿云像水鸟一样在甲板上呼喊起来：

"张老爷，快来看呀，那东山露出眉眼了！"

张岱知道画舫进入太湖了，向众姑娘挥了挥手，大家一起涌出客舱，到甲板上观赏太湖风光。

春日的太湖，像一个巨大的包天容地的水晶宫，氤氲迷濛的水气充盈了所有的空间，连人们的意识也是湿淋淋的，此时的每一个念头都如沉重的翅膀，一时难以起飞。注目这个永远无可穿越的世界，众人忽然变得沉默起来，呆呆地望着水雾造成的梦境，一言不发。偶尔露出水面的鳜鱼，只以它肥厚的脊背示人，如昙花一现，只留下一道青影，随着青影的消失，世界重又浸入无际无涯的水雾中。不知是什么水鸟儿"唧哇"一声，直直从高空栽下，"扑哧——"栽进深水里，惊得众姐妹"哦哦"地叫了几声。

"咱若是这鸟儿该多好，一翅子栽进水晶宫里。"梁道钏望着水面，痴痴地说。

"咱就是这样的鸟儿，不是吗？咱们正飞在水晶宫里呀。"阿云幽幽地说。

张岱回头望了阿云一眼，心里说：这小东西还是个诗人呢！

日头从水天中升起，如飘起的一个蛋黄，在空中轸出一片红晕，红晕慢慢收敛，蛋黄变白变亮，天地之间显得清楚多了，远处一痕飘忽的暗影，那是初显的东山，如一弯淡眉，若无若有，慢慢如新芽破土，变得浓重，变得真切。这时一道曦光从云缝中漏下来，正好射在东山的山尖上，恰似一排银牙，在天的一角窃笑。

"看哪！"周素茹指着远方说，"这是造化的杰作！"

大家注视着，凝望着，不大工夫云缝弥合，东山重又变成一道暗影。阿云觉得一颗心早已在这迷迷濛濛的水中溶化，捏在手中的湿漉漉的春意，似乎就是自己的灵魂，它和激情一起消失在这茫茫的水做的世界里，再也收拢不起来。

谁也不说话，大家各自俯身船舷上，像是集中精力，又像是毫无目的地张望着，深思着。只有画舫轻柔的喘息声，一歇一歇地慰藉着众人的灵魂。可以想象，此刻，如果有人站在湖岸上，远远眺望这篷、这灯、这人，一定会疑心是几点幽灵，在水天迷濛处轻扬，飞升……

一声呼哨，画舫靠岸，舟子高喊：

"到桃花屿喽——"

这桃花屿是太湖中的一个小岛，满屿开放着灼灼的桃花。大家弃船登岸，人人脸上染着霞光，精神为之一振。这时，舟子拽起兜网，将几只红鲤鱼扔到屿上，那刚刚出水的活鲤鱼"扑扑啦啦"活蹦乱跳，大家的情绪霎时被这几尾红鲤"扑啦"了起来，有的喊，有的叫，张岱牵着阿云的手跳起舞来，歪歪斜斜，磕磕绊绊，阿云笑问：

"张老爷，你这是什么舞呀？"

张岱随口诌道：

"这叫'醉看桃花'。"

众人笑得直不起腰来。

徐佛呼喊舟子，舟子将木炭、作料、锅、碗、瓢、盆等等，搬上岸来，开始收拾野餐，船上早已备好了虾、蟹、银鱼之类的鲜物，姑娘们吵吵嚷嚷，争着显示自己的烹饪手艺，烧的、烤的、煎的。阿云抢不着机会，干脆用果刀挖了一孔小土窝，焖了一个大木瓜，还给它起了个名字叫"焖龙胆"。张岱剜了半匙尝了尝，连连叫好：

"清香可口，阿云的这道美味，可作为贡品！"

"张老爷，你想害阿云？"徐佛说，"她要焖龙胆，皇上听了还不要她的脑袋？

说不定还要牵连到我呢！"

大家又笑了一阵。

宋如姬不知在什么地方采来一兜灯笼果壳，分给大家作为酒器。梁道钊连说妙，张岱说胜过汉刘邦的金爵，徐佛说胜过杨玉环的玉斝。阿云忙着给各位斟酒，大家说着、笑着、饮着、吃着。谈及今日的游湖，周素茹说："天连雾接，水气迷濛，根本没看到湖的影子，这算不得游湖！"阿云不同意周素茹的看法，她说："有各种风光，天连雾接、水气迷濛也是一种风光；有各种情绪，虚空无言静默遐想也是一种情绪。无言中看到一种梦境，别有情致，这也是一种游湖！怎能说不是呢？"

徐佛赞同阿云的看法，她说一路上天连雾接、水气迷濛，什么也不思，什么也不想，心和身子统统溶化到水里了，全部给水洗了，上得岸来，清清爽爽，好像重活了一次，连眼光和念头都洁净了，难道这不是最好的游湖？

"徐姑娘说她什么也没有想，我却相反，什么都想到了。"张岱另有看法，他说，"在天连雾接、水气迷濛中，幻化出无数人生景象，看到了自己的往日，也看到了自己的将来。不要看我眼前鲜衣美食、骏马宝车，等着我的将是折鼎病琴、芒鞋破钵。雾中的幻景促我反思，给我警醒。"

张岱一席话，说得众姐妹唏嘘惋叹，愉快激越的情绪顿时消散，心头蒙上了一层悲凉的阴影。阿云长长吐了一口气：

"好好的野餐，被张老爷弄得没了兴致。我不相信明天的张老爷，真的会跣足披发，沿街乞讨！"

"对，张老爷不该编排出那些丧气的话，沮了大家清兴，该罚！"徐佛故意上来凑趣。

众姑娘也一起喊"罚"，张岱举起灯笼果壳，阿云往果壳里斟酒，张岱一连饮了三"杯"，笑着说：

"事不过三，再罚也没了意思。众姑娘都满上，陪我一杯。"

"不行，不行，吃罚还要别人陪酒！"

张岱斜睨了说话的张轻云一眼，道：

"已经罚了三杯，总不能永远罚下去，这第四杯应该大家同吃。"

"同吃也可，只是有一条，请老爷讲一则笑话，给咱姐妹提提兴头。"徐佛说。

众姑娘跟着起哄，连喊"对对"！张岱摇了摇手说："已罚了三杯，还要罚'笑话'，岂有此理。"

阿云将张岱手中的"杯"子夺了过去，说：

"这'笑话'不是罚，是求，我喝下这双'杯'，算是恳求张老爷了。"说着将这两"杯"酒同时饮尽。

张岱已被架到驴上，走也得走，不走也得走，笑着说：

"阿云发令，张岱拼命。看在阿云的面上就讲一则。"

众姑娘一阵欢笑，徐佛拍着阿云的脑袋说：

"今儿众姐妹托阿云的福了。张老爷，快讲，快讲！"

张岱凝思了片刻，等众姑娘平静了下来，道：

"天下的学问，唯有夜航船上最深最博最难对付。有一天，一个小和尚与一位秀才同时睡在夜航船上，秀才高谈阔论，滔滔不绝，小和尚觉得秀才满腹经纶，自感畏怯，便踡着腿脚而眠。后来听到秀才话中漏洞百出，便道：'请问相公，澹台灭明是一个人还是两个人？'秀才答：'无疑是两个人。'其实澹台是复姓，澹台灭明是孔老夫子的学生。小和尚不露声色，继续问道：'这么说来，尧舜是一个人还是两个人？'秀才理直气壮地答道：'当然是一个人！'这时小和尚笑道：'小僧我也该伸伸脚了！'"

张轻云、周素茹、徐佛、梁道钊等几位姑娘，笑得东倒西歪，前仰后合。阿云一边笑一边拍着张岱的肩膀说：

"有张相公在此，我这个小和尚可不敢伸脚哟！"

大家笑闹了一阵，看看天色过午，便登上画舫，绕道碧螺峰返回盛泽镇。一路上姑娘们吹竹弹丝，各显其能，雅乐流韵，香飘十里。

出了太湖，画舫驶出湾叉拐入玉带河，沿玉带河刚行了半里许，见迎面有一艘大舢板驶来，距画舫约莫两丈来远，大舢板一横身，刚好把河面截住。大舢板上五六个庄稼汉，有的擂铁锨，有的碰铙钩，有的敲瓦罐，有的击铲头，叮叮当当，乒乒乓乓。响声里大汉们直起嗓门唱了起来，无音无调，无法辨清词语，只听呜呜哑哑，一阵聒噪。

水路被堵死，画舫无法前进，只得停了下来，舟子上前打问，舢板上的汉子毫不理睬，依旧喊唱。

张岱走上舫首，朝着舢板上的汉子们深深一揖：

"请问诸位老弟，雅意如何？"

汉子们并不回话，只把身上裹的灰布一掀，露出五六根赤条条的身子，手中的家什斜刺里猛举，高喊一声：

"马——上——戳！"

张岱知道，这"马上戳"是一种军乐，他们既无鼙鼓又无号角，根本不像军乐的样子。回头又想，可能借演奏军乐为口实，讨几个小钱。于是把身边的几两碎银子交给舟子，令舟子赏给大汉们。大汉们收了银子，并不肯让路，依旧叮叮咣咣，呜呜哑哑，又敲又打，又喊又唱。张岱再次登上舫首，向汉子们作揖请求，汉子们依旧是故伎重演，把身上裹的灰布一掀，露出五六根赤条条的身子，浑身大小零件看得清清楚楚，还是手中的家什斜刺里猛举，高喊一声"马——上——戳！"弄得张岱笑也笑不得，怒也怒不得，束手无策，毫无办法。

河道被堵得死死的，画舫寸步难进，几位姑娘急得团团转，徐佛额头冒出了一层细密的汗珠。正在众人无计可施的当儿，只见阿云三步并作两步蹿上舫首，她刚刚换上一身大红裙衫，火灼灼如同一树榴花，她粉兜兜的脸蛋涨得绯红，戟指着舢板上的汉子们说：

"是要拦路抢劫还是要杀人越货？可有一句听明白了，这根锁链是给你们备好了的！"不知什么时候阿云把客舱里扣橱柜的铁链子拎在了手里，就在这个当口，"哗——"的一声，扔在了甲板上，"光天化日之下，姑娘小姐面前，你们竟敢掀掉裹尸布，赤着身子晾骚。就这一条，呈到县太爷马大人那里，少不了一个个切了你们的脑袋！"

这一招十分见效，舢板上的大汉们一个个龟头缩脑，蔫了下去，不敲了也不喊了，屈身蹲在舢板上，身上的灰布裹了又裹，裹得紧紧的，生怕张开一丝缝儿。那位年岁大的支篙把舢板移开，让出一条路来。

画舫过了难关，大家都松了一口气，众姐妹团团围住阿云，一迭连声地夸赞。张岱更是激动："遇上这样的奇女子，多少年来还是第一次！"说着，将阿云拉到自己身边，要她陪自己说话儿。

"张老爷如此喜欢云儿，连我也有点嫉妒了。"徐佛说着凑上来，"既是这样，干脆把云儿带走吧。"

"这样的院花，徐姑娘舍得？"张岱说。

"在张老爷身边，学作诗，学作画，来日一准成个大才女，我有什么舍不得！"

"那还要看云儿愿意不愿意呢！"张岱捉住云儿软绵绵的小手，看看徐佛，又看看云儿。

"愿意，当然愿意。"阿云笑着说，"有一件，每月张老爷要带我回来一趟，看望徐姐姐和众位姐姐。"

"这个月我在太湖，下个月我在洪湖，再下个月说不定我又到了青海湖，你要月月看你的姐姐，来得及吗？还是呆在归家院吧，天天看不是更好吗？"说得三个人都笑了。

次日清晨，张岱赶往阳羡，临行前题写了一副对联赠给阿云：

太湖明珠豪光射万有

南国红豆美艳醉千人

下署"山阴张岱喜赠阿云"。

3

　　徐佛把张岱赠给阿云的这副对联，派人送到装裱铺，用上好的素绢装裱了，悬在芸翠轩正堂上。哪知这位张老爷张岱的名望，如此了得！这副对联传遍了湖州，文人雅士、达官贵人纷纷前来瞻仰，随之而来的是阿云声名鹊起，风传归家院里出了个红豆美人，竟使大名鼎鼎的张岱钦羡而陶醉。一些风流士子纷纷走马章台，来归家院拜会阿云，祈望登芸翠轩一亲芳泽。

　　面对这种情形，徐佛打心眼儿里高兴，眼见阿云成了一朵奇葩，自己的心血没有白费，禁不住搂着阿云的肩膀亲昵地说：

　　"这柔嫩的小肩膀眼见得能撑持一片天地了，阿云，过了明年，我就把这一摊子交给妹妹你了，那时，你就是归家院的当家人了。"

　　阿云嘟着嘴，一副生气的样子，说：

　　"我知道，姐姐急着嫁给周公子，整个心里装的都是周金甫，撇下我们姐妹几个不管了。要走，你快走，今儿就走！"

　　徐佛有些后悔，觉得不该说这些话，惹阿云伤心。阿云才刚踩十四岁的边儿，还是个孩子，怎能撇下她不管呢！徐佛忙转过脸来给阿云赔不是：

　　"好妹妹，别生姐姐的气，姐姐不该说这些没肝没肺的话，冷了妹妹的心，姐姐不走，永远不走，陪妹妹一百年，永远陪着妹妹。"

　　阿云破涕为笑，忽然又想起了什么似的说：

　　"那，周公子怎么办？徐姐，这样吧，咱叫周公子嫁到咱归家院来吧，来个倒踏门！"

"别说憨话了，我的傻妹妹！"徐佛轻轻拍着阿云，脸上使劲挤出一兜笑来，两只大眼里却溢出盈盈的泪水。

阿云默然垂下头，不再吭声。

这天，刚刚用过午膳，院门外咣咣嘟嘟响起一串马铃声，门房苍头康二高喊：

"马老爷到——"

徐佛心中一惊，推窗一看，果然是马罗锅子走了过来。这马罗锅子家住湖州，祖上有人在刑部当差，京城有些老亲朋，他爹马之藩靠了这层关系，混了个京官，前年外调升任浙江提刑按察使。这提刑按察使管一省的司法，简称臬台，是个手握生杀大权的角色。这马罗锅子前鸡胸后罗锅，火刀子脸扇风耳，长相奇丑，不能做官，依仗老子的权势，横行湖州。大概凡是极丑者，都有一种怪癖——作践美。这马罗锅子逛遍了湖州所有的青楼妓馆，听说哪儿有美姬名姝，他都要叮上去，如馋嘴的花子吃糖稀，狠狠抹一棒子，他不用嫖客常用的名词"一亲芳泽"，偏偏自造了个词语"打一炮"。一年前来归家院，纠缠徐佛多日，直到周公子赶来给徐佛下聘，马罗锅子才没盐落味地蹓了。今儿他又来归家院，不知又打什么坏主意。

"徐姑娘，没有想到，你这小小的堂子里还出了个大美人！"

徐佛咯噔噔跑下芸翠轩，拦住罗锅子，笑道：

"马老爷，是哪阵香风把您老给吹来了？前厅坐，前厅坐！"

马罗锅子偏不去前厅，径直向楼上爬。徐佛不想让他进芸翠轩，便架住他的一只胳膊，赔着笑脸道：

"前厅给马老爷沏好了碧螺春，进前厅吃茶吧！"

马罗锅子斜起眼睛：

"怕我这双马蹄子玷辱了你的红毡子咋的？睁开眼瞧瞧，这是刚从湖州麻婆鞋铺买的粉底官靴，踩一个鞋印一股香气，不配登你的芸翠轩？"

"这是哪里话！马老爷是何等人物，请还请不到呢！我的意思是，前厅沏下了贡茶，那是专门给马老爷留着的，想请马老爷尝口鲜味。我这一片好心，马老爷当成了驴肝肺！"徐佛说着沉下脸来，故作生气的样子。

马罗锅子也改为笑脸：

"好好好！乖乖的小嘴真会说。我的乖儿，马老爷浼不着你的芸翠轩，我是沐浴熏香之后才来的噢！跟我的马弁龙二，那是头臭猪，我令他待在北门外三鑫客馆喝酒、打牌，不准他进你这堂子里来。怎么样，小妖精？你的脾性爱洁净，我马老爷是知道的噢！"罗锅子涎着脸，一瘸一拐地蹬上芸翠轩。

徐佛沏上香茶，摆下点心，小心侍候着，问马老爷又育几房新宠？这些日子过得可悦意？罗锅子无心答话，吃了半盅香茶，道：

"听说贵院出了个红豆美人，马老爷我很想见识见识。"

徐佛心中"咯噔"一响，忙说：

"什么红豆美人，瞎传而已！就是那个又丑又蠢的阿云，我买的个粗使丫头，去年马老爷见过的。"

马罗锅子想了想，连连摇头：

"没，没，没见过。"

"怎说没见过？还给马老爷送过了莲子羹呢！无色无相，不打眼，马老爷记不得罢了。"

马罗锅子翻眼瞅着天棚，眨巴几下眼睛，思索了片刻，狡诈地一笑：

"再丑，还能丑过我这个马罗锅子吗？丑对丑，两丑配一对儿，今儿我就是要见见这个丑美人。"

徐佛心中像有一个车轱辘打转，若是这摊臭黏胶黏上了阿云，就不好办了。无论如何不能让阿云出来，忽地记起什么似的说：

"马老爷，还记得不记得，去年你花一百两银子，要我唱十支曲儿我只唱了三支，正好周公子来了，就没能再唱。这么说来，我还欠着马老爷七支曲儿呢！今儿我得补上。"

"不不，过去的事了，作罢作罢。"马罗锅子一副很大度的样子。

"要不，我陪马老爷吃酒？"徐佛说。

"不不，今儿不吃酒。"

"一不肯听曲，二不肯吃酒，看来马老爷是要我徐佛归还银子喽？也好，三支曲去三十两，还欠七十两。"徐佛转身去取银子。

罗锅子突然拉下脸来，掏出一张银票，"啪"地拍在桌上：

"小瞧我马罗锅子咋的？这一千两先拿去，银子多得是，三千五千我不在乎，今儿非看看你的红豆美人不可！"说着，抓住徐佛的袖口，往外就拖，"去去去，快给我叫去。这小美人，张岱能摸得，我就摸不得？张岱是什么东西？一个臭酸书生，说到天上，无非是多了一双能写会画的狗爪子！我马罗锅子不会写不会画，可我有银子！"说着又掏出一张银票拍在桌上。

徐佛天生是个烈性子，吃了一肚子恶气，气得心口鼓胀得难受，知道这个马罗锅子是惹不得的，又必须护住云儿不能让她吃亏，徐佛走也不是，留也不是，站在那儿急得掉眼泪，正在这时，隔壁响起一个清脆的声音：

"我还没见过这位马老爷是个什么福贵样儿，今儿，我来侍候侍候！"随着话音，着一身榴红的阿云走了进来。

徐佛暗暗叫苦："糟了糟了！这下阿云要吃大亏了！"

马罗锅子眼前一亮，只见一位仙子披着云裳羽衣飘到自己面前，喜得张开的嘴巴半天没有合拢，捉住阿云的手，捻来捻去，半天才迸出一个字："漂！"

阿云甩开罗锅子的手：

"马老爷，要吃酒呢还是听曲儿？"

因马罗锅子过于用情，浑身精神儿都投到阿云的美色上了，阿云说的什么他已听不清了，随口答曰："听酒听酒，也吃曲儿，小乖乖儿真真疼人。"说着，又去抓阿云的手。阿云急退半步，正色道：

"马老爷，要吃酒听曲儿就把银票收起来，我阿云是以诗文交友，可不售色卖曲儿。"

"怎么，嫌少咋的？"罗锅两眼一愣一愣的，又往怀里伸手，做出掏银票的样子。

阿云大声说：

"马老爷听清楚喽，若不收起你的银票，我阿云这就离开芸翠轩。"说罢，拉出要走的架势。

"好好好！"马罗锅子一边收拾银票，一边涎着脸说，"只要小美人肯陪我，说咋咱就咋！嘿嘿……"

阿云从抽屉里取出一只绿玉斗放到罗锅子面前，又拿出两只玉瓯，一只给徐佛，一只留给自己，说：

"我和姐姐陪马老爷吃三杯，再唱曲儿。"

马罗锅子瞅瞅自己面前的绿玉斗，又瞅瞅那两只玉瓯。说：

"你们那瓯子太小，我这斗子太大，这……有点不四称吧？"

"明明三个人，哪里会有四称？"徐佛插科打诨。

阿云装出不高兴的样子：

"马老爷，你堂堂男子汉，没有这点豪气还来院里要姑娘？说了这句短气的话，就得罚开门盅，吃三杯。"

徐佛马上跟着帮腔起哄，罗锅不好再说什么，涎着脸要阿云递酒，阿云递了三盅，马罗锅子吃了三盅。接着，阿云陪着马罗锅子又吃了三盅。徐佛说："砖儿何厚，瓦儿何薄，我也得陪马老爷三盅。"徐佛又陪着吃了三盅。

马罗锅子掂了掂绿玉斗说：

"这玩艺儿，足足盛二两三，小美人，你把爷给坑死了！"

徐佛戏谑道：

"马老爷，挨了扁担，可不准说扁担有寨子噢！"

阿云摆下凤尾琴，转轴拨弦，唱了一曲《樱桃红》，马罗锅子听得摇头晃脑，啧啧称赞。一曲唱罢，马罗锅子吃了一盅，阿云、徐佛各敬了一盅。就这样，阿云唱了三支曲子，马罗锅子喝了九盅，加上先前的九盅，已是十八盅了，足足二斤的分量。带了八分醉意，罗锅子说话磕磕巴巴，舌头也不听使唤，徐佛想劝他回去：

"送马老爷回客馆吧，该歇歇了。"

"不——不——"马罗锅子捧着绿玉斗，"我……我还要唱！小美人还……还要喝！"

"好！"阿云说，"还是我唱一曲，马老爷饮一盅。"

马罗锅子手摇得荷叶似的：

"不……不……不！得唱……唱……《十八摸》！"

徐佛左劝右劝，说马老爷是雅人，不听那些俗曲。马罗锅子无论如何不依，非听《十八摸》不可。阿云急了：

"好，我就唱《十八摸》！咱先说就了，我唱一'摸'，马老爷饮三盅，一滴不能少。"

"好……好……你一唱……我就摸……摸……"马罗锅子拍着胸脯。

阿云一挥玉腕，留下一串淙淙的弦音，展喉轻唱：

"小二姐使了个眼风儿……偷偷地勾，大光棍挑开帐帷伸进去了手，摸一摸……摸一摸……高髻儿堆云笼月，摸一摸……摸一摸……鬓花儿颤颤悠悠……"

马罗锅拍手打脚地叫好，端起绿玉斗，连着饮了三盅。阿云接着唱第二摸：

"小二姐使了个眼风儿……偷偷地勾，大光棍挑开了帐帷伸进去了手，摸一摸……摸一摸……香腮儿花蕊摇动，摸一摸……摸一摸……红唇儿裂开石榴……"

那"好"字已经说不清了，只听马罗锅子"喝喝喝"地直叫。阿云又唱了一"摸"，马罗锅子又灌了三盅。第四"摸"还没有"摸"完，马罗锅子就缩到底下摸桌子腿去了。

徐佛派人把马罗锅子抬到北门外三鑫客馆，交给马弁龙二。后来听三鑫客馆的店家说，马罗锅子醉了三天三夜，顺着嘴角往外淌黄水，淌完黄水淌清水。回到湖州家中还迷迷怔怔，两个小妾轮流给他灌醒酒汤，指着他的鼻子骂祖宗。

送走了马罗锅子如同走了瘟神，阿云长长吐出一口气来。徐佛总觉得后怕，怕马罗锅子再折腾出什么事来。阿云不在乎地说：

"越怕鬼鬼越来拍门，大事小事由我阿云兜着，姐姐只管放心好了！"

说了一阵闲话见徐佛依然提不起精神，阿云便摆开纸墨笔砚，请徐佛作画。徐佛没有兴致，阿云说：

"姐姐许久没有作画了，一则挥笔驱驱晦气，二则教教妹妹。"

徐佛接过羊毫，在墨池中濡染着，忽然想起了什么，说：

"阿云，你画牡丹花，待会儿我来添枝叶，咱姐妹合作一幅。"

"姐姐画花，我来添枝叶，姐姐是咱院的花王嘛！"阿云说。

"咱院的花王眼见轮到妹妹身上了，妹妹已经十四岁，眼见得就要'红'起来，往后的好日子都是妹妹你的了，牡丹花当然该由妹妹来画。"

二人相互推让了半天，阿云拗不过徐佛，只得先画了两朵牡丹花，徐佛接着挥扫了些枝叶。看看，觉得还满意，题了"并蒂花"三个草体字。落款，钤印。

两人正陶醉在自己的创作里，娘姨花大姐传话，有客人来访，徐佛正想说"不见"，花大姐说是周相府的管家周原来了，在前厅等着。徐佛没有办法，只得安排阿云把画收好，自己简单梳掠梳掠，匆匆赶往前厅。

周原是归家院的老朋友了，无须过多客套，见面就说是奉相府周老太太之命，专门来送银子的。说着解开马褂，拿出一百两纹银交给徐佛。

原来相府这位周老太太，一生吃斋念佛，热衷于施舍，每年春秋两季，都要给归家院施舍一百两银子，十几年来，年年如此。

"周老太太这片善心，我铭记终生，永不忘记。只是年年接受老人家的银钱，真教我这个主事的过意不去！"徐佛感激地说。

"不只咱归家院，镇上的寺庙、庵堂、孤儿坊、学塾，哪家没有一份？老太太好施舍，积阴德，若徐姑娘不收，老太太反而不悦意了。"

徐佛笑着收了银子，再三拜请周原转达众姐妹对周老太太的谢意。周原连连点头，这时又从怀里掏出一封信来，说是周相爷写给徐姑娘的。徐佛展信细读，原来是周道登急需一名可意的丫环，拜请徐佛帮忙物色。徐佛心有疑虑，慢慢探听周原的口气：

"院里的姐妹都是些欢场中人，做丫环是个苦生活……周老爷的意思是……"

"相爷的意思……"

徐佛见周原吞吞吐吐，话中有话，再三追问，周原才吐露真情，原来周道登想买阿云做丫环。

这事来得太突然，徐佛一时不好回答。再则，徐佛对周道登的人品是深有所知的，周道登已有妻妾五房，仍不满足，馋猫似的，到处拈花惹草，也曾打过徐佛的主意。若把阿云送到他的身边，还不是把小老鼠送到猫窝里！徐佛犹豫了半天，只好给了句推迟话：

"等我给阿云商量商量再说。"

周原告辞，临走时撂下一句话："周相爷还等着姑娘回话呢！至于身价嘛，相爷不会计较。"

其实，徐佛考虑的并不是身价，而是阿云的命运前途。五年前阿云进了归家院，徐佛一眼就看中了这个美人坯子：白白嫩嫩是个江米人儿，水灵灵的大眼睛会说话儿，仅仅九岁就背诵诗文上百篇。徐佛一心想把她育成色艺双绝的人尖子，特请佘山名师陈眉公先生来归家院，日夕调教，教她写字画画，吟诗作赋，操琴拍曲，轻歌曼舞。徐佛正恋着周公子金甫，她暗自琢磨，一旦与周公子成亲，便脱籍而去，那时便把这个名满江南的归家院交给阿云掌管。眼见得阿云就要才艳倾于一时，前途无可限量，怎么能让她毁在周道登这个老色鬼手上。想到这里，徐佛咬住牙，把这件事一直埋在心里，不告诉阿云。

五月初六是盛泽钱庄魏老欢的寿诞，徐佛带着全院的姐妹到魏府唱堂会，一出《全家福》没有唱完，归家院的姨娘花大姐气喘吁吁地跑来，把徐佛拉到一边说：

"不得了喽，不得了喽，马老爷发大兵来了，咱归家院要倒号了……"

徐佛弄不懂花大姐说的什么意思，摇晃着她的肩膀追问，花大姐越急越说不出话来。徐佛没有办法，只得跟花大姐一起赶回院来。刚进院门，见几个穿黑衣的大汉正在使横，前厅的桌椅被砸得稀烂，芸翠轩已被封条封了。徐佛何等聪明，满脸堆笑，先摆酒宴，后赏银子，侍候得几条大汉软下脸来，这才问清事情的因由。原来马罗锅子醒过酒来，回想阿云给他的这场辱没，越想心里越窝囊，花银子雇了一伙流氓，专程来归家院闹事，非把阿云弄走不可。徐佛一面推说阿云去嘉兴省亲还没有回来，一方面暗暗使人去吴江县衙报案。傍晚时分，吴江县朱县令差人将五名打手和徐佛一起带到县衙，县令分别讯问之后，又在二堂招见徐佛，小心翼翼地说：

"提刑按察使马老爷的大公子，岂是我一个小小县令惹得了的？明人不必细讲，徐姑娘是明白人，为免去事端，就把阿云交给他们吧。"

徐佛听了，气不打一处来，正欲发作，转念又想，若跟县令闹翻，势必助长了马罗锅子的势力，只得采取缓兵之计：

"若任着这群打手，在吴江县地面上闹事，朱老爷脸上也显得无光，请求朱老爷速派官差把他们送回湖州。至于阿云，今儿我就打发人去嘉兴叫她，尽快将她送来县衙，由县太爷转交给马罗锅子，不知大人意下如何？"

县太爷连连点头。

当晚徐佛安排阿云在魏老欢府中隐藏起来。同时雇了四名健仆藏在院中，以防万一。安排门房康二，只说徐佛病了，即日起不能应客。

徐佛窝在卧室里三天三夜不敢露头，念头好比一架纺车嗡嗡地打转，苦思冥想，寻不到良策。第四天一早，娘姨花大姐敲开了房门，悄悄说：

"周相爷来了，见不见？"

徐佛心想，三天来湖州方面和吴江县衙都没有任何动静，老是憋在屋里也不是个办法。于是点了点头道：

"请！"

周道登爬上芸翠轩，见了徐佛分外客气，

"听说徐姑娘贵体染恙，老头特来问候。"

"岂敢岂敢！周老爷怎么忽然客气起来了！真要折煞贱妾了！"徐佛一面说着感激的话，一面捧上碧螺春茶。

周道登啜了一口，轻轻叹气道：

"这几天老太太不悦意，可把我给拿捏坏了。"

徐佛弄不清他葫芦里卖的什么药，不敢开口。周道登继续说道：

"老太太想要个可意的丫环，我这个做儿子的空有一片孝心，不好办呀！打发周原求徐姑娘，等了这些天也不见姑娘的回话，我心里急呀！"

徐佛这才想起周原捎来的那封信，疑疑惑惑地道：

"不是说周老爷要买个丫环吗？"

"不不，若是老夫我用的丫环，便好说了。是老太太用的，要心灵手巧的，要知书达理的，还要乖巧可人的，条条都要占着，我哪里去找？只好来求徐姑娘了。"

徐佛心里暗暗盘算，这正是个解救阿云的苦口，便半推半就地说：

"老太太是出了名的大善人，跟老太太做丫环是前生修来的福气，我想阿云不会不悦意。只是这些天来，阿云回嘉兴探亲，我还没有来得及跟她见话，求周老爷再等两天。实在对不起了。"

周道登从身上掏出两根金条放到徐佛面前，道：

"事情成与不成，全在徐姑娘身上，这点薄礼，是老夫我的一点心意，望徐姑娘玉成老夫的一片孝心。至于阿云的身价，请徐姑娘另开。"

周道登走后，徐佛派人到魏府将阿云接来，将周道登的意思述说了一遍，并解释道：

"原打算再过两年，把院中的事情托付给妹妹，不料出了这一拐子，不行了，设若妹妹落到马罗锅子手里，还能活出个人来？眼前没有法子的法子，只能到周府做丫环，搬起周相府的门框去砸马罗锅子的狗头。"

阿云听了，两只大眼里慢慢溢出了泪水，呆呆地望着徐佛，默不作声。

"做丫环，苦是苦了点儿，累是累了点儿，"徐佛拿帕子给阿云揩去泪水，"好在周老太太是个出了名的大善人，只要妹妹肯下力气，侍候得老太太悦意，三年五载后配个主，也就熬出个头来了。正正经经地谋生，清清白白地做人，总算一生有了造化。若在院里，妹妹是能大红大紫起来，红了，紫了，又能怎样？即便红到天上，在世人眼里还是个卖笑的，还是个妓。像姐姐这样，终生遭人家白眼。"

阿云噙着两眼泪水，点了点头。

"我听姐姐的安排。"说着，哽哽噎噎地哭起来。泪水如断线的珠子，打湿了衣襟。

徐佛天生的软心肠，到这时候再也撑持不住了，一把将阿云搂在怀中，泪水打在阿云的手上脸上。阿云索性放开嗓子嚎啕起来：

"我离不开姐姐呀！"

"我更舍不得妹妹……"

两人抱成一团，哭成泪人。哭一阵，说一阵；说一阵，哭一阵。最后徐佛抓住阿云的手说：

"犟性犟不了命，姐姐我天生的犟性子，吃了无数的亏，受了无数的罪。从今儿起妹妹就要独自面对世人，独自撑持局面了。做丫环天生是服侍别人的人，处处要看主子的眼色行事，主子要你向东，你就不能向西，主子要你打狗，你就不能撵鸡。在人家的树叶下啜露水，在人家的嘴角边求漏食，不听人家的能行吗……"

梁道钊、张轻云、宋如姬、周素茹、黄令皆等众姐妹，听说阿云要到相府做丫环，有的赠衣料，有的赠首饰，哭哭啼啼，舍不得分手。临走前，徐佛专门手书八个大字："逆来顺受，委曲求全"，送给阿云，并叮嘱要时时刻刻用这八个大字提醒自己。

4

往日相府购买丫环，均是卖主用小船送去，这回买阿云，周相爷亲自安排用小轿来接，这可以说是一个特例。

阿云做了周相府的丫环，这消息传到了马罗锅子耳朵里，马罗锅子白眼仁瞥乎了半天，吐出两个字："晚了！"身边的龙二听了，在心里嘀咕：不是晚了，是你爹的官小了，一个提刑按察使，能扳倒宰相府？

阿云住进了周老太太的后楼。

周老太太见了阿云，左端详右端详，见她椭圆脸儿，尖下颏儿，白白嫩嫩，弹一指头生怕流出水来。一双丹凤眼漾着笑意，浑身如同美玉雕成，闪着青春的光彩。老太太嘴巴笑瘪了，摩挲着阿云的小手直夸：

"真俊！"

阿云记住了徐佛姐姐的话，对周老太太百依百顺，唯命是从。清晨起来，给老太太穿衣、叠被、倒便罐，晚上给老太太捶腿、捏脚、暖被窝。周老太太牙口不好，阿云专拣黏的烂的点心给她吃，老太太脾气怪，有一点被阿云摸准了：喜欢"拍"，喜欢"吹"，喜欢别人说她的好话。阿云常说："老太太是天下顶大顶大大的大善人，一天三炉香，三天九桌供，一年烧了多少香上了多少供，连神仙也记不清了，周家的大福大贵都是老太太造化来的呀！"周老太太听了，喜得嘴巴笑成一个黑窟窿。老太太年岁大了，心神不济，饭后倦怠，光想打个盹儿。睡得多了又不行，半夜躺在床上翻烧饼，天明直喊头疼。阿云用心琢磨，想法子给老太太调剂。每到侍候老太太用餐时，沏一杯上好的浓茶，饭后请老太太吃茶，自己给老太太唱曲儿。老太太一提神儿就不再眍了，白天觉就免了，夜里睡觉也就香了，自然头脑清醒，不再疼痛。老太太一觉醒来，拍打着阿云直喊"救星"。老太太脾气古怪，爱使小性子，爱生个闷气儿，设若你问她："谁得罪您老人家了？""为啥生气呀？"毁了，越问气性越大，那算你接了倒霉的票子喽。阿云有经验，每当这个茬口，什么也不说，只轻轻唱小曲儿，《劈山救母》呀，《王小卧鱼》呀，撑不住三支曲子，老太太的满肚子闷气就给放完了。接着阿云要么出个谜语，要么打个字虎儿，请老太太猜，老太太左猜右猜猜不着，急得扭住阿云又打又捶，阿云哈哈大笑，老太太也跟着大笑，情绪很快高涨起来。

元宵那天，牛知府的夫人陪老太太打牌，牛夫人为了讨好老太太，一个劲儿让老太太赢牌。开始几把老太太精气神儿很足，新鲜劲儿过去之后，渐渐疲沓下来，少了些兴致，后来便把牌往桌上一扔，不要说洗牌，连牌张子也懒得摸。阿云看在眼里，灵机一动，走上去说：

"牛夫人累了，品口茶，歇会儿，我替夫人玩几把。"

牛夫人陪老太太全身使神儿，早就拿捏得受不住了，正好就坡下驴，让给了阿云，起了两张牌叶子之后，阿云故意对老太太说：

"都说老太太的牌打得好，谁也赢不了老太太，我阿云不信，今儿非跟老祖宗比试比试不可。"

老太太见有人向她叫阵儿，顿时来了精神，挺了挺身子骨说：

"好啊，小妮子，你若是把老祖宗我赢了，我赏你一只玉扳指儿。"

"男人才戴扳指儿，女孩家要扳指儿啥用？老太太若输了，就赏一对银镯儿吧。"阿云呶着嘴说。

"不不，就赏扳指儿，不赏镯子。一对镯子，顶多值不了十两银子，这只扳指儿值多少？二百两。这是皇家的器物，是你老爷从宫里带来的。你这小妮子，憨实心了不是？"

"老太太是贵人，金口玉言，说话可得算数？"阿云追问了一句。

老太太来了劲儿，指着牛夫人说：

"教我的干女儿作证人！"

"那要是干妈赢了呢？"牛夫人一旁献媚地说。

"我就给老太太唱支好听的曲儿《斗鹌鹑》。"阿云狡黠地笑了笑。

老太太打得很认真，出牌很谨慎，每出一张都要瞅瞅阿云的表情。阿云不动声色，只是攥着斗牌。老太太出了一张二丙，阿云压下一张千子头，老太太刚刚砸下一张三万，阿云嫣然一笑：

"老祖宗，这回你可要输了。"阿云随手摊牌，"和"在一对杂八上。老太太由衷地高兴，连说："玩得好！玩得开心！"输了一枚珍贵的扳指儿，还夸奖阿云聪明伶俐。

阿云察言观色，善解人意，时时刻刻揣摸老太太的心思和习惯，事事往老太太心眼里拨拉，讨取老太太的欢心。老太太惬意地说：

"阿云是我肚子里的蛔虫，身边的应声虫，时时刻刻离不开她。"

阿云慢慢地拿住周老太太的脾性，也熟悉了周府的各种规矩，不像刚来时惊惊乍乍，夜夜睡不着觉了。这些日子阿云心里安稳，饭量增加，半夜醒来想起徐佛的临别赠言，在心里默默地说：

"姐姐，阿云没有辜负你。"

夜夜在书房踱步的周道登，这些日子却一天比一天烦躁起来，自从在垂虹亭一亲芳泽，阿云的娇嫩艳美便被他吸进了心里，想起来便浑身颤栗。虽然府中藏有一妻五妾，在阿云面前都顿时失去了颜色，就连他过去最宠爱的五姨太薛六儿，也显得俗不可耐，偶尔见到，竟然让他觉得恶心作呕。这个一向自吹心中走开船的周相爷，此刻心中只坐着一个人，那就是阿云。这个美人儿甜甜地微笑着，向他使着眼风，撩拨得周道登浑身火辣辣的，不得安宁。可恼的是这个小美人是个刁狡的小精灵，时时刻刻躲在老太太身后，令人抓也抓不到、挠也挠不着，有几次到老太太房中请安，想乘机抓住她，左边抓她，她却站到了右边，右边抓她，她却站到了左边。活像个鬼影子。

周道登唉声叹气，窝着脑袋发愁，他打开《资治通鉴》翻了几页，弄不清自己读的什么，气急败坏地诅咒自己，"纯属缘木求鱼"。他把书一推，兀自坐在太师椅上喘气。

知主莫如奴，管家周原一直背地里瞅着，早已猜到周相爷的心思，笑嘻嘻地来到书房，拿起书案上那块绿玉龟，上下左右地瞅着，恣意把玩：

"确是神物，一拿起它来心里就有话要说。"

周原外号小诸葛，一肚子邪点子。周道登懵懵懂懂，不知他想说什么，糊里糊涂地点着头。周原凑上去轻声道：

"老太太得了个可意的丫环，就当花瓶子摆在床头上了，相爷您该给这花瓶里浇点墨水，教给她写诗作赋、读书画画儿，这花瓶子就会自动走到老爷您的床头上来了。"

周道登大喜，拍着周原的肩膀说：

"就冲着你这句话，这绿玉龟送给你了。"

"我这双脏手，哪敢玷辱皇家的器物！"周原恭恭敬敬地将绿玉龟放在书案上，转身退下。

当天晚上，周道登趁着给老太太请安的机会，对老太太说：

"阿云聪慧，乍看起来确实不错，只是学养太单薄，文墨底儿太差，为儿想教她一些诗词歌赋和礼仪应酬，给她增加点儿文气，那样随老太太出门会客，就更排场了，也不至于给咱相府丢面子。"

老太太听了，满口赞同，催促儿子快办。从第二天开始，阿云坐进了周相爷的书房，像一名文静的小学生，聆听周道登授课。周道登传授的是《诗经》三百篇的第一篇《关雎》。其实，阿云早已跟陈眉公老师学过，在周道登看来，阿云竟有天成之才，禁不住大加赞扬，接下来授籀文，周道登把住阿云的手，一笔一画地教授。过去，徐佛把阿云的手教过，陈眉公师傅也把手教过，对阿云来说，一心都在写字上，这算不得什么，所以并不在意。可周道登别有用心，他握住阿云那玉笋般的纤指儿，半个身子麻酥酥的，不住地打颤，简直把持不住，越握越紧，阿云的手指被握得生疼，不好意思地看了周道登一眼：

"老爷！"

周道登心慌意乱地把阿云的手松开，脸上泛起一阵红潮。

开始两天还算规矩，第三天开始周道登便放肆起来，他右手把持住阿云写字，左手悄悄抄过去，把阿云揽在自己的怀里，阿云油亮的乌发蹭得他面颊丝丝发痒，阿云细嫩洁白的肌肤散发出的幽香，刺激得他心旌摇曳，头脑晕眩，他再也撑不住了，忽然双手搂住阿云，将她紧紧地箍在自己怀中，逮住那油光粉嫩的腮帮、脖颈，又吮又咂。阿云吓得浑身颤抖不止，无论如何也不得挣脱，口中连连地喊着：

"老爷，老爷，不能这样，你不能……"

过了好大一阵子，周道登把浑身邪劲使尽了，白汗从胖脸上滚豆似的蹦落下来，才喘着粗气将阿云放开。阿云粉白的小脸憋得通红，一颗清泪挂在腮上唇边。

周道登一边整理揉皱的长衫，一边说：

"阿云，你来府上不少时日了，亲眼看着有的人使唤别人，有的人被别人使唤；有的人笑在天堂，有的人哭在地狱。你若遂了我的心愿，我让你喝奴使婢，做人上之人。"

阿云惊恐万状，周道登说的什么话她一句也没听清，脚上软绵绵地没有力气，只好将身子倚在香楠木窗台上，痴痴地喘着粗气，她已经失了神儿，头脑里一片空白，不知道发生了什么，更不知道该怎样做才好，胸中只有一个巨大的感觉堵塞着：可怕。怕周道登，怕周太太，怕周府里的所有人，眼前发生的一切，怕被任何人知道。她擦净眼泪，悄悄蹓出周道登的书房。

从此之后，周道登只要看见阿云，就不喝自醉，浑身麻酥酥地站不稳当，瞅个机会就动手动脚。阿云胆战心惊，躲躲闪闪，心理像揣着个鬼魂，吃不下饭，睡不好觉，又不敢告诉别人。她夜夜琢磨徐佛的那两句赠言："逆来顺受，委曲求全。"越琢磨越觉得痛苦，无法琢磨透彻。

周老太太似乎看出了什么，几次问阿云有什么心思，阿云咬住牙不肯透露真情，只说这几天诗文读得多了，又解释不透，心里发急。

这天周老太太独自躺在竹榻上歇息，周道登见房中没有别人，便悄悄蹓了进来，跪在老太太面前一个劲儿地叩头，求老太太开恩。

"出了什么事了？"老太太诧异地问。

周道登吞吞吐吐，半天才吐露真情，原来是要老太太允准他纳阿云为妾。

老太太气坏了：

"登儿呀登儿，你是犯着天上的花邪星了，整日馋猫儿似的，闻着腥味就上墙，你已一妻五妾，那五儿、六儿，一个比一个鲜亮，哪一个不七仙女儿似的，还不够你受用，怎又打云儿的主意？不行，我不悦意。"老太太的拐杖捣得八砖地"嘟嘟"响。

周道登哪肯松口，死死缠住不放。有一天，他戴一顶绣花的虎头帽子，头一动帽子上的铃铛"咣嘟嘟"发响，跪在老太太脚边苦苦哀求。老太太没有办法，终于吐了口气：

"登儿呀，娘真拿你没办法，咱把丑话说在头里，这是你最后一次当新郎，可没有下一回了。要记住先父留下的话——清心寡欲，寓理帅气。"

周道登遂了心愿，纳阿云为妾，如同得了镇国之宝，天天把阿云抱在膝上，教她写诗作赋念古文。在书房前专门建了一座小楼，供阿云练字画画儿。每天一早一晚，阿云有练习唱曲的习惯，周道登专门请了个琴师庆儿，为她伴奏。周道登不惜一切代价，决心要把阿云培养成风华绝代的才女。阿云天生灵透，有过目成诵的天赋，加上学习用心，悟性颇高，诗文翰墨等，比在归家院时又大有长进了。

往日周道登宠爱他的第五房小妾薛六儿，把执掌家政的权柄全部交给了六儿。六儿腰间挂着一串叮噹作响的黄铜钥匙，颐指气使，说一不二，周府上下没有一个不害怕的，就连周道登也得让她三分。眼前不行了，六儿失宠了，事事都是阿云占先，就连那串黄铜钥匙，也从六儿手上移到了阿云手上。阿云不懂生计，不肯执掌钱粮，便将钥匙串子交给身边的丫环杏儿代管。失了宠的六儿气急败坏，骂周道登被狐狸精迷住了，"拿个贱妓当祖宗服侍……"明着是向周道登撒泼，实际上是诅咒阿云。周道登揪住六儿的高髻儿狠狠扇了三巴掌，打得六儿鼻口蹿血。薛六儿二十出头，雪肌花肤，也是出了名的标致人儿，哪经得住周道登这三巴掌，一气之下得了大病，直睡了三个多月才能起床。六儿病愈之后，便串通其他四房小妾，联手对付云儿。她们使钱买通周府上上下下，众口铄金，主子奴才一起往阿云身上泼脏水。

在众人的嫉妒中生存，并不容易，阿云深深感到自己的孤独和悲苦，常常在夜里偷偷哭泣。琴童庆儿很同情阿云的遭遇，正巧两人又都是嘉兴人，都是孤儿，同病相怜，更增加了几分亲近。每天练曲之后，常常促膝谈心，说些体己话儿，阿云有什么难处不敢告诉别人，只能给庆儿倾吐，偶或遇上难题常请庆儿给予帮助。这些情况很快被薛六儿侦知，告诉了其他小妾，小妾们四处散布流言，侍女奴仆们纷纷推波助澜，都说阿云与琴童庆儿私通。周道登影影绰绰听到了一点风声，便偷偷审问六儿，六儿说阿云“偷了老爷的玉扳指儿和檀香扇子，给了庆儿”。周道登知道玉扳指儿和檀香扇子都是老太太赏给阿云的，因而没有介意。

一天，周道登到朋友家赴晚宴，阿云无事便到小楼上练曲，招呼庆儿到楼上弹琴伴奏。唱了几支曲儿，阿云累了，便与庆儿说闲话儿，事有凑巧，一股旋风从窗口旋进来，把案上的蜡烛扑灭，楼上没有打火的家什，俩人发慌，心里毛乎乎的，预感到要出什么事儿。就在这时，薛六儿和几个女人在楼下大叫大嚷起来：

“看这个不要脸的，往哪儿跑？！”

“等老爷回来，不剥她的皮才怪呢！”

阿云急忙冲下小楼，使劲拉门，门已被薛六儿在外面反锁了，哪里还能拉开！这一回阿云确实害怕了，一阵手脚冰凉，不知说什么才好。庆儿在黑暗中抓住阿云的手，伤心地说：

“都怪我，云儿，是我连累了你。”

阿云甩开庆儿的手，又急又气地说：

“都什么时候了，还说这些没用的话！快想法子逃出去。”

庆儿在黑窟里打转，越急越没有法子，还是阿云比较冷静，见小楼的窗外矗立着一棵高大的椿树，有一根粗壮的枝丫贴着窗口斜斜地穿过，只要攀着枝丫爬到树上去，就可以缘树干逃走了，于是附在庆儿耳朵上叮嘱了几句，便匆匆下楼。一边喊叫“开门！开门！”一边摇动门栓，发出“哐啮哐啮”的响声，趁着这阵骚乱，庆儿从窗子逃了出去。

周道登赴宴回来，薛六儿等几房小妾一起围上来，将“捉奸”的经过绘声绘色地讲了一遍，自认为“戴了绿帽子”的周道登气得差一点昏死过去，稍稍稳了稳神儿，从壁上拽下青锋宝剑，非把阿云一剑刺死不可。多亏杏儿及时报告给了周老太太，周老太太匆匆赶来，喝住周道登：

“把剑放下，好事坏事都是你自己找的！”

依照周道登的主意，"把这个贱骨头绑了，卖到嘉兴窑子里去！"周老太太不依，说："她还是个孩子，那样太造孽。趁黑夜将她逐出相府，听天由命去吧！"

5

　　阿云怀着满腔屈辱和痛苦，乘黑夜离开周府，咬紧牙，忍住泪，只身流落于荒郊，遥望烟云迷茫的天地，她在心里一声又一声逼问自己："阿云，哪儿是你的归宿？"她苦苦挣扎，做过卖花女，当过缫丝工，学过相术，习过马戏……满天乱撞，处处受人欺凌，始终没有找到安身立命之地，不得不含着眼泪重返盛泽镇归家院。

　　横穿盛泽镇的小河，还是那样淙淙流淌，小河上的柏家桥，还是那样玲珑剔透。归家院的双扇大门却骤然生出一层陌生感来。门房的康二不在，不知为什么，院里一片静悄悄的。阿云蹑手蹑脚，登上芸翠轩。轻轻敲了几下房门，犹豫了片刻，又敲了几下，门无声地开了，当门站着一个小丫头，不过十三四岁，扎了一根冲天杵的小辫子，两只大眼过分地向两边分开，忽灵闪动，活像一条大金鱼。小丫头轻声地问阿云："从哪儿来？要找谁？"阿云说：

　　"我找我姐姐，她叫徐佛。"

　　没等小丫头开口，内室里一阵"哗啦啦"响动，徐佛尖叫一声扑了出来，一把抱住阿云。

　　"我一听声音就是妹妹，可把我给想死了！"

　　阿云搂住徐佛，两眼像地泉一样汩汩涌出泪水来。徐佛见她瘦弱憔悴的样子，忙问：

　　"阿云，出了啥事？"

　　"姐——师傅——"阿云嚎啕大哭，双膝跪在徐佛面前，"天不收地不留，我又投靠姐姐来了！"

阿云呜呜咽咽，将一年来在周府受的委屈、折磨、痛苦和冤枉，统统说了一遍，最后咬着牙骂道："周道登是个畜牲，我的一生毁在他手里了！"

徐佛将阿云抱在怀里，轻轻给她擦干眼泪，温情地慰抚她：

"周道登不得好死，老天爷会报应他。那一劫妹妹不必再想，权当遭了一回强盗。从今儿起，一如既往，阿云还是咱归家院的人，还是我的好妹妹。"

"我辜负了姐姐，实在无脸进归家院呀！"阿云说着，又抽抽搭搭地哭了起来。

徐佛温言软语又安慰了一番，像当年一样，亲自给阿云洗脸梳头，安排她吃了些点心，阿云情绪慢慢稳定下来。这时徐佛才想起梁道钏、张轻云几位姐妹，说她们到花船上应客去了，难得有半天清静的工夫，自己关在屋里给周公子写信呢。徐佛还说："这个扎冲天杵小辫子的丫头，是前不久买来的丫环，叫水儿。"

水儿很灵巧，马上过来给阿云见礼。徐佛吩咐水儿，带阿云去沐浴净身。阿云心想，许多日子没有正儿八经地洗个澡了。

还是一年前的那口浴盆，洁白晶莹，温润如同软玉，盆内注满了香汤，氤氲淡蓝，泛着嫩绿，澄澈透明，幽香扑鼻。阿云闩了门，甩掉衣饰，将温软的身子浸泡在浴汤里，倦乏的肢体经热水浸泡，顿时舒展开来，好像有千万条滑动的小鱼，在身子的每个部位骚来骚去，说不出的舒服。这些天来，面目蒙尘，衣履结垢，人也显得憔悴枯焦。经过这番香汤浸泡，玉液洗涤，阿云恢复了以往的柔润和白腻，优美的线条已经呈现出来，酥胸洁美，如含苞待放的花蕾，她第一次认真地欣赏自己的胴体，她为自己的婀娜娇媚而震惊，作为诱人的女性，自己成熟了，真的已经成熟了！

洗掉了污浊，洗掉了晦气，如同一次新生。换上一身猩红的罗纳衫，罩上洁白的缀珠披肩，站在徐佛面前，如同云雾中的仙子，风姿绰约，徐佛惊叫道：

"阿云，你长大了，不再是阿云了！"

阿云点了点头，告诉徐佛，她真的已不叫阿云了，在流浪的日子里，她深感这个世界冷冰冰的，没有一丝温暖，于是她改了名字：姓杨字爱号影怜，以此发泄无人怜爱的孤愤。

傍晚，梁道钏、张轻云等姐妹，从画舫上应客回来，见了杨爱，喊喊喳喳地围了上来，又是喊，又是叫，又是跳，又是闹。杨爱压住内心的酸楚，以甜柔的笑迎接众位姐姐。

当晚徐佛做东，设宴给杨爱洗尘。席间，徐佛向众姐妹说："昔日的阿云已经死去，从今之后，只有杨爱没有阿云了。"

杨爱将她一年多来经受的磨难，从头至尾述说了一遍。说到昨日的痛苦，众姐妹抹着眼泪，唏嘘长叹；说到今日的团聚，众姐妹含泪举杯，频频为杨爱敬酒。由于激动，杨爱一连饮了十几杯酒，神情中浮动着一层酒意，唇若丹珠，颊如桃花，双目中盈盈溢溢，泛着无边春水，亦动亦静，灿若明霞，光彩照人。众姐妹暗暗称赞：仪态万方，小美人长成了大美人。

杨爱打开包裹，拿出徐佛赠给她的那幅字，对徐佛说：

"姐姐疼我，这点妹妹我懂，可姐姐的这两句话——逆来顺受，委曲求全，恰恰害苦了妹妹。进了周府之后，我处处逆来顺受，处处委曲求全，岂不知，委屈是不能求全的……"

徐佛一把夺过那幅字，"刺啦刺啦"，撕得粉碎，伸手将杨爱搂进自己怀里：

"姐姐我天生的烈性子，半辈子没服过人，只因这一点，受了无数冤枉，惹了无数麻烦。姐姐生怕妹妹在周府犟拧吃亏，才送给妹妹这两句话，哪里想到它害苦了妹妹……"说着，又溢出两眶子泪来。

杨爱一边拿绢子给徐佛蘸去眼泪，一边说："妹妹虽遭了些罪，也悟出了不少道理。俗话说越怕鬼越有鬼，凡事都是如此，老天生下咱们，就该有咱们一片立足之地。人性是老天赋给的，何必要委屈它呢？率性而为，顺着性子来，走到哪儿说哪儿，这样，也许活得更柱壮些！这些日子妹妹我哭得太多了……"

这一晚，姐妹们饮了许多酒，说了许多话，知心换命，亲亲热热，又抱成一个团儿了。

徐佛怀着内疚的心情，待杨爱分外优厚，腾出最好的楼房给她住，裁来最好的衣料给她穿，叫来最好的饭菜给她吃。自己最拿手的技艺，徐佛从不授给别人，悄悄授给了杨爱。遭受一场磨难，杨爱历练深了，涉世广了，内心里憋住一股子狠劲，非要活出个人样儿不可，她苦学苦练，日夜不辍，诗词歌赋，琴棋书画，渐入佳境，就连那些艺术上的绝活儿，也能触类旁通，一点即透，很快学到了手里。

那是一个初夏的晚上，徐佛半夜醒来，见隔壁杨爱房里正亮着灯光，窗子帘幔上正映着杨爱伏案的倩影。徐佛披衣出门，蹑手蹑脚地走进杨爱的卧房，只见她手握狼毫，正专心致志地书写。杨爱发觉徐佛进来，忙起身让座，问："这么晚了姐姐为什么还没睡？"徐佛乜斜了一眼说："还问我呢，半夜了，你还在写什么？"

"昨儿姐姐讲了律诗的拗救，我试着作两首，不知救得如何，请姐姐帮我看看。"说着，将刚刚誊清的两首律诗交给了徐佛。

徐佛接过来反复看了几遍，脸上露出惊讶之色，暗自点头，这两首拗体诗救得太巧妙了，如果不知实情，决不会想到是一个十几岁的女孩子写出来的，还以为出自一位老夫子之手呢！她兴致勃勃地说：

"音韵和谐，可吟可诵，哪儿还像拗体？出乎姐姐我的意料呀，这就叫雏凤清于老凤声！"

徐佛是个心性高傲的人，对诗词有独到的修养，一般之作根本看不上眼，更很少夸人。杨爱被她着实地夸了几句，觉得不好意思，双颊潮起红晕，忙用插科打诨来掩饰自己的羞涩：

"弟子愚鲁，请恩师多多指点，弟子这厢有礼了！"

两人笑了一阵，徐佛想到第二天该讲授绘画技法了，便告诉杨爱应预习一下"论画六要"。

杨爱想了想说：

"请问姐姐，论画六要，是不是有两种说法？"

徐佛感到奇怪：

"对，是有两种说法，你是怎么知道的？"

"我爱翻读闲书，看过《笔法记》，后来又读到了刘道醇的《圣朝名画评》，这两部著作中都写到了论画六要。《笔法记》中所说的六要，是气、韵、思、景、笔、墨。《圣朝名画评》中所说的六要，是气韵、格制、变异、彩绘、去来、师学。说法不同，内涵大体相同。书上读到的这些，只是些死的言词。真正活的内涵还是姐姐教给我的。"

"我？我在什么时候教给你的？"徐佛越听越觉得糊涂。

"对，姐姐应该记得，有一次姐姐跟周公子论画，谈到水墨技法，提到了六要。姐姐提问周公子答，周公子提问姐姐答，一句递一句，条分缕析，把六要解释得十分透彻，我虽做不到一字不漏，大体能掌握神髓。"

"人家说过目不忘，妹妹是过耳不忘了。"徐佛高兴地说，"我这个师傅要考考徒弟了，六要的内涵应如何解释，方可融化到作画中去？"

杨爱肃然地站在徐佛面前，像个十分认真的学生，滔滔不绝地将自己对六要的理解讲述了一遍：

"所谓气，心随笔运取象不惑；所谓韵，隐迹立形备仪不俗……如何气韵兼力，格制俱老；如何变异合理，彩绘有泽；如何师法自然师学所短……"

徐佛痴痴地听着，吃惊得叫出声来："好厉害！对六要的理解，比我深刻得多呢！"

杨爱笑着说："弟子理解得再精到，也还是师傅教的。妹妹我是一辈子也走不出姐姐画的这个圈儿。"

过了几天，到了五月初五，家家户户忙着过端午节，归家院里几十棵木香树迎风怒放，满院子浮动着浓郁的香气。七年前的这一天，徐佛兜一襟花香，将八岁的杨爱迎进归家院来，因父母早丧，她根本不知道自己的生日，徐佛做主把这一天定为杨爱的生日，每年端午节都要设宴祝贺。

这天清早，徐佛安排花大姐到福兴楼订了两桌酒菜，同时知会院中众位姑娘，前一天已邀请了盛泽镇上清望颇高的两位秀才——章公子和罗公子。

傍晚时分宴会开始，徐佛带头举起杯子向杨爱祝酒。杨爱也举杯向大家致谢。徐佛说："过了今日，杨爱就是十五周岁了，十五岁不再是小孩子，成了大姑娘了。眼见得杨爱色艺双成，艳帜高张，我心里像灌了一勺蜜那样甜丝丝的……"

杨爱向徐佛敬了双杯，说："妹妹若有所成，全赖姐姐的调教培养。"

一句话引得张轻云、梁道钊等几位姑娘吵嚷起来，纷纷指责徐佛偏心，只在杨爱身上用功夫，把别的姐妹全忘了。杨爱红了，把众姐妹都给遮下去了，吵着闹着要罚徐佛吃酒。徐佛大叫冤枉："辛辛苦苦给院里育了个撑门顶户的，反而遭了罪，落了这一堆埋怨……"

众姐妹笑了一阵闹了一阵，一直没有说话的罗公子站了起来，彬彬有礼地说：

"听说杨姑娘自创了一种舞蹈，有踽步舞的婀娜，有霓裳羽衣舞的妩媚，精妙无比，独具一格。肯请杨姑娘赏光，让大家一饱眼福。"

大家拍手赞同，杨爱还想推脱，徐佛说：

"爱爱，今儿是你的生日，别扫了诸位的雅兴，跳吧，我为你伴奏。"说着，打开筝匣，调起音来。

杨爱一个旋转，长裙旋成一朵鲜花，飘飘悠悠旋入厅堂中心，随着乐曲翩翩飞起，身姿如丝如絮，款款莲步，自成妙曼。仿佛整个大厅都随着她的舞姿旋转，在场的姑娘、秀才们，都看呆了。

一曲跳罢，额角浸出了细密的汗水，杨爱收神敛气，款款向诸位致意。姐妹们轻轻吁了一口气，暗暗赞叹：芙蓉出水，朝暾吐霞，太拿魂了。两位秀才半天才回过神来，章公子讷讷了许久，说："果然是红豆美人，定然要誉满江南了！"罗公子没有吭声，抓过狼毫，展纸濡墨，挥写下一首七绝：

> 柳荫深处十间楼，
>
> 玉管金樽春复秋。
>
> 只有可人杨爱爱，
>
> 家家团扇写风流。

罗秀才的诗如一阵春风传遍江浙，一时间美姬才媛，靓女闺秀，团扇上写的、绢帕上绣的，都是杨爱的名字。说来奇怪，周相府加给杨爱的磨难和屈辱，不但没有使她珠玉蒙尘，反而因祸得福，以"相府下堂妾"的身份，博得了世人的特别青睐，慕名来访者络绎不绝，一些巨贾豪客，不惜重金一睹杨爱的芳容艳姿。不到半年，杨爱的身价猛增数倍，芳名鹊起，已红遍了湖州。

第二章

松江访友　初浴爱河

6

杨爱红了、紫了，表面上热热闹闹，内心深处却充满了一团阴冷。她身居芸翠轩，垂虹桥的身影和太湖烟波时时映入她的眼帘，想到垂虹桥便想到了周道登，于是在周府遭受的屈辱和磨难，便一幕幕展现在眼前，忍不住偷偷流泪。每逢霜晨月夕，她挽住徐佛姐姐的襟袖，一声又一声惋叹。徐佛问她有何心思，她总是沉默不语，被徐佛逼得没有办法，才吞吞吐吐地说：

"姐姐有周金甫可以依靠，我呢？我终身老死归家院吗？这归家院待我不薄，但又时时让我联想到周府那段痛苦的日子……"

徐佛不声不响，花费五百两银子，为杨爱买了一艘鎏金画舫，配备了随行的船工、仆人，特别将院里的娘姨花大姐和身边的丫环水儿，送给了她，让她离开归家院，独自去闯天下。

长江三角洲是一片水网密布的地带，北起常熟，南连嘉兴，西浸太湖，东携松江。正是舟楫桨橹活动的大好天地。崇祯五年（1632）十一月，杨爱的恩师陈眉公老人七十五寿辰。因陈老是杨爱的启蒙老师，杨爱对陈老一直怀有深深的敬意。在徐佛的支持下，杨爱乘画舫去松江佘山，向陈眉公老人贺寿。

松江佘山为浏览胜地，每逢春天，四处的名姬娇娃，常来此踏青拾翠。陈眉公隐居佘山脚下，深居简出，广植松杉榆柳，构亭榭，掘湖塘，移植古梅百株，招来白鹤千只，整日弹琴作画，以读写自娱。陈眉公老人生日这天，远近名士佳丽纷纷前来祝贺，这世外桃源顿时变得热闹起来。

庞大的眉公山庄在连云的树木覆盖下，一片蓊蓊郁郁，走过一道卧龙形的女墙，就是古色古香的晚香堂，座落在一片姹紫嫣红之间。陈眉公得知杨爱到来，忙降阶迎接，杨爱望着陈老两道雪白的长眉，笑着说：

"眉老鹤寿增了一岁，眉毛也长了几分。"

"云儿娉娉婷婷，更惹人爱怜了。"陈眉公拉住杨爱的手说，"我是越活越丑陋，云儿是越活越漂亮了！"

厅堂内男女老少，纷纷起身颔首，向杨爱致意。陈眉公请大家坐下，然后一一介绍。

右首的圆桌周围，坐着三位公子。年龄最大的一位约二十五六岁，长身雄伟，四肢健朗，身着绸衫，丝帕束了黑发，两只大眼炯炯有神，目光中流露出卓荦不群、傲视俗物的意味。这位就是几社主盟、名倾海内的陈子龙。眉公老人介绍说："陈子龙，字卧子，研究诗文古学之余，流连文酒，风标才调为天下第一。"

与陈子龙并排坐着的那位，身着蓝衫，文静羸弱，目光中流露出睿智和聪颖。眉公老人介绍说："此位名李雯，与陈子龙同创几社，诗名相颉颃，有《陈李唱和集》行世。"

年纪最轻的那位，面如冠玉，风流倜傥，是十足的美少年。"此位姓宋名辕文，诗文俱佳，才名闻于江左。"

"自古云间（即松江）多才俊，真是盛流如云。"杨爱微笑颔首，向才子们施礼。

右首方桌边坐着几位年轻的女子，居中的一位，身着一袭酽紫色的道服，肤色皎白如软玉，翩翩似月宫仙子。眉公老人刚要开口，杨爱莞尔一笑说：

"让我猜猜……大概是载书万卷、游遍天下的草衣道人，我猜得不错吧！"

眉公老人插话道："草衣道人王修微，正当名满秦淮、艳帜高张的时候，弃繁华遁入清虚，画舫载翰墨游遍江南，与胜流名士酬唱往还，天下谁人不知？阿云猜得正对！"

王修微非常高兴，连连向杨爱致意，并问候徐佛。

坐在王修微左边的一位，修长白净，纤细文弱，仔细打量，浑身透着一股仙气。

眉公老人介绍说："这是名冠钱塘的才女林天素。"杨爱读过林天素的诗作，更艳羡她那一手娟秀挺拔的小楷，对这位纤纤美人肃然起敬，由衷地赞叹道：

"天生才媛，为江南增一段奇尔！"

林天素天性腼腆，未曾开口腮边即泛起一片红晕，娇嫩的脸庞更显得妩媚。她向杨爱款款一礼，表现出大家闺秀的风范。

最后站起来的是陈眉公的老友汪然明。眉公老介绍说：

"汪然老是我的莫逆之交，任侠尚义，雅好诗文，有《春星草堂集》行世。"杨爱见他体格精瘦，面目清癯，眉宇间秀着一股剑气，气韵风标有杜工部之慨，忙款款一礼：

"汪然公的《春星草堂集》，学生拜读过，写得峻拔超逸，格调清奇。今日一睹仙颜，诗品与人品互为印证，令学生佩服得五体投地。我愿拜汪然老为师，切盼汪然老不吝赐教。"

汪然明抱拳还礼：

"杨姑娘才貌超绝，雅量通怀，老朽不敢作大。"说着，拍了拍陈眉公老人，"有继儒兄这样的名师指点，天下学问可以得矣！"

陈眉公正色道：

"然明兄号称黄衫客，对我这位乖巧可人的弟子，更要多多帮助哟！然明兄说过，我的弟子就是你的弟子，可不能食言而肥哟！"

满堂客人都笑了。

寿宴开始，杨爱向陈眉公师傅献寿酒，又向汪然明和众位客人敬酒。酒宴之后，杨爱讲述了在吴江故相周道登府中所受的种种折磨，以及险些被害的惨景，在座的诸位深表同情，唏嘘不止，陈眉公老人还为此做了首诗赠给杨爱，诗中表达了对弟子杨爱的真挚同情和爱怜。

寿宴之后，陈子龙、李雯、宋辕文等云间三子，因赶着参加几社举办的文会，匆匆赶回松江，其他宾客也纷纷告辞。晚香堂里只有杨爱、王修微、林天素和汪然明等几位了。侍女们摆开四张桌子，一桌是棋牌双陆，一桌是纸墨笔砚，一桌是管弦筝琶，一桌是酒食茶点，大家或者饮酒，或者吃茶，或者浅吟低唱，或者倾心交谈，随心所欲，心情愉快，气氛闲适。杨爱问到汪然明的家世，眉公老人道：

"然公几代跟烟墨结缘，灵魂里都饱蕴着墨香，他的祖籍在哪里，阿云应该知道了吧？"

杨爱略作思索，道：

"我想，应该是徽州了。"

汪然明含笑颔首，说自己祖上几代做烟墨为生，到了自己这一代，除了制墨还贩墨，收藏古墨，"可以这样说，我是在娘肠子上就吮吸烟墨了，所以说我的血肉经络都是黑色的。"

汪然老的幽默戏语，逗得几位姑娘掩口发笑。林天素说：

"看来，然公的心也是黑的了。"

汪然明忙摇手反对：

"不不，我与当官的不同，我是皮黑肉黑心不黑。"

大家又笑了一阵。杨爱酷爱习书，对烟墨自然有特别的兴趣，忙向汪然老请教。汪然明一边啜饮着浓茶，一边慢条斯理地聊起了徽州烟墨。他说周秦之前并没有烟墨，那时文字不用笔写，而用刀刻，要烟墨何用。到了唐代，开始用石墨写字，狼毫作书的普及和精进，皇家设置墨官，专门监制烟墨，所用松烟墨料均是高丽国贡品。到了南唐，李廷珪父子在徽州做墨官，广招墨人，多方研究，把制墨技艺推向高峰。墨为神物，同样的鹿角膏、松烟，做工相同，制作的烟墨往往各异。这又为何？无人能够说得清楚。徽墨的创始人李阳冰，墨槌一定要是檀木，一支墨锭要捶打六万四千八百九十九槌，从半夜子时墨胎上盘，焚香开槌，到黎明太阳吐红正好捶打完毕，多一槌墨条则老，少一槌墨条则嫩……

杨爱惊得吐舌头，感叹道："制作一锭墨这么不容易呀！"

然公有了谈兴，眉宇间流淌着一条烟墨知识的河。他说：

"我祖上收藏着唐代名家祖敏制作的一锭烟墨，唐墨形状无定，有方有圆，都篆有墨名。我家这支唐墨，为螺子形，篆有'玉绳'二字。当年祖敏以'玉绳'命名，完全出于偶然。事有凑巧，七百五十年后的今天，当朝宰相周延儒的号，正好也为'玉绳'。周延儒得悉此墨，专门派人前来索求，出黄金百两。若周氏是个贤相，我一分一文也不会收取，当拱手奉上，可周延儒是个奸臣，给钱再多我也不愿出售。来人误以为我是奇货可居，拿此墨勒索，第二次出黄金二百五十两，第三次出黄金四百两。我心肠太软，这张硬弓不好意思再拉下去，只好把'玉绳'给了他，收他黄金二百两……"

"一锭墨竟售黄金二百两，这还了得！怪不得汪老说他的钱黑，原来是诈骗勒索得来的，还能不黑！"杨爱戏谑道。

温文尔雅的林天素也跟着凑趣：

"汪老不但赚'黑'钱，还赚'血'钱呢！"

汪然明哈哈大笑，说道：

"我愿意招供。不过我赚的可不是'血'钱，而是'歙'钱。徽州是块宝地，自古有两大名产，第一是烟墨，第二便是歙溪砚，简称歙砚。我祖上经营徽墨的同时，也经营歙砚。"

说到歙砚，汪然明摇头晃脑，如醉如痴，话就多了。他说歙砚出在徽州歙溪，唐人李少微为歙砚鼻祖。砚石洒满泥金斑点，形如龙尾，为上品，谓之龙尾金星。有一种眉子砚，花文有指甲大小，如卧蚕，长短二寸到三寸不等，也称得上妙品。有一条，歙砚只有长了水眼才主贵，三个水眼的为妙品，五个水眼者为神品，七个水眼者便为极品了……

汪然老滔滔不绝，说到哪儿都是花红柳绿一大片。杨爱听得两眼直勾勾的，听了半天，提出一个疑问：

"水眼有何用处？为什么有了它就主贵了呢？"

汪然老并不正面回答，捻着稀疏的髭须，幽幽地讲了一个故事：那是曾祖父汪寅在世的时候，有一年徽州举办歙砚会品，大厅中心砌起一个碾盘大小的圆台，圆台油漆得通明锃亮，十块歙砚为一拨，摆在圆台上品评。砚官、砚师和州官组成品评团，从砚的形制、大小、花纹、颜色、音韵、肌理、润腻，到发墨、涵量、手感等，逐条会评。从三月三评到六月六，品鉴了九百八十九块歙砚，与名单一一查对，还差一块没有会评。这时，汪寅命家仆砸开大厅中的圆台，从圆台中捧出一块歙砚来，大如门旁的石鼓，青绿颜色，泥金斑点密密麻麻，如满天星斗，排成龙尾形状，缠绕砚石全身。打开砚盖，见盈盈一池香墨，虽已经过三个月零三天，依然一滴未耗，纹丝未动，含墨能力达到十成。沥去香墨，发现砚中有七个芝麻大小的水眼。原来，这七个水眼，逐个吞吐，涵养水墨，永不干涸。砚官、砚师们啧啧称赞，把这块歙砚评为极品，还给它定名为"青龙砚"。这是汪家二百年来收藏的最名贵的一方歙砚，后来青龙砚被徽州知府献入宫中，因它背后篆有一个"寅"字，至今仍可以看到……

汪然明越说兴致越浓，看样子若没有人提醒，怕要一股烟儿说到天亮了。

林天素轻咳了一声，说："然公，该歇歇了。"

汪然明忙起身抱拳，连说"失礼失礼"，提议眉公老人为大家讲一讲乐曲《松风》的制作经过。

杨爱跟眉老受业两年，从未听眉老讲过，便装出生气的样子埋怨道：

"师傅，你把真经传给了汪老和林姐姐，为何不肯传授给徒弟？"

林天素连喊"冤枉"，说眉公老并没有给他们讲过。他们也是听别人传说的。汪然明善于玩笑，他向眉公老深深一揖道：

"眉公，你蒙哄朋友倒也罢了，怎么连徒弟也蒙哄了，你这是猫教老虎，对徒弟也留一招呀！"

陈眉公被逼得没有办法，只得打开锦盒，捧出琵琶小忽雷，放置桌上说：

"琵琶取法天、地、人三才，四弦为春夏秋冬，自古以来，挡弹高手能拨动风云，这些我都给阿云讲过。我不是挡弹高手，《松风》曲只能是我的摸索，迄今曲谱未能固定下来，只能处于即兴弹奏之中，所以一直不敢公开。期望有生之年我能完成此曲。如果我能弹一曲满意的《松风》离开这个世界，那将是我平生最大的欣慰……"

眉公请诸位每人带一张软椅，坐到院中，同时将晚香堂内外的烛火全部熄灭。

天地间一片黑暗。一排排高大的古松，顺着山坡伸向远方，无边无际。古松高指星空，与天界融为一体，令人感到茫然而神秘。庞大的黑暗如古堡耸立着，朦朦胧胧；给人以高深莫测的感觉，似乎一步踏入了远古。

小忽雷放在一条檀木长几上，长几的前面有一方巨大的石案，石案上点燃了高香，眉公老人双膝跪地，仰望松海星空，默默冥想，谁也不发一声，连一丝轻微的呼吸也没有，没有一丝风动，没有一丝虫鸣，世界沉入巨大的虚空中，只有两个字：宁静。

不知什么时候，眉公已坐到琴几前，把小忽雷置于膝上，轻轻挥出一个弦音："咚——"整个天地一颤，静静的松海好似灵湖涌动，有天外之意。接着"叮叮咚咚"，双泉跳涧，清响激越，"空空洞洞"音律越来越浑厚，越来越激越，渐渐如牛吼，渐渐如雷动，巨大的森林如受伤的雄狮，"呜——呜——"发出沉闷凶悍的喘息，喘息越来越博大，越来越高亢。松风从天外而来，灌满了孔孔洞洞，假山的大小洞穴发出细细的幽鸣，仿佛整个世界被这《松风》所激动，每一根神经都站立起来。

杨爱已无法自控，浑身战栗着，弦音停止许久，松风依旧轰鸣，大家谁也不说话，一个个呆望着茫茫的夜空……

陈眉公点燃了烛火，客人们重新回到晚香堂。杨爱和林天素，连连赞叹眉公老的惊人功力：

"真是天下第一挡弹手！"

汪然明不住地颔首：

"人说眉公挥手弹动天风，一点不错。六十年来我还是第一次领略呢！"

陈眉公连说"不敢"，自谦道：

"技艺平庸，怎能称奇？真正的天下第一挡弹手，是唐代的康昆仑。可惜今人已无法达到那种神奇的境界了。"

杨爱、林天素则说，眉公老一曲《松风》足够弟子们学一辈子的了。

谁也不肯休息，宾主激动了一阵，赞叹了一阵。许久以来，这是杨爱最舒心最痛快的一个夜晚了。

第二天，汪然明、林天素告别陈眉公，返回钱塘。分手时，杨爱将自己的一卷诗稿交给汪然明，请他指点斧正，汪然明则邀杨爱到钱塘游览，看看他的西湖别墅，赏玩他的不系园。杨爱当即应诺："上有天堂，下有苏杭，赏玩西湖，我是一定要去的！"

7

　　杨爱赴佘山为恩师陈眉公祝寿，这是她有生以来第一次重大的社交活动，开阔了胸襟，增长了见识。汪然明、林天素、草衣道人，特别是云间三子，他们的学识和志向，他们的谈吐和气质，给杨爱一片全新的气象，仿佛眼前打开一个崭新的天地，使她激动不已，因而对松江这一盛流荟萃之地，产生了浓厚的兴趣，顿时感到归家院的天地是那么狭小。

　　松江祝寿之后，杨爱没有返回盛泽镇，而是乘坐画舫，自由往来于江湖之上，一方面走访松江名士，结识文友；一方面读书练字，写诗作画，过着一种清幽适意的生活，静静河山，悠悠胸怀，心灵沉浸于诗情画意之中。

　　每当访友回来，见画舫被清风摇撼，在湖面荡来荡去，无处可依的样子，一丝伤感掠过心头，头脑中便跳动着乱糟糟的诗句，回到客舱，悄悄记录在纸上。如：

> 琢情青阁影迷空，画舫珠帘半避风。
> 缥缈香消动鱼钥，玲珑枝短结凳红。
> 同时蝶梦银河里，泣浦鸳湖玉镜中。
> 历乱愁思天外云，可怜容易等春逢。

　　有时夕阳西下，辉光映照菱湖，杨爱伫立船头，仰望西天青峰，起伏在水天雾霭中，山岚云团一会儿如狮，一会儿似虎，变幻莫测，心中突然产生了一种冲动，她快步进入仓房，展纸濡笔，开始作画。在激情的推动下，她挥笔如风，左涂右抹，勾勾点点，顷刻间一只惊鹿跃然纸上，题款为《惊鹿穿花》，署名"影怜"。

一日，杨爱正在作画，姨娘花大姐来报：

"徐三公子来访。"

杨爱想了想说：

"没有约过什么徐三公子。"

花大姐忙解释说，这徐三公子，是已故名相徐阶的曾孙，家有万贯金银，佘山一带大小城镇都有他徐家的产业，"这位三公子有钱有势，不可慢待哟！"

杨爱觉得花大姐话里似有威胁的意味，不高兴地说：

"不见不见！"

原来五天前徐三公子付给了三十两银子，欲见杨姑娘，当天杨爱不在船上，后来花大姐忘了说了，所以杨爱一直蒙在鼓里，眼前人已候在岸上，花大姐不得不如实秉明。

杨爱听了，心里很不舒服，以责备的口吻说：

"像这种钱，要及时向我禀报，以免手忙脚乱。那三十两银子呢？"

"这几天已经开销得差不多了。"

杨爱无奈，只得简单梳掠一下，请徐三公子上船。

这徐三公子人高马大，体格壮硕，一身武士打扮，披金挂银，耀人眼目。锁子连环甲上一块碗口大的护心镜，脚蹬乌亮的皮靴，右边靴口上一点银白，毫光闪烁，估计是一把深插的匕首，单看这身装束，很像是个胡人。

徐三公子听说杨爱文才出众，喜欢与文人雅士交游，来之前专门向塾师学习了几篇诗文以便附庸风雅。

杨爱把徐三公子接入客舱，礼让公子上座。徐三公子哪见过如此美艳的少女，内心一阵激动，朗诵起刚刚学来的诗词，表示自己对杨爱的倾慕：

> 美人如花隔云端
>
> 长相思，在长安
>
> ……

怎么突然说到长安去了？杨爱感到惊愕，开始有些不解。细看这位三公子的呆相，心里便明白了几分，戏谑地问：

"三公子，你要到长安去吗？"

"不不，我只要来画舫看杨姑娘。"

"看我？看我干什么呀？"

徐三公子被杨爱问得不好意思，忸怩了半天，"嘿嘿"地笑了：

"我……我爱上杨姑娘哩！"

杨爱心里觉得好笑，可脸上却一本正经地说：

"三公子，你见过我几次了？"

徐三公子想了想，很认真地说：

"这是头一回呀。"

"既然是头一回，过去咱们从没见过面，你怎么就爱上我了呢？"

徐三公子是个蠢人，一时不好回答，憋得两颊通红，"吃吃"地结巴了半天，才不得不说：

"管家告诉我，画舫上来了个杨姑娘，长得面如桃花，口似樱桃，比天仙还美，我想得吃不下饭睡不着觉，跟我的奴才说我得了相思病了。我觉得我是爱上了您了。"

一直憋住劲不敢笑的杨爱，这时忍俊不禁，"扑哧"笑出声来。

因塾师告诉徐三公子，美人的笑最可贵，千金难买，杨爱一笑，三公子受宠若惊，学着塾师的样子，摇头晃脑地背诵起来：

"一笑……倾人城。"

徐三公子一本正经的憨相，惹得杨爱再也憋不住了，开怀大笑起来。徐三公子误以为杨姑娘已经爱上了自己，坐姿更加规矩，挺了挺腰杆，一脸肃然，像小学生背书一样亢起高腔：

"再笑……再笑倾人国！"

杨爱一发不可收拾，笑得瘫坐在软椅里，再也直不起腰来。

到了这个时候，徐三公子感到为难，不知如何对付才好。因为这三笑的答词，心里一激动，忽然给忘了，越想不起来，心里越慌乱，这该怎么办？

杨爱见三公子神情慌张、手足无措的样子，一边拿手绢蘸泪，一边以戏谑的口吻问道：

"那……三笑呢？"

徐三公子急得直搓手，心想，对于杨姑娘的问话怎能不答？鼓了半天劲才说：

"那……那三笑……三笑……我倾家荡产！"

杨爱见徐三公子虽然言语粗直，谈吐并不粗野，神情憨愕，却是个通情达理之人，便命水儿摆上茶点，以礼相待。

"看穿戴，徐公子可能尚武？"杨爱试探地问。

徐三公子见问，放下刚刚端起的茶杯，气壮声宏地说：

"本公子自幼习武，不论是关二爷的三十六路大刀，还是罗八爷的七十二路银枪，我都烂熟于心，得心应手。"

杨爱不解地问：

"关二爷自然是三国时的关云长，罗八爷是指的哪一位？"

"罗八爷就是瓦岗寨的八弟罗成呀，杨姑娘大概还不知道，罗成把七十二路梅花枪传给了我的爷爷，我爷爷又传给了我。"

杨爱想笑，又不敢笑，拿住劲儿控制自己，细细品了口茶，诚心诚意地说：

"当今乱世，战火狼烟连绵不绝，盗贼蜂起，辽东反乱，百姓不得安宁，放眼天下，正是英雄用武之时，徐公子一身武艺，为何不献身国家？"

徐三公子得到杨爱这位美人的鼓励，激昂慷慨地说：

"若贼人胆敢侵扰咱们松江，本公子一定投军作战，为百姓杀敌，保卫咱们的家园。"

"徐公子英雄本色，不愧为宦门之后，公子定能建勋立业，名垂青史。"

徐三公子已把杨爱引为同调知音，定要与她饮酒猜拳，一醉方休。

杨爱推说身子倦怠，体弱气短，不能陪公子饮酒，请公子鉴谅。徐三公子大度，并不勉强，说：

"杨姑娘待我有情有义，从今之后，每逢初三、初六、初九，便来画舫看望杨姑娘。"

杨爱暗暗叫苦，若真的如此，哪堪忍受，忙说：

　　"不必不必，松江众多文人雅士常来拜访我，我这画舫太小，怎坐得下这么多有身份的人物？徐三公子就不必……"

　　徐三公子不等杨爱说完，截住她的话头道：

　　"好办好办，我把杨姑娘接到我们徐府，请杨姑娘自己住一栋大楼，天天把杨姑娘当菩萨供着。"徐三公子说得手舞足蹈、欣喜若狂。

　　"我是小庙的神，受不得大烟火，哪敢住一栋大楼？这儿有艘画舫就够了。"杨爱笑着说，"我是不会离开我的画舫的。"

　　徐三公子歪着头想了半天，想出一个好办法，每逢三、六、九来画舫送银子，送了银子就走，只需看一眼杨姑娘就行，并不停留。

　　杨爱仍不同意，送银子太多，怎能担当得起？

　　徐三公子豪爽地说："府上的银子多的是，姑娘使劲花也是花不完的！"

　　杨爱碰上了一块皮胶，粘到身上无论如何也揭不下来了。她暗暗摇了摇头，觉得这位徐三公子真令人哭笑不得。想了想，说：

　　"徐公子，你说你爱我，到底是真心呢，还是假意呢？"

　　徐三公子急得瞪大眼睛，指天发誓道：

　　"呵呵，若不是真心，教雷劈我！"

　　"古人说，两情若是久长时，又岂在朝朝暮暮。"杨爱温情地说，"徐公子既然真心爱我，又何必天天在一起呢？我这里是个文人聚会的地方，经常来往的是墨客骚人、风流雅士，你使刀弄枪，不懂诗文，如跟他们混在一起，格格不入，大家都不舒服。"

　　"那……那……"徐三公子十分痛苦，"我再也捞不到见杨姑娘了？"

　　"公子耐心等待，什么时候我叫你来，自会命花大姐去请你。"杨爱说，"没有我的话千万不能来，若来了我会不高兴的。"

　　徐三公子连连称喏，起身告辞。从此之后他虽没有再来，热情并没有稍减，时时刻刻记挂着杨姑娘，每到月头，便差奴仆送银子到画舫上来。

　　杨爱的画舫沿着河道缓缓前进，驶入距松江不远的红蓼湖，泊在一个繁花如锦的堤岸下。湖光山色，红霞碧波。湖上偶有梭鱼跳起，青苍的波涟中划出一道银白。水面上秀出一簇簇新蓼，绿得油亮，贲张着蓬勃的生命力。杨爱站在画舫上，遥望这个新鲜清纯的世界，顿时感到心旷神怡，她打算安安静静在此歇息几天，欣赏红蓼的风光，享受大自然的赐予。

这天午后，杨爱有些倦怠，仰躺在软椅上休息，花大姐走进来，报说"有两位公子要见姑娘。"

杨爱随着花大姐走出客舱，远远看见岸上站着两位年轻的公子，前边那位举手高喊"杨姑娘！"二人健步走过跳板，相继登上画舫。此时杨爱方才看清，前面的一位是云间三子之一的宋辕文，后面的一位从未见过。

杨爱引二人入客舱落座，宋辕文介绍说：

"这位是族弟宋征璧，名存南，字尚木，华亭才子。"

杨爱道了万福。宋征璧神色有些腼腆，是一个涉世不深的大孩子。侍女水儿沏上香茶，三人一面吃茶一面谈心。杨爱问宋辕文如何找到画舫上来的。宋辕文说：二人来蓼湖游览，偶然碰上了杨姑娘的画舫，"这是天赐的缘分，该当咱们晤面"。

杨爱问宋辕文，晚香堂别后，一直在忙些什么。说到这里，宋辕文话就多起来，他说他如何通过父亲的挚友，向主考官大人奉送珍宝；如何通过翰林院，向当今皇上输诚……不久便可层层打通关节，明年进京会试，定能稳操胜券……

宋辕文眉飞色舞地讲着，杨爱呆呆地听着，尽管他讲得很认真、很投入，可她一句也没听进去。过了半天，杨爱愣愣地插上一句：

"他们二位……在忙些……"

"他们……他们是……"

"晚香堂贺寿，不是去了三位吗？那位陈公子呢？还有李公子……"

宋辕文有点扫兴，这种尴尬一掠而过，除了杨爱，别人不可能觉察。

"嘿，姑娘问子龙和舒章，他们忙得很哪！连我也很少见到他们。"宋辕文回过神来，忙应付了一句。

"他们二位忙些什么？"杨爱追问了一句。

宋辕文连连摇头，只以"说不清楚"四个字含混过去。

杨爱不好再问，宋辕文又讲了些松江文会的逸闻和趣事，夸耀了一番自家的门台和族旺，东扯葫芦西拉瓢，说了许多，眼见得恹恹的红日坠下西天，坐在后边的宋征璧捣了几下宋辕文的脊梁，宋辕文知道时候不早了，才起身告辞。临别时，杨爱对宋辕文说：

"下次邀陈公子、李公子一起来，就说我杨爱在舫上恭候。"

宋辕文满口答应："一定，一定。"

三天之后，宋辕文再次来访，却是独自一人。杨爱寻问陈、李二位公子为何没有同来，宋辕文一愣神儿，想了想说：

"这些日子，子龙和舒章都有一份特别的功课，深居简出，不肯露面。"

"特别的功课？什么功课？"杨爱不解地问。

"子龙是个怪人，一心迷恋于朝政，听说他正埋头起草一份给当今皇上的上书文稿。舒章则不同，他这个人一心迷恋于香艳，听别人说他正埋头编著一册诗词，历代香艳诗词……"

杨爱点了点头，不再寻问什么。

从此之后，隔三差五，宋辕文便到画舫上闲聊，谈天说地，滔滔不绝，言说的内容无非是自己显赫的家世和未来的锦绣前程。对于宋辕文的过分热情，杨爱十分谨慎，常常顾左右而言他。而对几社主盟、才高天下的陈子龙，却倾心向往之，虽只在晚香堂一晤，他那沉稳内敛、大美而不言的气质，已经征服了她。她通过宋辕文几次邀他而不见他的回应，便决定写一封信给他，探一探口风。她用了整整一个晚上，把信写好：

陈先生卧子：

　　传说云间三子为人中之杰，晚香堂一晤，方知此言非虚。吾以卑微之躯，叩拜先生盛流之雅，先生学究天人，德行动天地，想来不以长揖见拒，定能倾身接纳，悉心交游。果如此，奔走附丽者幸甚！顿首拜书。

　　　　　　　　　　　　　　　　　　　　　　　　女弟　影怜

杨爱派船工将书信送给在南园读书的陈子龙，自己在画舫上静候。等了多日，不见有任何消息，心里焦急，便叫来送信的船工讯问。船工将送信的经过详详细细说了一遍，信是船工亲自交到陈子龙手里的，不会有丝毫差错。

"陈公子阅信后，说了些什么？"杨爱仍放心不下，一点一点地推敲。

"没有……是没有说什么。"

"当时你给陈公子要没要回复？"

"回复？没有。姑娘没有教我要呀！"

"陈公子阅信后，你觉得他的表情如何？"

"表情……"船工使劲想了半天，无可奈何地说，"没……没有什么表情……"

杨爱没有办法，只得蜗居画舫等待，又是十几天过去了，仍听不到任何消息，再也等不下去，便派花大姐到南园打探消息，半天工夫，花大姐便打探清楚。原来，陈子龙见杨爱在信的末尾署着"女弟"二字，心中甚为不悦，不愿做任何应答。

陈子龙的倨傲，使杨爱十分恼恨。第二天一早，她收拾打扮了一番，赴陆氏南园亲自拜访陈子龙。

陈子龙正在读书楼读书，门阃传话"有客来访"。接过名帖，见访客是"勺园庵隐雯道姑"。陈子龙从不知道这个名字，见字迹刚劲洒脱，没有丝毫俗气，便说了声"请"。

不大会儿，门阃带进一个人来。穿一袭亮黄道裙，外罩紫褐，腰下飘曳着十几根黄条，看来是个有身份的练师。再看头上，却罩着一幅儒巾，不伦不类，令人惊异。陈子龙忙施礼让座，来人依然立在堂前，不理不睬，不发一言。陈子龙抬头仔细打量，见这道姑面若冠玉，目似朗星，像是在什么地方见过，疑疑惑惑地问：

"您是……"

"贵人健忘，陈公子不会认识我的，我就是隐雯道姑。"

陈子龙忽然记起，原来是杨爱姑娘，忙再次施礼，请杨姑娘落座。

"风尘贱妓，玷辱了名门贵胄，特来谢罪。怎敢在贵公子面前落座呢？"杨爱亢然屹立。

陈子龙知道，杨爱是为那封信而来，忙长揖到地：

"子龙失礼，愧甚愧甚！姑娘雅量通怀，还请多多原谅。"

"陈公子盛流名士，对一介贱妓邈邈不置一词，原是理所当然，有何失礼！"

陈子龙见杨爱步步逼进，对自己的礼让不肯谅解，也就当面锣对面鼓，实话实说：

"既然杨姑娘不愿饶恕我的过失，我就推心置腹，打开天窗说亮话。杨姑娘对我
的敬重，我铭感五内。只是信末署名"女弟"二字，我看后心中不太舒服，所以没有
复信……"

"不舒服？对！一名贱妓，竟敢与宦门公子、江左才俊称兄道弟，岂不是有伤大
雅？！一名贱妓，竟与党社清流、诗文大家攀朋结友，岂不是大逆不道？！这就是陈
公子所说的不舒服。"杨爱嘿然一笑，愤愤道，"风尘中不辨物色，何足为天下名
士？"说罢，拂袖而去。

陈子龙见杨爱咄咄逼人，有一股凌人的气势和胆略，顿生敬佩，他喊了几声"呃
呃，杨姑娘……"

杨爱已经走出读书楼，身影隐没在芭蕉丛中。

8

从陆氏南园回来，杨爱便病倒了。一会儿作冷，一会儿作热，作冷时浑身筛糠似的战抖，所有的被褥都压在身上，还冷彻骨髓；作热时衣服一件一件剥掉，一身单纱还大汗淋漓。花大姐吓坏了，忙跑到松江城里延请名医刘三官来画舫诊治。刘三官跑了半辈子江湖，从来没见过杨爱这么美艳的女色，将枯指搭在杨爱洁白柔腻的手腕上，心猿意马，神不守舍，慌里慌张中开了三济汤药，吃下去病症没有减轻，反而加重了。正在花大姐和水儿愁眉不展的时候，宋辕文来了。他见杨姑娘玉容憔悴，双颊蜡黄，忙问花大姐，请郎中了没有。花大姐哭丧着脸说：

"郎中越治越重了。"

杨爱慢慢睁开眼睛。宋辕文点了点头，做个手势要杨姑娘闭目养神，只把一束丁香花放在杨姑娘床头，默默地退出客舱。

傍晚时分，宋辕文拿着一瓶药匆匆赶来，花大姐把杨爱扶起来，用棉被裹住，杨爱看了看宋辕文递过来的药瓶，问是什么药。

宋辕文说是教堂神父给的一种药，叫金鸡纳霜。杨爱听了，连连摇头，无论如何也不肯服用：

"中国人的病，请洋鬼子来治，岂不是笑话！"

宋辕文好说歹说，又哄又劝，说这种病是一种邪毒，由蚊虫传播，并将自己服此药的经过讲了一遍，杨爱才勉强同意服了两粒。说也奇怪，这小小药片确有神力，服下去不久，就觉得病情减轻了许多，虽还作冷作热，比以往轻松多了。依据宋辕文的交代，掐住时辰又服了三次，邪毒全部驱除，身子完全好了。

经过这场大病，杨爱对宋辕文的看法有了很大的转变，觉得他不但年轻漂亮，而又热情善良，博学多闻。表面看他比较浅薄，也许，正因为"浅博"才比较"单纯"，更容易相处。

大病初癒，身子羸弱，杨爱不愿意接待客人，唯独希望宋辕文来陪自己说话儿。

经过这段时间的交往，宋辕文渐渐发现，杨姑娘不但艳冶妩媚，而且思想颇有深度，对人生有自己的追求，因而自己的行动也俭点了许多；来画舫的次数减少了，每次不超过两个时辰，谈诗作画，彬彬有礼，缠绵悱恻，温言软语，渐渐惹得杨爱有不忍舍去的感觉。

午后，杨爱正练习一首筝曲《马踏落花》。

花大姐神色慌张地跑进来：

"不好了，不好了，那个……那个……公子又来了。"

"哪个公子？"杨爱问。

"就是那个呆子……呆头呆脑的徐公子。"

花大姐手足无措。

杨爱想了想说：

"既然来了。那就请吧。"

杨爱收起曲谱，接待徐三公子入座，吩咐水儿沏茶。这回徐公子穿了一身紫色杭绸长衫，头戴幅巾，胸前没了银色护心镜，却换了一对大红绒球，由于他身形粗壮，更显得难看。

杨爱递上一杯香茶，道：

"徐公子，咱们说定了的，没有花大姐的邀请，你是不能到画舫上来的，今儿为何不请自到呢？"

徐三公子欠了欠身，很有礼貌地答话：

"是的，我是不该来的，可听说姑娘病了，我心里急呀！我已经来了好几次了，每次都咬住牙不见姑娘，这一回撑不住了。"

"不见我不行了，是吧？"杨爱莞尔一笑。

"对，不见杨姑娘不行了，是不行了……"

徐三公子回答得很认真。

"我这画舫早已离开河道码头，你是如何找到的？"

徐三公子嘿嘿地笑了：

"不瞒杨姑娘说，我派了小厮盯住姑娘的画舫，画舫走一步，小厮跟一步，画舫刚进蓼湖，我就知道了。"

"你还派了奸细呀！"杨爱笑着说。

"我要给杨姑娘送银子，找不到画舫，到哪儿送银子呀！"

"徐公子，你送来了这么多银子，我无以报答，这样吧，我给公子弹一曲，表达我的谢意。"说着，杨爱拨动筝弦，泉鸣叮咚，浪激涛涌。杨爱问徐三公子，这是什么曲子。

徐三公子连连摇头。

杨爱告诉他，这曲名叫《相思》。

徐三公子一听，兴致来了，激动得手舞足蹈，"我懂我懂"，站起来像小学生背书那样：

"相思可为真，为何不成亲？半夜楼头望，嫦娥要嫁人。"

杨爱"扑哧"笑出声来。徐三公子挺起胸膛十分骄傲的样子，说："这诗是我自己写的！"

杨爱将他鼓励了一番，劝他回去好好学诗作文，有了学问，才能博得姑娘们的欢心。

徐三公子连连点头，起身告辞，临行前问道：

"杨姑娘，什么时候让我再来？"

杨爱不忍心当面拒绝，淡淡一笑说：

"公子一定要来，那就腊月三十日的晚上吧。"

按照民间风俗，腊月三十晚上，全家欢度除夕，徐三公子是不可能出来的。杨爱给他指定这个日子，就是一个拒绝。

有风流多情的宋辕文陪伴，杨爱日子过得惬意，不知不觉已到了除夕。花大姐忙里忙外操办年货，水儿剪窗花、糊灯笼，将各种香料包成小包，准备过年燃用。杨爱从神龛中捧出白眉神，揩拭干净，给它披起红绸青纱，供于条几上，点燃红蜡高香，然后招呼花大姐、水儿，一起跪下，虔诚地叩头祈祷。这白眉神，传说是上古时代黄帝的乐官，名伶伦，后人尊称洪厓先生，他于昆仑山阴听凤凰鸣叫以辨十二音律，造磐石以捕捉天籁八音。他是娼优的始祖，是妓家的保护神。从归家院出来时，徐佛专门将一尊铜踌的白眉神送给杨爱，杨爱对它十分珍爱，每逢初一、十五，便烧香叩拜，乞求好运。今儿是除夕，不同寻常，杨爱从身边摘下一条丝帕，蒙住白眉神的面颊，等明天，一早将帕子收起，这丝帕便成了灵物，拿它在男人的脸上一晃，这男人的心就被拴住了。杨爱一边做着，一边自己问自己："拿这帕子拴哪个男人的心呢？宋辕文吗？嘿，不是我要拴他，是他要拴我呢……"

杨爱正在胡思乱想着，水儿失火般地跑进来：

"不好了，他又来了，徐三公子又来了！"

杨爱心里一怔，她万万没有想到，大年除夕，这位相公真的来了。既然是自己所约，就不应该辜负。吩咐花大姐和水儿，摆酒给徐公子驱寒。

为了过年，杨爱打扮得分外漂亮，徐三公子嗅着杨姑娘身上散发的幽幽香气，顿时心神荡漾，禁不住自言自语地道：

"嫦娥下凡哩！"

杨爱客客气气地说：

"徐公子冒寒踏雪，大除夕赶来看我，真令我于心不忍。"

"该的该的，只要杨姑娘说了，就是大年初一我也要来的。"

杨爱给徐三公子端起一杯酒，自己也端起一杯，二人相互祝福，祝新的一年带来好运。饮酒三杯，徐三公子觉得该抒发一下倾慕之情，疑神片刻，念道：

"美人盼兮，美人——"

因这两句太拗口，刚才还背得烂熟，一激动，再也想不起来了。杨爱一面给徐公子斟酒，一面笑着说：

"我来给徐公子续下边的半句——美人倩兮。"杨爱又道，"何必背诵这些别别扭扭的诗句？不如多饮美酒。"

徐三公子红着脸一连饮了几杯酒，内心很不服气，明明花了几天工夫背熟了的，怎么就忘了。他使劲苦思冥想，忽然想起了一位友人写的一首诗：

> 双欲见莲时，移湖安屋里。
> 芙蓉绕床生，眠卧抱莲子。

徐三公子并不懂得这首诗是什么意思，只觉得这"眠、卧、抱"，肯定是同床共眠的意思，便沉浸在诗情的遐想里。

杨爱对徐三公子的心理变化洞若观火，不等他开口，便将酒杯送到了他的唇边，徐三公子不得不饮干杯中的酒，杨爱忙说：

"请徐公子听听，窗外是什么声音？"

"对了，爆竹声声辞旧岁，再过半个时辰就是新年了。"杨爱脸上表情变得严肃庄重起来，"当初我约徐公子除夕相会，觉得公子断不会在此时赴约，出乎我的预料，公子真的来了。由此可见公子真乃重情之人，实在令我感动。但除夕之夜，乃家人骨肉团聚之时，而公子反宿娼家，不是又令人觉得不近情理吗？"

一番话说得徐三公子面红耳赤，他结结巴巴地说：

"能跟……跟杨姑娘一起……过……过夜……什么指责我……我也不怕……"

"不！"杨爱截住他的话，不让他继续说下去，"我知道徐公子一向是至孝至顺的人，除夕之夜，岂能离弃父母而宿它处？我敢断定，此时父母正在为你担心呢！我劝公子快快回去。"

徐三公子自觉理亏，口中"讷讷"了一阵，说不出一句话来。杨爱又敬了徐三公子一杯酒，郑重其事地说：

"公子不读诗书，不谙文艺，我从小养成嗜好，爱与清流雅士交游，公子侧身其间，多有不便，别人看来也不够雅观。为公子计，何不速速投奔武林名师，学下一身武艺，为国杀敌？到那时有官有爵，定有比我更漂亮的美人投入徐公子的怀抱。"徐三公子满心悦意，杨爱不愿听他再说什么，拉起水儿，一起送徐三公子回家。

从此，徐三公子再不到画舫上来。后来，他投身抗清复明运动，死于炮火之中。

9

这一年出奇的冷，正月十五下了一场大雪，江南亚赛塞北。大雪封门堵户，孩子们唱着"雪打灯，吃冰凌"，满雪地乱滚。

新年过后，杨爱的画舫移到了白龙潭，这白龙潭是松江城附近的一片碧湖，传说大禹治水时曾来到此处，龙王被大禹撵得无处躲藏，就忽然钻入地下，逃入水晶宫，于是这儿就留下一面深湖，直通龙宫。有一年松江庙会，龙王爷的二女儿乘坐马车来看戏，有人发现这漂亮的少女背后藏着一条龙尾巴，觉得蹊跷，便追着看，龙女受到惊扰，赶起马车就走，一头扎进了白龙潭。从此，当地人很少在这儿泊船。杨爱喜欢这儿安静，便把画舫泊在这儿。

雪后初霁，红装素裹，景色分外妖媚。眼见这美丽的景色，杨爱芳心惴惴而动，特意换了一身男装，雇了一辆马车，与花大姐、水儿一起到松江城里游玩。

宋辕文被母亲看管甚严，一直关在书房读书。这一天天气好得出奇，每一缕阳光都含着笑意，时时发出一种诱惑。宋辕文按捺不住，就偷偷跑出来逛年会。来到花市，见一位风度翩翩的美男子，穿一袭粉色绣花棉袍，亮银线滚着边儿，配一顶亮黄方巾，方巾上绣着一朵硕大的芙蓉花儿，鲜艳华贵，格外醒目。肤色柔润，腻似凝脂，在粉色棉袍映衬下，好比一株临风的玉树，风流儒雅，潇洒中透着特别的妖媚，独具魅力。宋辕文痴痴地看着，已经忘了自己在干什么。

"呀！宋公子，怎么是你？"杨爱又惊又喜。

宋辕文才醒过神来，原来这漂亮公子竟是杨姑娘。

　　意外邂逅，两人都十分高兴。宋辕文极力赞扬杨姑娘这种男式打扮。杨爱说，这会儿不能再叫"姑娘"了，要叫"公子"。宋辕文连连点头：

　　"对对对，叫杨公子！"

　　"不，叫'易'公子吧，'木''易'为'杨'。"杨爱说。

　　宋辕文诺诺连声，直夸杨姑娘有才情。

　　杨爱和宋辕文手拉着手在人群中穿行。花大姐和水儿远远地跟在后面。只见大街两旁熙熙攘攘，有玩风车的，有吊飞轮的，有耍把势的，有抛彩球的，五花八门，目不暇接。穿过一片小吃铺，迎面有两根大理石的方形柱子耸立着夹峙成一个大门。进了大门，便听到众多人喝彩，远远望去，前面是个蹴鞠场，一群年轻人在蹴球。杨爱在归家院时，是蹴球场上的明星，许多日子不玩球了，今日见了心里顿时痒抓抓的，一溜烟跑了过去，刚刚挤进重围，一个穿大红紧身的公子打了一个飞脚，将球踢了过来，众人四散逃跑，大呼小叫。杨爱不但不躲，反而快步迎了上去，那球飞射的速度很快，力量很大，杨爱轻捷地抬起右脚，脚腕一转，在空中划一个弧线，攻势凌厉的飞球变成轻飘飘的毽子，稳稳地落在杨爱的脚面上。场内外一起鼓起掌来。

　　"好呀！请公子上场！请公子上场！"

　　杨爱并不谦让，健步入场，抖擞精神踢了起来。开始还有点生硬，越踢越自然，越踢越娴熟，渐渐地眼到脚到，后来不用眼睛，完全凭着感觉，周身每个部位都能够踢球。左踢"仙人摘桃"，右踢"童子拜寿"，前踢"鲤鱼翻波"，后踢"霸王扛鼎"，还有"金鸡独立""犀牛拜月"……各种花样，无奇不有，两只健美的"脚板"，有一种特别的吸力，吸引着那只球在空中飞舞。一会儿行云流水，旌旗飘飘；一会儿雨打芭蕉，电闪雷鸣。围观者眼花缭乱，欢呼声一浪高过一浪。宋辕文见杨爱使尽了浑身解数，疯狂了一般，心中暗暗害怕，怕她女扮男装露了馅儿，那就不堪收拾了。于是大喊：

　　"易公子，别踢了！别踢了！"

　　杨爱汗涔涔的，两腮绯红，艳若海棠，人们看着这样俊美潇洒的公子，啧啧称赞！

　　日头偏西，杨爱与宋辕文恋恋不舍地分手，临别时，宋辕文买了一只风筝送给杨姑娘。杨爱高兴地说：

"我等宋公子一起放飞它！"

过了惊蛰便是放风筝的日子。宋辕文果然来了。杨爱换了一件藕色的春衫，宽宽大大，下身是苏绣彩裤，脚下一双红缎子花鞋，两个硕大的绣球跃上鞋头，如盛开的芙蓉，二人拿起风筝和线拐，蹦着跳着，奔向白龙潭东南的春羔原。

平原如砥，绿草如茵。一只老鹰在碧蓝的天空画着弧线，像一个倨傲的骑士，在天空的大原野上漫步。宋辕文激动得像个孩子：

"把咱的鹰魂放起来，跟它比比试试！"

原来他们的风筝正好也是一只老鹰，名为"鹰魂"。

鹰魂在春风中一次次跃起，开始如笆斗，继而如杨叶，最后像一只大蝴蝶了。幽幽然，在纯净茫远的蓝天游弋。杨爱拽动丝线轻轻吟诵道：

　　顷刻天涯遥望处，

　　穿云拂风是佳期。

她想不起来是谁的诗，兴许是自己顺口诌出来的。

那只苍鹰已经变成了一个黑点，依旧倨傲的游动。蓝空浩浩，连一丝儿云彩也没有。脚下的春羔原，漫延着无边的绿。宋辕文跑着跳着，将线拐高高举上头顶，在杨爱眼中，已变成一个骑竹马的孩童。杨爱两臂平伸，变成一只花蝴蝶儿在草原上飞走，当她转过弯儿的时候，忽见脚下一只雪白的小兔，屁股一掀一掀地跑了出来，那一双红宝石的眼睛闪着晶莹的豪光，实在喜人。杨爱快步追了过去，快要追到的时候，小白兔一掀屁股，蹦出三四尺远；再追，又蹦出三四尺远，好像故意逗着杨爱玩耍。杨爱被逗得兴起，使劲跑着追着，脚下一绊，倒在了地上。在后边紧紧追赶的宋辕文顺势倒了下去，正好搂住了杨爱。勾住她温香软玉的脖颈，盯住她那灿若桃花的面颊，轻轻吻了一口。见她微闭双目，满脸笑意，并不反抗，便猛然翻转身子，将那朝思暮想的美人按在地上，狂风暴雨般狂吻起来……

那鹰魂依旧在高空游弋，小白兔闪着火红的眸子正朝这边凝望。天，依旧那么蓝；地，依旧那么绿……

杨爱举起双臂，隔开那张狂热的唇，分明觉得，自己周身燃起了一把火……

自从春羔原放风筝之后，宋辕文变得无可自抑，每天都要跟杨姑娘晤面，若见不到便心神恍惚，不可把持。这时，杨爱的艳名已在松江传开，追慕她的人越来越多，宋辕文更是火灼火燎，情焰攻心，恨不得天天守在杨姑娘身边。

这天早晨，宋辕文披着寒风匆匆赶来，后面两名家奴抬着一个长方形的木箱，虽然早晨清冷，主仆三人却大汗淋漓，额头冒着热气儿。

杨爱将宋辕文接到客舱，问："出了什么事，匆匆忙忙的？"

宋辕文也不说话，家奴打开木箱，搬出一架古琴来，一脸神秘地问道：

"请姑娘猜猜，这叫什么琴？"

"原来是一架琴！"杨爱松了一口气，不当一回事地说，"管它什么琴，我都喜欢！"

"这可不是一般的琴，我专门来考考杨姑娘的，看看杨姑娘的见识如何。"

杨爱细看这架古琴，因年深日久，漆光退尽，紫铜颜色，黯如乌木，点点梅花般的纹饰依稀可见。琴轸是象牙做成的，为了表示珍贵以蚌珠饰成圆徽。七根琴弦，不用金银，皆用素色柘丝。杨爱知道这是架大有名堂的古琴，但是哪个年代，出自何人之手，一时说不清楚。再看下面那座粗粝的琴台，呈灰白颜色，心中一惊。琴台长约五尺，朴拙粗笨，饰有象眼花纹。忽然想起眉公老人有一册手抄的《书影》，那书上有详细的记载，便对宋辕文说：

"大概叫郭公琴吧？"

宋辕文又惊又喜，连连拍手说：

"杨姑娘真是博学多识，对古琴也如此精通。"接着便充满炫耀地讲了起来，说这架古琴是唐代造琴大师雷越的作品，固然贵重，更贵重的是这尊琴座：相传河南郑州发掘出一种砖，灰白中空，饰有象眼花纹，以这种砖做成琴座，抚之声雅纯厚，音色妙绝。因这种砖是从郭公墓中发掘出来的，名郭公砖；以此砖作坐台的琴，便叫郭公琴，特别名贵。

宋辕文一方面是炫耀这架珍贵的古琴，另一方面是炫耀他渊博的知识。

杨爱连连点头，对宋公子的才学知识表示钦佩。只是有一点不解："这么贵重的古琴，一大早抬到画舫上来，是什么意思？"

宋辕文朗声大笑：

"这架古琴，是我祖上在京里做官时，皇帝赐给的珍品，一直被视为传家之宝，贵物赠给贵人，今日特意赠给杨姑娘。"

"这么贵重的器物，我哪里敢收？"杨爱轻松地一笑。

"古琴再贵重，毕竟是架古琴，真正的无价之宝是杨姑娘！"宋辕文乘势捉住杨爱一双纤手满怀激情地说，"难道姑娘还不明白我的心吗？姑娘是我心中的仙子，命中的菩萨，白天黑夜，须臾不能离怀，一日不见，便不得活命。这架古琴就是定情之物，愿与姑娘结下琴瑟之好。"说着，便把杨爱拉入自己的怀中。

杨爱一颗心儿狂跳，双颊绯红，忙甩开宋辕文的纠缠，绕到桌子另一边，嘴里喃喃地说：

"公子不可！公子不可……"

宋辕文觉得不好意思，只得走到客舱门口，让冷风吹一吹热昏的头脑，使胸中的激情平息下来。

杨爱在琴案前坐下，轻拢慢捻，轻轻抚弄起来，那优美的琴音立即充满了画舫，仿佛整个天地，都在富有弹性的七根弦索上颤动，悠悠然，飘飘然。宋辕文被清丽、哀婉的弦音陶醉了，轻声吟唱起来：

> 凄凄复凄凄，嫁娶不须啼。
>
> 愿得一人心，白头不相离。

杨爱被这缠绵哀伤的吟唱所感动，对宋辕文说：

"公子的美意我早有觉察，只是男女婚配终身大事，不可儿戏。公子若真心，请三天后白龙潭相会，再作定夺。"

宋辕文听了，高兴得几乎跳起来，心想：久久巴望的这一天就要到了，这位仙子般的美人就要属于自己了，我宋辕文就要金屋藏娇了……因一时激动，也忘了向杨姑娘道别，一溜烟地跑回宋府。

三天后的清晨，宋辕文骑马赶到白龙潭。

冬日的潭水一片深蓝，由于一夜北风，气流冷得发辣，大野骤然变得一片肃杀。岸边的浅水结了一层麻麻的薄冰，晨曦一照，白沙沙的，烂银般的颜色，闪闪烁烁。

远远望见杨姑娘的画舫，如绣帷雕栏，沉睡在潭水上，一动不动。宋辕文翻身下马，立在石岸上高喊：

"杨姑娘！我来了！"

珠帘轻跳，从舱里走出来小丫头，那是侍女水儿。宋辕文忙说：

"请小姐姐给杨姑娘传话，就说我宋辕文来了。"

水儿微微一笑：

"对不起，杨姑娘昨晚睡得迟了，这会儿睡得正香呢！"

宋辕文见画舫停在潭中，距离岸边还有两丈多远，既无跳板，也无小槎，无法登上画舫便说：

"请小姐姐叫人，把画舫划到潭边，让我到舱里等候，站在潭边，实在有点寒冷。"

水儿点了点头，转身走入舱中。宋辕文站在寒风中等候，一等两等已半个多时辰过去了，仍不见任何动静。白龙潭边逼人的寒气将脚割得生疼，宋辕文一边跺着脚取暖，一边紧紧地盯住船头，忽见水儿从窗口露出一个头来，朝自己诡秘地一笑，倏忽又不见了。宋辕文真有点急了，便对着画舫大喊。

"请把画舫划过来！……"

水儿再次走出舱来，笑嘻嘻地站在船头，油腔滑调地说：

"若公子真的有意，一心追慕杨姑娘，就该跳入水中，涉水上船，姑娘正在舱房等着公子呢！"

宋辕文略一沉思，知道这是杨姑娘的意思，二话没说，即刻跃入水中。宋辕文不会游泳，入水时又呛了两口冷水，头脑发懵，白龙潭像一头凶猛的野兽，从四面八方啃噬着全身，那御寒的棉衣霎时间成了致冷的水蛇，紧紧咬住全身，难以动弹，走了两步，一个趔趄，倒在水中。凉水没了头顶，他奋力挣扎，打了几个扑腾，攒劲窜动身躯，脑袋在水面上一露一隐，一连灌了几口凉水，手脚麻木，面色惨白，整个身子失去了控制，只觉如一窝水藻，散散乱乱，挪动一步也不可能。眼看距画舫还有几尺远，猛力扑过去，一把便抓住船舷，念头明明是扑向画舫，身子却滚向了另一个方向，距离画舫却越来越远了。

站在窗子后面偷觑的杨爱吓坏了，她猛地挑开帘子，大喊：

"船工，快救人哪！"

船工眼见宋辕文划向深沟，当地人叫"淹子"，那是一个无底水洞，凭宋辕文的水性，若划进去就没救了。船工忙伸出一根竹竿，想让宋辕文抓住，宋辕文早已手脚麻木，不可能抓住竹竿了。船工无奈，只得跳入水中，将宋辕文拖了过来。众人七手八脚，才把他抬上画舫。

杨爱将宋辕文拖入卧舱，亲手给他脱掉水淋淋的衣服，揩净泥水，将他按进自己的被窝里，用自己滚烫的身子温暖他。

冻成冰疙瘩的宋辕文，在杨爱热腾腾的怀中慢慢舒展开来，他摩挲着杨姑娘软玉般的肌肤，舔舐着那樱桃般鲜红的嘴唇，半嗔半喜，幽幽地说：

"你呀，心真狠！"

杨爱没有说话，捧起宋辕文俊美的面颊，一阵深深地狂吻。

宋辕文分明感到，杨姑娘的心正贴在自己心上，这比千言万语海誓山盟都更为重要。从今天起，这个美艳倾城的才女就属于我宋辕文了，想到这里，觉得好事来得太突然，总不那么真实，于是把怀中的美人抱得更紧了，狂吻对着狂吻，两人搂抱着滚来滚去。

那只彩绘的画舫在白龙潭上，无声地轻漾着，温暖的朝日播撒着暖融融的光辉，蓝幽幽的潭水变得胭脂般红润，潭面上笼罩着彩色的氤氲，画舫如同一朵莲花，在潭中心缓缓开放，那一对恣意狂放的情人，就是"莲花"中的一对彩蝶。

10

　　宋辕文与杨姑娘真诚相爱，如胶似漆。一个青春，一个年少，一个才冠诸女，一个名倾云间。他们不仅有共同语言，而且互为良师益友，两人并肩携手，把空山踏成春山，把寒潭荡成碧湖，常常乐不思返。

　　宋辕文早年丧父，母亲对他十分宠爱，同时对他管教甚严。这些日子，母亲见宋辕文经常早出晚归，仿佛丢了魂似的，寝食不安，无心读书，就郑重其事地问儿子，整天出去干什么。宋辕文支支吾吾，一会儿说好友陈子龙请自己赋诗，一会儿说好友李存我邀自己作画，编造了许多谎言，搪塞母亲。母亲心中生疑，派家仆跟踪儿子查访，终于发现了儿子的秘密：天天与妓女混在一起。

　　这天，宋辕文在画舫上与杨爱缠绵了半天，傍晚匆匆赶回家去，一向和颜悦色的母亲，脸面冷成一团黑铁，不问青红皂白，迎面喝令宋辕文跪下，怒气冲冲地斥责道：

　　"你整天跟那姓杨的妓女厮混在一起，还敢欺骗我，如此没有出息，败坏了宋家祖宗八代的门风！"

　　宋辕文知道事已败露，低头不语，任着母亲训斥。待母亲怒火稍稍平息，才敢抬起头来说：

　　"母亲所责，孩儿以为甚当，只是那杨爱有才有貌，与孩儿交往，从来不花孩儿的银钱。"

　　宋母刚刚平息的怒火，又"腾"地燃烧起来，放大了嗓门说：

　　"混账东西，花费银钱又有何妨？她不要你的钱财，是要你的前程，要你的志向，要你的命啊！你年纪轻轻，鬼迷心窍，把心思放在妓女身上，成何体统？你的远大志向呢？你的宏伟抱负呢？你还要不要进取功名、光宗耀祖？"

　　宋辕文觉得，把杨姑娘这样的才女说成祸水，这太不公平，便诚恳地对母亲说：

　　"这不能责怪杨爱，是孩儿主动找她的，杨爱对我一片真心，从来没有欺骗过我。"

　　"妓女还有什么好东西？还为她变辩护！"宋母不容置辩地说，"从今以后，不准你再与她来往，这是家法，不准有丝毫苟且！你好好读书，早取功名。"

　　宋辕文唯唯诺诺，点头称"是"，从此便老老实实关在书房里读书，疏远了杨姑娘。宋母怕儿子阳奉阴违，再与娼家勾勾搭搭，专门派了两名家仆，轮流监管，一步也不放松。

　　宋辕文手中捧着《论语》，口中念着："子曰，学而时习之，不亦说乎？有朋自远方来，不亦乐乎……"心中想的却是艳光照人的杨姑娘，心中始终筹划着怎样寻找一个借口，到画舫上与情人相会。可他万万没有想到，此时母亲已经乘轿到了松江府衙门。

　　知府方岳贡在官场混了大半生，早年在京中曾与宋辕文的父亲有过一面之识，对宋母执礼甚恭，将其接到后堂，宋母诬告说："流妓杨爱，画舫泊于松江城外，利用美色勾引大家公子，她身着男装，颠倒阴阳，有辱斯文……方大人应采取断然措施，给予惩治。否则，亵渎宦门旺族，也毁坏了方大人为官的清望。"

　　方岳贡知道，宋家在松江是一大旺族，有钱有势，不可小觑。这时宋母又送上二百两银子，说是"请方大人赏给差役们吃茶"。方岳贡大喜，大包大揽："三日内定把流妓杨爱驱逐出松江。"

　　五天不见宋公子来访，杨爱倦怠了许多，她沏了一杯浓茶，慢慢啜饮，精神稍稍振作，便坐到琴案前弹起琴来。刚刚弹了一曲《雁南飞》，忽见花大姐从外跑了进来："杨姑娘……有人……官差……"

　　这几天，杨爱心里疑疑乎乎，总觉得有什么事情要发生，她见花大姐慌慌张张，说不成话的样子，也不多问，便走出了客舱，见有两名穿着公服的官差，大摇大摆地步上船头，杨爱上前道了万福，年纪稍大一点的官差问道：

"你就是流妓杨爱？"

"奴家正是杨爱，可并不是流妓，以文会友，奴家交结的都是清流名士……"杨爱不卑不亢。

"我们管不了那么许多，这儿有松江府的公文。"那公差说着，便双手擎了一纸，念了起来："查流妓杨爱，近日乘画舫游弋于松江境内，以色相蛊惑绅宦公子，玷辱名门，有伤风化，令其三日内离开松江。若延误滞留，定缉拿治罪！"

"这是哪里话？我蛊惑了哪家公子？玷辱了哪家名门？"杨爱挺身辩护。

官差咕咕噜噜，数落了杨爱一串罪行，不屑一顾地挥了挥手："去去去，快收拾收拾，滚出松江。"说罢，将公文强行塞入杨爱手里，转身离去。

这突如其来的横祸，如雷击顶，杨爱一阵头晕目眩，摇摇晃晃，险些倒在甲板上。花大姐和水儿将她架入卧舱，劝她不必伤情，慢慢再想办法。

杨爱躺在软椅里，张口喘气，两眼涌出泪水，呜呜咽咽地说："我犯了哪条王法？为什么要把我赶走？"

"身为知府大人，依势压人，欺侮一个青楼女子，也不觉得丢了身份？"花大姐愤愤地诅咒起来。

水儿人小心直，说："准是有人把咱告了，不然官府怎会知道咱们。"谁告的呢？三个人猜来猜去，一时难以断定。花大姐忽然想起了一个法子：

"姑娘为何不去找宋公子。只要宋公子答应跟姑娘成亲，姑娘就是宋家的媳妇了，不要说一个方知府，就是一百个方知府，也断乎不敢驱逐咱们了。"

杨爱眼前一亮，自言自语地说：

"事到如今，也只有这一条路了。"

杨爱想马上见到宋辕文，任何时候也没有这一刻更加迫切，她秉笔濡墨，匆匆写了一封便笺，打发船工送到宋府，一个时辰后船工返回，说宋府门阍不肯收信。寻问缘由，门阍不肯回答。

杨爱越想越觉得蹊跷，只得吩咐花大姐再去宋府一趟。花大姐与宋府门阍有一面之识，回来告诉杨爱："糟了糟了，宋公子被老太太拘在书房读书，不得外出一步。

若想见他，先要得到老太太的允准。"

　　杨爱听了，一颗心如同丢进冰河里，绝望极了，她觉得腹中空荡荡的，五脏六腑被谁掏空了似的。她不吃不喝，枯坐在那儿如同一尊石像，眼见夜已很深，潭边的芦苇发出呜呜的叹息，黎明时分，她终于心智大开，想出了一个绝妙的办法。她以哀怨的口吻给宋辕文写了一份请柬，邀请宋公子过府参加"影帘文会"，雇一名陌生的老人递上宋府。此计果然奏效，宋辕文得以脱身走出牢笼。

　　宋辕文从"影帘文会"四个字断定是杨爱精心设计的暗语，一溜烟跑向白龙潭。走到潭边，莫名其妙地忽然感觉到，有一阵恐怖逼来像是要把自己吞噬、毁灭似的。他不知道此刻要做什么，更不知道该怎样做。这时，随着一阵喊声，花大姐和水儿一起跑过来，挟起宋辕文，走上画舫。

　　几天未见，杨姑娘消瘦了许多，端详她那副憔悴的模样，宋辕文先自胆怯了许多，默默地低下头。

　　杨爱一阵狂喜，她望着那年轻俊美的脸庞，被厄运淹灭的希望，倏忽又浮上水面，放出斑斓的色彩。

　　"盼你都快盼枯焦了，宋公子，你知道发生了什么事情吗？"杨爱相信面前的这个人一定能鼎力相助。

　　宋辕文怯怯地坐着，搓着双手，惶惶不安的样子："我也想杨姑娘，只是……不能……不不，不久就要会试了，家母……也是一番好意……"

　　从宋公子吞吞吐吐的言辞中，杨爱感觉到了什么，忙问："老太太对咱俩的交往，好像说了什么？"

　　"不不……没有！真的没有！"宋辕文咬住牙根，不肯吐露真情。杨爱不再追问，单刀直入地说："松江府衙门已发了公文，将我作为'流妓'驱逐，这件事宋公子知道了吧？"

　　宋辕文浑身一震，仿佛受了雷殛，半天说不出话来。杨爱取出松江衙门的公文，递到宋辕文手上。宋辕文匆匆扫视了一遍，额头滚动豆大的汗珠，讷讷道："这……这……衙门是……怎么知道的？"眼见得与杨姑娘热恋的隐情，将公之于众，果如此，那将是一场万劫不复的灾难。宋府诗礼之家的门风将一败涂地，自己将在士林中无地自容。

"我请公子来，就是这个意思，要筹划一个万全之策才好。"杨爱满怀希望地说，"公子乃本地名士，可否去疏通郡守，取消驱逐令？"

"这……这个恐怕……很难。"宋辕文追慕杨姑娘的心潮，被拘禁在书房时还膨膨胀胀时时泛起，看了松江衙门的公告之后，便败退得干干净净，如同涸辙了。

"公子曾说过，令尊在世时与方知府有过交往，可否利用这层关系？"

"方知府不讲情面，再说我……我与他……"宋辕文连连摇头。

杨爱对于宋辕文的畏怯和退却，此刻已看得清清楚楚，但身处险境，火烧眉毛，怎么办好呢？想了想说："我与公子海誓山盟，如胶似漆，是无论如何也不能分开的。府衙限我三日离境，已经过去了两天，眼前只有一个办法——我与公子远走高飞，一起离开松江，到那没有亲朋的地方去生活，你恩我爱，白头偕老。"

"姑娘的意思……是……私奔？"

"对！就是私奔！"杨爱将"私奔"二字说得既清晰，又有分量。

宋辕文犹豫了半天，吞吞吐吐地说："这……这怕不妥，我还没有取得功名。在经济上还不能自立门户。"

"这不难！"杨爱义无反顾地说，"我的积蓄足够维持生计了。再说咱们年纪轻轻，与世人一样长着两只手，世人能做的咱们也能做，走到天涯海角也不会饿死。"

宋辕文哭丧着脸沉默了许久，说："老母在堂，我怎能撒腿就走？那样我将……如何面对世人？"

"公子既然不肯远走高飞，那……我们就赶紧结婚吧？"杨爱忖度，这是唯一的一条路了，语言中似有几分哀求的意思，"我若成了宋家媳妇，受到了保护，自然就没有了被驱逐的危险了。"

宋辕文内心紧张极了，有些话不便于直说，但杨爱已把他逼到墙根，后退无路，又不能不说，转着弯子绕了半天，最后说："家母反对我与你交往，咱们的事我一直瞒着母亲，此事暴露后，我已受母亲怒斥，家母是绝不可能允准咱们结婚的。我不能违背母命而行事，将你接回家中。"

杨爱怀疑的一切终于成为事实，一颗火热的心骤然掉进冰窟里，她急切地问：

"那，我该怎么办呢？"

从母亲斥责自己那天起，宋辕文就感到与杨姑娘的爱情，已成败局，再也无法挽回，关键是在杨爱面前说得委婉一些才好；他考虑了片刻说："最好的办法是暂且避其锋芒，杨姑娘尽快离开松江，好吗？"

杨爱心头如乱箭穿刺，疼痛难忍，是失望？是悲痛？是悔恨？一时难以说清。她推开座椅，猛地站了起来，说："这话若出自他人之口，尚不足为怪，但你不应该这样说，我与你的情缘至此绝矣！"

说罢，杨爱回身从板壁上摘下一把倭刀，双手举起，对着案上的古琴猛砍下去，七弦俱断。

宋辕文万万没有想到杨爱有如此举动，惊恐万状，连连倒退了几步，被舱门门槛绊了一下，险些跌倒，转身惶惶而逃。

杨爱凄冷地留在白龙潭上，像一尾受伤的鱼已被按在了刀口上。她泪水潸然，一任厄运一步步向她逼近。

第三章

南园文会　红楼热恋

11

　　陈子龙正蜗居顶楼的一间小房子里，注释宋玉的《风赋》，一边注释，一边津津有味地朗读着："夫风生于地，起于青蘋之末。侵淫溪谷，盛怒于土囊之口……"

　　徐孚远推门进来，急切地说："什么大王雄风庶人雌风，快去看看白龙潭上的黑风吧，把人都给刮跑啦！"接着，便把府衙官差如何驱逐杨爱，杨爱被逼得走投无路欲投水寻死等等，绘声绘色地讲了一遍。陈子龙不解地问："宋辕文呢？他不是正与杨爱热恋吗？"

　　徐孚远气哼哼地说："乱子就出在宋府，宋老太太到方知府那儿告了黑状，府衙才下达了公文。宋辕文若肯出面，还能有这场麻烦吗？"

　　杨爱幅巾道袍来南园问罪的情景，立即浮现在陈子龙面前，陈子龙觉得此事有些棘手，一时沉默不语，过了好大一阵才说：

　　"孚远，你去给府衙官差说说，打发他们回去。"

　　"俗话说泰山不压门风，我徐孚远说话谁听？子龙，你不出面不行！"

　　陈子龙感到为难。

　　一向果决的陈子龙，忽然变得优柔寡断起来，这使徐孚远感到气愤："咱们几社同仁，空谈起来一个个激昂慷慨，欲以天下为己任。眼前遇到这点小风小浪，便互相推诿，谁也不肯出头，还谈什么济世救民！"

　　几句话逼得陈子龙面红耳赤，一推桌上的书籍，与徐孚远一起走下楼来。两人跨上马，飞快赶往白龙潭来。

　　岸边簇拥着男男女女，潭上的细浪闪烁着银白的光辉，陈子龙和徐孚远下马时，见船工正在官差的逼迫下，解缆起锚。

　　"慢！"陈子龙一声高喊，右手斜刺里戟指着天空。

　　船工、官差和岸边围观的百姓都转过脸来，目光齐集在陈子龙身上，陈子龙来到船工跟前说："不必解缆。"回头转向两名官差：

　　"这杨姑娘犯了什么罪，你们要驱逐她？"

　　官差见来者是一位气宇轩昂的大家公子，不敢小觑，忙道：

　　"俺们奉知府大人之命，这里有府衙公文，请公子过目。"

　　陈子龙接过府衙公文，扫视了一眼，冷冷一笑道："莫须有！"

　　两位官差也不肯示弱："公子可不能这么说，知府方大人是有口谕的，说杨爱是流妓，三日内驱逐出松江境界。要不，就——"

　　"流妓？什么流妓？！"陈子龙有些气愤，"杨姑娘是才女，大名鼎鼎的才女，我们几社同仁正举办文会，她是我们邀来的客人，怎么成了流妓？"

　　当时几社美誉已风弥遐迩，流播海内，两名差人听了"几社文会"几个字，似懂非懂，总觉得背后有点什么，既不敢逞强使横，也不愿善罢甘休，不阴不阳地说：

　　"俺们是差人，奉命行事。杨爱既然是公子请来的客人，这样吧，公子留个字，俺们回衙复命，禀告方大人也就行了。"

　　陈子龙要来纸笔，右脚跐住石岸，右腿屈成"7"字形，以大腿权作书案，濡墨挥腕，写下一纸便笺。那两名差役略通文墨，见抬头一句是"方岳贡仁叔"，落款为"小侄陈子龙"，惊得瞪大了一双鸡蛋样的眼睛。

　　"您……您是陈少爷？方大人常常提到您哩！小的有眼无珠，请公子多多包涵。"

　　"没你们的事，把这便笺交给方大人就行了。"陈子龙说着，从腰内掏出五两银子，交给两名官差，两名官差连连称谢，满心欢喜，回衙交差去了。

　　杨爱如枯塘里的荷花，眼见得恹恹地凋萎下去，忽听船工说有一位陈公子来救杨姑娘了，顿时又喜又悲，泪水泉涌般流了出来。她想出舱迎接陈公子，双腿重如千斤，无论如何也抬不起来。这时陈子龙和徐孚远，在花大姐的引领下，已健步登上画舫：“杨姑娘，你受惊了。”

杨爱向二位道了万福，没说一句话，只有眼中的泪水闪着粼粼的光辉，令人猜想她复杂的内心。她示意水儿给二位公子沏茶，陈子龙说："不必耽搁了，请姑娘搬到南园暂住，以免再生枝节。"

杨爱和花大姐、水儿三人上了一辆双轮马车。陈子龙吩咐船工，将画舫泊入南门外藕塘，此处距南园仅有半里之遥，然后与徐孚远一起上马，赶回陆氏南园。

陆氏南园，杨爱曾经来过。因是怀着一腔怒气找陈子龙算账的，所以那次对南园的印象不深。这次忽然发现，南园是个意想不到的天地：修竹长林，连绵不断，随着马车的颠簸，处处是浓重的绿荫，处处有荒地，处处有废榭。再往前走，平冈起起伏伏，放眼望去，让人感到平阔而高远。回首仰望，是松江古城墙垛堞青苔灰黑，已在风雨中屹立了千年。转过一个丘冈，便是一马平川的丘垅，散发着清凉鲜美的气息。

马车在一幢古老的小楼前停了下来。陈子龙指着一座高大青苍的楼房向杨爱介绍说：

"那座南楼就是有名的读书楼，几社同仁读书聚会的地方。这座小东楼一直闲置着，正好杨姑娘栖身。"说着，喊来两名花工，帮着打扫。

男男女女一起动手，洒水扫地，洗刷桌椅，把一座小楼里里外外，打扫得干干净净。贴了窗花，吊了床顶，连桌围椅围也焕然一新。只有挂在东墙的一幅行书中堂，杨爱不肯摘下来："董仲伯的墨宝，我太喜欢了。"

陈子龙听了，哈哈大笑："杨姑娘认为它出自董其昌的手笔？错了错了！"

"笔力雄劲，气韵潇洒，若不出自董其昌之手，还能是谁？"杨爱觉得自己不会看错。

"松江藏龙卧虎之地，姑娘大概不知道几社同仁中，有一位李待问吧？这幅行书便出自他的手笔。"

杨爱眨了眨眼，审视了半天，说："哎呀，天下竟有这样的人，笔法与董仲伯酷似。简直不可思议。"

"你知道李待问的绰号叫什么吗？就叫'气——死——董——仲——伯！'"说罢，大笑起来。

　　杨爱大体安顿下来，陈子龙和徐孚远正欲告辞。杨爱忽然想起上次见陈子龙的情形，问道："陈公子不是住在这读书楼吗？"

　　"不不，"陈子龙说，"我曾在这南楼著书立说，并不宿在这儿。"接着向杨爱介绍了自己借居生生庵别墅的情况。原来徐孚远有一位族弟名徐致远，徐致远祖上留下两座有名的建筑，一座是师俭堂，另一座便是这生生庵别墅。徐致远慕子龙的才学节操，主动将生生庵别墅让给子龙读书学习，求取功名。几年来，陈子龙一直住在生生庵别墅的一座小红楼里。

　　陈子龙、徐孚远走后，杨爱躺在竹椅上吃茶，瞅瞅天，看看地，顿时感到豁然开朗！几年的舫上生活，常常是飘泊游走，伴随自己的永远是风是浪，眼前天宽地阔，处处是花木，处处是平冈，纵目远眺，回眸近处，皆成风景。她吃了两杯茶，正要吩咐花大姐生火做饭，忽见陈子龙一溜烟似的赶来，背后还跟着一副担子。原来陈子龙并没有回自己的小红楼，而是去回回堂给杨爱她们叫来了一担晚膳。

　　"看我杨爱拿不出一顿饭钱是吧，为何不声不响地给我叫来了膳食？！"杨爱装作生气的样子。

　　"姑娘这张嘴呀！人家陈公子给你叫了晚膳，还得罪了你咋的？"花大姐悄悄地说。

　　陈子龙并不介意，微微一笑道："我怕今儿忙不过来，可算一个例外，从明儿起，就由杨姑娘自己订膳食吧！"

　　"不是订膳食，而是办炊。"杨爱一扬下颌，调皮地说，"我和花姐都是烹饪能手，陈公子不相信？"

　　"我信我信！哪日有暇，我专门来品尝品尝杨姑娘的手艺。"

　　四个人在说笑中用过了晚膳。看看天色尚早，陈子龙便带着杨爱，在阔大的南园散步，向她介绍这儿的山山水水。他怕杨姑娘耐不住寂寞，又解释道："这儿一向少有人住，荒凉是荒凉了点儿，野草萋萋，狐兔出没，无古迹可凭吊，无名胜可追寻，不过……"

　　"好好好！少见的好地方。"没等陈子龙说下去，杨爱便大声赞扬起来，"无古迹可凭吊，不妨凭吊落花败蕊；无名胜可追寻，正好追寻秋雨春风。观时令更替，感光阴之倏忽；览万物荣枯，发学人之遐想，这才是个养性砺志的好地方！"杨爱赞不绝口，爱上了南园，爱上了这儿的荒僻和平旷，这一点是陈子龙没有料到的。这时杨爱指着高大雄伟的读书楼问道："这座浑然矗立的建筑不知建于何处？如此令人叹为观止！"

陈子龙想了想说：

"据记载，建于洪武年间，有近三百年的历史，当时是纪念松江起义的英武堂。宣宗年间，陆家出巨资扩建英武堂，改名"宏文楼"，聚集江浙清流才子读书著文，修炼学业，东林鼻祖顾宪成来此讲过学，还将东林书院门上的一副对联写在了宏文楼上：

风声雨声读书声　声声入耳

国事家事天下事　事事关心

因此宏文楼改名为"读书楼"。天启年间阉党把持朝政，魑魅横行，这座"读书楼"成了东林学子声讨魏阉的战场，至今楼上还有当时扎制的魏阉草身，与他相对的是惨遭杀害的东林精英杨涟、左光斗等前后七子塑像。杨姑娘若有兴趣，可以带你看看……"

杨爱静静地听着，静静地看着，那厚重的基石，那伟岸的楼身，如同沉重的历史压在她的心上。谁说这儿没有古迹可凭吊，谁说这儿没有名胜可追思，这读书楼就是古迹，就是名胜。它像一座巨大的纪念碑，诉说着几百年的风风雨雨。杨爱重重地点了点头："松江人杰地灵，云间才俊风流，这座读书楼可见一斑！"

陈子龙与杨爱又说了一些几社的情况，直到掌灯时分才匆匆辞去，返回生生庵别墅的小红楼。

12

　　杨爱住进陆氏南园的消息如同长了翅膀，很快传遍了松江。陈子龙与徐孚远商量，举办一次文宴，一方面邀请几社同仁与杨姑娘晤面，一方面给杨姑娘接风洗尘。

　　这天陆氏南园张灯结彩，小东楼收拾得净洁光灿，杨爱大红衬衫，系一袭杭绸绣花罗裙。宽大的袖口，露出一双软玉般的臂膀，面皮光洁瓷亮，高高的发髻如同小山，没有别的首饰，只插着一枚红宝石的金簪子，让人想起温飞卿的名句："小山重叠金明灭，鬓云欲度香腮雪……"她两眼汪着微笑，迎接几社的诸位文士才子。

　　最早到来的是陈子龙、徐孚远，二人乘一辆双轮马车，端下一盆番石榴和一盆香妃竹之后，又从车厢里抱下一个瘦瘦的孩子，约莫八九岁的样子，由于太瘦，像一只大猴。徐孚远介绍说："这是我收养的一个孤儿，我给他起了个名字叫徐稼禾。"说着，将孩子放到杨爱面前。

　　这孩子虽瘦小，却很乖巧，口喊"姑姑"向杨爱行鞠躬礼。惹得杨爱又疼又怜，忙把孩子搂在怀里。

　　徐孚远将两盆盆景放在窗台上，杨爱见那番石榴和香妃竹上，均挂着一页粉色花笺，忙问"挂花笺是什么意思？"

　　陈子龙指着番石榴上的花笺说：

　　"这是孚远的贺词：酒入香腮笑不知，小妆初罢醉见痴。一株石榴墙头见，却胜千丛著雨时。"又指着香妃竹上的花笺道，"这是卑人的贺词：松江地瘴蕃草木，唯有香妃苦幽独。潇潇风雨崖头站，满山桃李总是俗。"念罢，又自我嘲道，"秀才人情纸半张，还望杨姑娘莫见怪噢！"

"谢还来不及呢，怎敢怪罪二位公子！"杨爱话音刚刚落，就听到一片车鸣马嘶，还没看清来人是谁，就听到门外喊叫声：

"向杨姑娘赔罪了，我李舒章来晚了！"

杨爱和陈、徐二公子一起迎出门来，施礼相见。这时李雯从身后揪出一个人来。这人又瘦又矮，幅巾蓝衫，一脸黑乎乎的胡茬，神情严肃而拘谨。陈子龙忙给杨爱介绍说：

"大名周立勋，正是几社的勋臣，成年为社务奔忙。立勋专攻训古，诗书画均有奇绝的造诣，是松江久负盛名的才子。"

杨爱施礼，引二人入客厅落座。

紧接着步行来了两位，有着一张娃娃脸的宋征壁，杨爱早已认得。另一位身形颀长，肩背单薄，有几分羸弱的样子。穿一袭玄色长衫，方脸、大眼，目光直勾勾的，显得尖锐、锋利，左手上拿了一个纸卷，右手斑斑驳驳，涂满了墨迹。

杨爱抢上一步施礼：

"李待问公子万福！"

在场的诸位都感到愕然。

杨爱嫣然一笑道：

"我不单知道公子姓李名待问，还知道公子的绰号'气——死——董——仲——伯'！"

大家既兴奋又惊奇，高兴得鼓起掌来。追问杨姑娘怎么知道他就是李待问。李雯的喊声最响：

"说不定杨姑娘熟悉了李淳风的《推背图》，一推，就把待问兄给推出来了。"

杨爱含笑不语，她心中闪动着的，是那一双尖尖的目光。

李存我打开手中的纸卷，原来是他刚刚写就的条幅，拿来赠给杨爱：

木易为杨杨木易

心令为怜怜令心

"第一联暗指姑娘的名字'杨爱'，第二联暗指姑娘的雅号'影怜'。存我兄匠心独运，杨姑娘不要忘了，多敬存我兄几杯酒。"李雯不失时机地插上一句。

杨爱接着这帧条幅，见字体为行草，虽还没有装裱，墨迹鲜活，气韵充盈，酷似董其昌，潜涵褚遂良，左瞅右看，爱不释手。

这时，忽听陈子龙一声高喊：

"彝仲，你这'马'加'卢'成了笨龟了！"随着陈子龙的喊声，见一个人穿越浓荫树影跑了过来，待他蜕下树影才看清楚，原来他跨下是一头小毛驴，四蹄敲着石子路，"噔噔噔噔"，有节奏地颠簸着，来到小东楼前，翻身下驴，一拍驴屁股，任它啃草去了，笑嘻嘻地走了过来。

杨爱细看来人，中等身材，着紫色长衫，椭圆脸形，浓密的眉毛，厚重而有英气。陈子龙介绍道：

"此位姓夏名允彝，表字彝仲，博学多能，诗文俱佳，是几社中坚。"

杨爱施礼问候，夏允彝还礼落座，见别人大都有礼物带来，自己两手空空，觉得不够意思，讪讪地说：

"杨姑娘，莫以为我没有给您带来任何礼物，我可给您带来一件最大的礼物。"

"什么礼物？"众人奇怪地问。

夏允彝指了指窗外：

"看，我给姑娘带来一个好天气！"

众人一哄而起，有的说"该打"，有的说"该罚"，大家笑闹了一阵。

饭庄的伙计摆上来酒菜，众公子推推搡搡，谦让着入座，陈子龙被推上了主席，客席无疑留给杨姑娘。李雯瞅了瞅众人，迟迟疑疑地问道：

"辕文……怎么……"

坐在李雯身旁的徐孚远，怕提到宋辕文会引起杨姑娘的伤心，悄悄踢了两下。李雯只好把要说的话咽了回去。

陈子龙率先举起了酒杯，代表几社同仁欢迎杨姑娘的到来，众公子齐刷刷站了起来。杨爱又喜又痛，激动得眼含泪水，举酒感谢公子们的盛情。李雯认为，杨姑娘住进南园是几社一件大喜事，功在子龙。他提议要陈子龙讲讲救助杨姑娘的经过。

陈子龙不肯领功，拍着徐孚远的肩膀说：

"功臣，在这儿呢，不能安错了位置。"

徐孚远连连摇着双手，说："不敢掠子龙之美！"两人互相推让起来。

这当儿，杨爱端着两杯酒走了过来，向陈子龙、徐孚远，每人敬了一杯。

陈子龙见杨爱情绪平静了许多，便道：

"今日杨姑娘大喜，几社同仁也都高兴，我提议，请杨姑娘弹一曲《绿腰》，为文宴助兴。"

众公子一致赞同，李雯兴奋得拍起巴掌来。

杨爱从锦盒中捧出琵琶，临窗端坐，闭目凝神，片刻宁静之后，轻拢慢捻，一潭春水般的旋律流淌出来，将小楼幽幽地飘浮起来。只觉得每一条神经都是一条溪；每一种感觉都是一条泉；每一个灵魂都在这春水中游荡、涨落，悠悠乎乎，荡在浪上，荡在波上，荡在江海上……旋律慢慢转换，嘈嘈切切，切切嘈嘈，细密的春雨，凉凉的，洒在荷叶上，洒在芭蕉上，洒在古老的瓦檐上。青苍苍的瓦楞笼罩在乳白色的烟雨里，淋湿了天，淋湿了地，淋湿了这座古老的小东楼，把每位公子的心绪和闲愁，全都给淋透了……

曲罢，众公子醒过神来，像告别了一场幽梦。也许杨爱的技艺太妙了，已无法用语言来形容，只能在沉默中品尝、玩味。过了好大一阵，才由徐孚远打破了宁静，说："杨姑娘献艺精妙绝伦，咱应该每人敬杨姑娘一杯酒才是。"大家连说"对对"，七个满盅立即送到了杨爱面前。杨爱莞尔一笑：

"我自幼熟悉的是拨丝吹竹，公子们熟悉是写诗作赋，我献一曲《绿腰》，诸位公子应该每人作诗一首，这才算得上礼尚往来，怎么倒要罚我饮酒？"

"这明明是敬酒。怎么说是罚酒？"李雯不同意杨姑娘的说法，非要她饮下这七个酒不行。

陈子龙弄不清杨爱的酒量，怕她暴饮伤情，闹出乱子，便同意改敬酒为献诗，说这样更有雅趣。夏允彝则认为："子龙不让杨姑娘饮酒，分明是偏袒杨姑娘。"李待问则说，这不是偏袒，而是藐视，"杨姑娘当今易安，诗才不让须眉，为何只要众公子作诗，不让杨姑娘作诗？"

陈子龙哭笑不得，连向夏、李二位作揖打躬：

"好好好，我既不偏袒，也不藐视，众公子每人作诗一首，杨姑娘也作诗一首，咱一视同仁，行不行？"

大家都觉得可以，唯有李雯不答应，他说这样太便宜了杨姑娘，"不论哪位公子做一首杨姑娘都该陪做一首。"

一直没有开口的周立勋，此时说了一句：

"子龙弟失之太宽，舒章弟又失之太苛，依我之见，众弟兄赋诗，杨姑娘分韵唱和。赋诗者自然须赋诗一首，唱和者只须唱和一韵，怎样？"

众公子连连鼓掌叫好。含笑不语的杨爱，受了眼前热烈气氛的鼓舞，芳心早被激情注满，颔首道：

"女弟遵命，请诸位仁兄赋诗吧！"

侍女水儿捧出文房四宝，研墨展纸，恭候陈公子开笔。几社诸才子中陈子龙的诗艺最高，号称诗坛一夔。他挽袖挥笔，眨眼工夫写下一首：

> 娇荷出水玉吐芽，九天仙子乘浮槎。
>
> 风来雨来等闲看，只管玉腕弄琵琶。

水儿将诗收入红漆托盘里，捧到杨姑娘面前。

杨爱见是一首七言绝句，押的"麻"韵。她仔细读了一遍，蹙眉凝思，斜视窗外，一树梨花正在开放，宛如一场春雪，她禁不住联想到自己的身世：洁如梨花，偏无端遭凄风冷雨的摧残。回忆往事，如同一场噩梦，丝丝缕缕的寒意袭上心头，随口吟到：

> 有限光阴丁噩梦
>
> 无情风雨妒梨花

"有细情思，有大气韵，不愧诗赋中的高手！"李待问发出由衷的赞叹。

徐孚远抢上来说道：

"杨姑娘诗思奇诡，常人无法比拟，第一韵就和得好，如彩云出岫，含蓄蕴藉，变化多端。且看杨姑娘和下一韵。"

第二首诗是李雯写的，也是一首七言绝句，用的是"庚"韵：

> 帘影光照吴江清，艳如天边明月明。

尚忧小楼污仙骨，绝代岂为呼韩生。

诗的开篇便嵌上了杨姑娘的名字，接着把她的娇媚比作晴空中的皎月，净洁明亮。这种怜爱和倾慕，包蕴在纯洁清新的天象里，没有一丝公子哥儿的纨绔气。结语的设问别有用心。是循循诱导，还是旁敲侧击？对于这位李公子的故作正经，杨爱早有觉察，她甚至有点戏谑他一下的欲望，便意味深长地写下了两句：

可有真情依蓬牖，
未须繁华向帝宫。

"这是问一问李雯学兄了，是追那蓬门荜户里的绝代女子呢，还是追寻那帝宫伟阁中的嫫母悍妇？"夏允彝几乎跳了起来。李雯白生生的面皮上泛起了红潮，连脖子也变了颜色，他怕众公子再循着杨姑娘的诗意顺藤摸瓜，胡乱诠释，探索他曲折迂回的城府，忙把饱蘸墨汁的狼毫硬塞到夏允彝手中：

"快快，下边就轮到你的了！"

夏允彝江左奇才，诗坛名流，哪劳李雯催促，瞬间将诗写好，放到水儿的红漆盘里。

杨爱打开一看，见用韵与李雯相同，诗意却迥然有异：

春蛾不写采香行，碧牡红兰叶又生。
柳堤飞来一只燕，大家留爪记分明。

仲春草长莺飞，一只燕子飞来，春蛾、春花、春堤、春燕，一幅迷人的风景画，杨爱被这诗中的烟景吸引了，随即挥笔写下两句：

烟月冥冥一身轻，
浪魂幽幽长飘零。

才子们知道杨爱的痛苦身世，一个个唏嘘惋叹，特别是在周相府做妾所受的种种折磨，更是深表同情。受了大家情绪的感染，杨爱眼中充满了凄苦。陈子龙觉察到了这种情形，高声道：

"下边轮到立勋兄了，写一首轻松爽朗的让大家痛快痛快。"

周立勋不假思索，提笔就写。杨爱打开见仍是一首七言绝句：

燕钗两股扣媚魂，细雨轻雷梦里心。

只求真情无买处，休将误笔赚黄金。

轻雷细雨，春景春色春阳，杨爱心中便有一条春江涌动，浩浩荡荡，万里鸿蒙，文字里虽无，意境中却有。于是捉笔写道：

千柱雪峰一夜尽，

万里长江绿几分。

"意境宏阔，气势夺人，真乃千古绝唱！"周立勋赞叹道。

"没有大手笔，哪能写出如此吞吐江河的诗句！我提议，大家给杨姑娘敬酒。"夏允彝高喊了起来。

"对对，这不能不敬了！"有的把壶斟酒，有的已把斟满的杯子举到了头顶。有的打开丝巾请杨姑娘题诗，有的打开诗卷请杨姑娘题字。众公子围着杨姑娘团团打转，几社的才子们一个个拜倒在杨姑娘的石榴裙下，站在一旁的陈子龙，心里有一种说不出来的滋味。自古才子捧美人，这也算是名士的一种清兴，面对这种场景，又能说些什么呢！

13

　　杨爱是个心高气傲的女子，她心高气傲，又虚怀若谷，她热衷于几社的文会，每与一位名士交往，便觉得眼前打开一扇窗子，窥见又一片新美的天地，古语"学然后知不足"，她越学越觉得自己是那么贫乏，是那么轻飘，对历史和人生知道得太少太少，她需要向每一位饱学之士求教。陈子龙给她指定了几门功课，要她每天写诗作赋习古文。这天午后，她伏在几案上苦思冥想，捕捉到一个闪光的亮点，组成了一首小诗：

> 三分天下二分亡，谁把江山寸寸量。
>
> 纵然一丘添一亩，也应不是旧时疆。

　　她觉得满意，挥笔添了一个题目：《感时》。刚刚放下笔杆，门外响起了陈子龙的叫声：

　　"杨姑娘，看谁来了？"

　　杨爱起身迎接，见有一个人跟着陈子龙走来，此人四十岁左右的年纪，白色面皮，长方脸形上稍有髭须，一双大眼炯炯有神，一副内涵很深的样子，杨爱觉得眼熟，一时又想不起来是谁。那人满脸漾着笑意，道：

　　"咱们见过，杨姑娘大概记不得了。"

　　杨爱施礼打坐，思绪迅速转动：

　　"噢，张老爷，想起来了，我还坐过张老爷的轿子呢！"

　　"复社主盟，大名鼎鼎的张天如，姑娘怎敢忘记？"陈子龙笑着说，"快给西铭先生沏茶。"

张天如接过茶瓯，仔细端详着杨爱：

"那次见杨姑娘，想来已经三年多了，当时我慕徐佛姑娘的艳名，从太仓赶往盛泽，享一睹之乐，正值徐姑娘外出，迎接我的是一个水灵灵的小丫头，令人怜爱。略略交往，风韵高雅，谈吐不凡。我问她的名字，她说叫阿云，当时我就断言，有朝一日，阿云的艳名高过徐佛。那天，我还跟阿云下了一盘双陆棋，还记得吧？"

"记得记得！"杨爱高兴地点头，转身从书架上找出一本《诗萃》，"那天，张老爷还送给我一本书呢！"

书本已经陈旧，书页也有些发黄，张天如看着它仍感到亲切，摩挲着封底和封面，感叹道：

"那时还是'人生在世须尽欢，莫使金樽空对月'的心境，仅仅三年，不同了，这颗心苍老了……苍老了许多……"

"世事艰危，谁的心情能够快活？"陈子龙附和了一句。

这时，张天如看见了杨爱刚刚写的那首《感时》，拿过来细读了一遍，不禁感伤起来：

"对呀，谁把山川寸寸量？山川还能量吗？设若量了，我们这些大明的子孙还有脸面活在世上？！"

陈子龙不愿文友欢会，骤然蒙上阴影，转换口吻说：

"杨姑娘多次炫耀她的烹饪手艺，西铭先生就不必到别处去了，请杨姑娘下庖厨做两个小菜，咱们小酌如何？"

"好好，就这样定了！"杨爱高兴，立即换了衣服下厨。

张天如也不推却。

花大姐和水儿上来安排酒宴。摆了四个凉碟：一个杏仁，一个搅瓜，一个凤爪，一个醉虾。张天如夸赞素淡新鲜。接着上了两个热炒：一个清炖鱼翅，一个红烧鳖裙。当杨爱亲自端上醋馏鲟花时，徐孚远匆匆赶到，大家寒暄一阵，然后入座欢饮。

杨爱又做了一个宫爆芙蓉，张天如、陈子龙不准再做了，杨爱解下围裙，入席凑趣。酒宴间，陈子龙问及张天如的近况，天如说："闲居金陵，无所事事，达官贵胄，醉生梦死，满眼都是虚假的繁荣，呆久了，觉得气闷，出来走走。"说到金陵的轶闻趣事，张天如说："花界出了一个王月，确实震动了南都金陵。"

杨爱寻思了半天，只听说过李香君、寇白门、董小宛、顾横波……从来没听说过有个王月，不禁犯疑。

张天如说，王月不居秦淮，而居珠市，因而没有名气。其实艳美技艺均在秦淮旧院诸姬之上。她顾身如玉，皓齿明眸，非常妖冶。桐城孙武公一见倾心，拥至栖霞山下雪洞中，经月不出。前不久，于秦淮水阁会演，名士豪绅车骑盈闾，梨园红角纷纷参加，三班骈演，水阁周围画舫环列，舟船如堵。品藻花案，设立层台，美姬妖娃近百人，王月独占鳌头，荣获状元。她登上层台，奏喜乐，进金卮酒，享尽了美誉，占尽了风流。秦淮丽姝和南曲名优，皆面目沮丧，悄没声息地离去。王月胸挂太阳花，艳帜高张，誉满金陵。文坛宿将余澹心题句道："月中仙子花中王，第一嫦娥第一香"……

杨爱听得入神，对这位不曾谋面的花中之状元王月十分艳羡。陈子龙半是真话半是戏谑地说：

"设若咱杨姑娘到场，那花中状元就不是王月，而是杨爱了。"

杨爱有些不好意思，朝陈子龙斜睨了一眼说：

"陈公子如果再用这种嘲话戏弄我，下次就休想在这儿吃酒了！"

"对对对！"张天如和徐孚远都忙着替杨爱说话，要陈子龙饮三杯酒向杨姑娘道歉。

大家笑闹了一阵，看看天色渐晚，陈子龙提出：明日将几社诸公子邀来，请天如先生讲讲学问。

张天如连连摇头：

"我来江浙，主要是游山玩水，太湖的鲈鱼正肥，只想尝一尝鲈鱼的鲜美。"

"这很容易，把文会设在船上，一方面研讨学问，一方面品尝鲈鱼，更有情趣。"陈子龙说着，又沉吟起来，"不过，品尝鲈鱼，不比别的，必须自己捕捞自己庖厨才有滋味。明早雇只小船去太湖，要把允彝和待问邀上，他们都是烹制鲈鱼的高手，包管让天如先生尽兴。"

"怎么，不想带我去？怕我争了你们的口福怎的？"杨爱装作生气的样子。

"哪里哪里，杨姑娘去，孚远也去，都去。"陈子龙笑着说。

"明日我做东，咱雇艘大点的船，舒章、立勋都邀上，来一次湖上鲈鱼宴。"张天如兴致勃勃地说。

杨爱高兴得拍起巴掌来。

春日的阳光如银线飞爹，太湖上的天空如清泉冲洗过的玉石。双桅船如一面龙旗，把平静的水面切开，湖面上激起一个三角形的浪痕。

张天如、陈子龙站在船头，注视着湖面涌起又逝去的白浪，默不作声。几社公子们差不多都来了，徐孚远还带来个家仆徐全，这徐全是个捕鱼能手，早已收拾好了渔网站在甲板上等候主人的吩咐。

大船挎有一只五尺长的舢板，专为捕鱼准备的。船尾设有庖间，备有各种烘具和佐料，专门供游人野炊。

李雯好强，爱出风头，抢先从徐全手中夺过渔网，跳上摇摇晃晃的小舢板，就要撒网。陈子龙打了个手势，要他停住，李雯心中不悦：

"子龙兄，有何指教？"

"愚兄听人讲过，这太湖捕捞鲈鱼，在何处下网是有讲究的，贤弟知不知道？"

"深水藏鱼，自然在深水处下网，这还用说吗？"李雯非常自信的样子。

陈子龙知道李雯爱出风头，为了出风头，又常常不懂装懂，便笑着说：

"舒章弟毕竟嫩点，鲈鱼的学问，还得向天如先生请教。"

张天如自谦道：

"我只会吃鱼，不会捕鱼，关于鲈鱼的知识，我是从别人的著作中抄来的，称不得真学问。"停了停，又继续道，"这太湖，暗藏一条浮动的金线，有灵气的才可以看清楚。捕捞鲈鱼时要沿着这条金线下网，捕到的金线鲈鱼，肉色白腻，肉质细嫩。用竹刀切开，搁置一天肉质不变，颜色不改。"

"金线鲈鱼有四个鳃，掉线鲈鱼只有三个鳃。掉线鲈鱼肉色黄褐，肉味咸涩。舒章不信，可捕来看看。"陈子龙补充道。

李雯听了，觉得奇怪，同是太湖鲈鱼，怎会有线上线下之分呢？至于四鳃、三鳃，《三国演义》上倒有松江鲈鱼四鳃之说，小说家之语，玄乎其玄，不可思议了……便不屑地一笑而言：

"我李舒章没有灵气，什么金线银线铜线丝线一概看不清楚，偏要撒一网最好的鲈鱼请诸位看看。"说着，"唰"地一网撒下去，拉上来细看，网里的鲈鱼全是三个鳃；剖开来看，肉色发褐发乌。接着又撒一网，还是如此；一连撒了几网，都是如此。"不能再撒了！"李雯气急败坏地咕哝着，说自己是个蠢人，还是看看聪明人的吧！说着，把网缰塞到陈子龙手里。

陈子龙两腿叉开，稳步屹立舻板上，双手端起渔网，嘴里喊着：

"天如先生，看见那条金线了吗？"

"哎呀呀，不是说过了吗，我是纸上谈兵，银样蜡枪头，我从来也没有见过金线藏在哪里。"张天如轻松地耸着肩膀，为自己解嘲。

陈子龙双眼一眨不眨，凝望着湖面，嘴里喊着：

"诸位，都来找找那条金线，发现了就喊我，咱非逮一网金线鲈鱼不可！"

夏允彝、李待问、徐孚远、周立勋、杨爱、张天如等，各据一方，凝神搜索湖面，那碧蓝碧蓝的湖水，幽幽地漫溢着，漫溢出一个冥冥的纯净的世界。此刻大家觉得，不是用双眼去看，而是用心去看，用灵魂去看，看着看着，什么也看不见了，只有耳边不时响起的船舵击水的哗哗声。

杨爱迎着阳光，眯着眼睛，像喝醉了酒一样，头脑化作一潭清水，晃晃荡荡与湖水融在了一起。清水中现出一痕红晕，深深的，细细的，越来越清晰，越来越明亮。她一阵欣喜，锐声喊叫起来：

"金线！金线！"

陈子龙甩手撒网，湖中漾起一个大大的圆环。在八双目光注视之下，陈子龙拉上来渔网，网中欢跳着的鲈鱼全是四个鳃夹，白白亮亮。

船上的人们欢跳成了鲈鱼。李雯翘起大拇指夸赞陈子龙："好灵气！"陈子龙不肯掠美，忙说："灵气出自杨姑娘！"

李存我夺过渔网，他也学着陈子龙的样子，请杨姑娘掌眼，提供目标。果然一网成功，捕获十几条鲈鱼，均是四个鳃的金线佳品。

　　接下来，夏允彝、周立勋、徐孚远、张天如、李雯等，轮流作"炮手"，杨姑娘作"炮长"，杨姑娘发一声令："金线！"，舢板上"炮手"便"唰"地撂下一网，可喜的是全部获得了成功。

　　看着满舱的金线鲈鱼，大家喜得合不拢嘴。李存我、夏允彝下厨庖制，约略半个时辰，鲈鱼烩好了，果然肉质白腻鲜嫩，清香扑鼻。李待问从家中带来了鲈鱼鲊鲭子腊，是有名的江南美味，有"金齑玉烩"之称。陈子龙命舟子在甲板放了一张圆桌，大家团团围在一起，有的添上茴香豆，有的抹上一息泥，鲜美可口，风味独特，再加上一瓯金华陈酿，真是飘飘欲仙了。

　　夏允彝干了一瓯陈酿，说：

　　"鲈鱼鲜美，陈酿甘醇，正好催发谈兴，请西铭先生开讲。"

　　张天如连说不敢：

　　"诸位都是饱学之士，学海无涯，我岂敢作大！咱们共同切磋才是。"

　　杨爱捧着满满一瓯酒，送到张天如面前：

　　"我很小的时候，就听徐佛姐姐说过，张先生读书时，每篇文章须抄录七遍，这是真的吗？"

　　"不错，每读一篇文章，必抄录七遍方可弄通熟记，较之那些过目不忘的才子，正说明我是个蠢人笨伯，所以我的文集定名为《七录斋集》。"张天如说着，哈哈大笑起来。

　　"天如先生学富五车，天下之士谁不震而尊之者矣！"陈子龙一本正经地说。

　　张天如轻轻摇头，习惯性地说着"不敢当不敢当！"

　　这时李雯站了起来：

　　"听说先生读书，每日离不开三曹、七子、嵇康、阮籍，果真如此吗？"

　　"不不，那都是旧皇历了。"张天如说，"当年我极力呼吁复兴古学，以三曹、七子为旗帜，推崇魏晋风骨。今天不同了，我特别推崇的是今人的书，如顾炎武的书，就是我最喜欢的。顾氏善于思索，长于雄辩，他对'国家'和'天下'的不同内涵，作了深层的探讨，往往使我心扉大开。"

　　杨爱读过《司马光论政》这本书，书中说"保国家者则是保天下"，她觉得"国家"和"天下"怎么可以分开呢？于是提出了自己的质疑。

"国家即天下，天下即国家，这是皇帝和大臣天天挂在嘴边的谎言。"张天如饮干瓯中的陈酿，有了兴致，言词清朗地说，"有亡国者，有亡天下者，亡国与亡天下如何区别呢？易姓改朝，这叫亡国；道德沦丧、人自相残，这叫亡天下。'保卫国体'，是皇帝大臣那些统治者的使命；'保卫天下'，匹夫黎首皆有职责！"

"按照张先生的说法，保国者即是保卫皇权，保天下者则是保持道德，不关权力、财富等等？"杨爱眯着双目，一边沉思，一边向张天如请教。

"对对对！杨姑娘说得极对。"张天如充满激情，"亡国，是改朝换代；亡天下，则是道德沦丧。不过，我要补充一句，这些并不是我的话，统统是顾炎武的言辞，我把它炼铸成八个字——天下兴亡，匹夫有责。"

"好，'天下兴亡，匹夫有责'，这八个字太好了！"陈子龙按捺不住，插上来说，"咱们常说'以天下为己任'，正是指一个士子的道德和气节。特别是今天，大势急转直下，清流士子更应挺身而出，击退野蛮，保持文明，防止数千年文化、道德被一口一口地吞噬。"

杨爱看看陈子龙，看看张天如，说：

"有一点我不明白，天下兴亡，单单'匹夫'有责，那'匹妇'呢，就没有责任吗？"

"好，问得好！'匹夫'有责，'匹妇'也有责。这句话应该改一改，'天下兴亡，匹夫匹妇均有责！'"张天如说着，一阵朗笑，笑中流露出惊喜和赞佩。

陈子龙和众公子，都以赞许的目光看着杨爱。有的说"杨姑娘出语惊人"，有的说"何止惊人，而是出语惊天下。"张天如说："难怪人称杨姑娘为'扫眉才子'，此誉不虚！"

徐孚远说：

"张先生才高天下，声气通朝右，所品题甲乙，颇能荣辱，今日应给杨姑娘题写点什么，以张其艳帜。"

陈子龙和众公子一致赞同。杨爱忙斟满一瓯陈酿，捧到张天如面前。

谁都知道，张天如才思敏捷，每逢文友征索，不设提纲，不打腹稿，对客挥毫，俄顷立就。此刻，见他左手接过杨爱捧上的玉瓯，右手濡笔挥扫，眨眼工夫，宣纸上墨迹淋漓，一首七绝呈现在大家面前：

匹妇一语天自惊，扫眉才子玉玲珑。

湖山迷蒙气如海，一女致使天下雄。

饮干了瓯中的陈酿，又补写了诗题和落款，张天如自觉十分满意。

众公子啧啧称赞，有的向天如先生捧杯，有的向杨姑娘祝贺，一时游船上喧闹沸腾。

14

自从在陈眉公师傅的寿宴上，结识了才女林天素，杨爱就为林氏一手飞动秀逸的书法所倾倒，便暗暗努力，在书法上狠下功夫，临帖或默写，一日不辍。

住进南园小东楼之后，墙上李待问撰写的那轴条幅，便成了杨爱每天必读的法帖。每次默读，便想起那尖锐得让人脊骨发冷的目光。上次文会，她曾向李待问提出，要拜他为师，他不加可否，一笑了之。从他那尖锐的目光中，她似乎看到了名士的傲慢。是卖弄大书家的派头呢，还是看不起一个风尘女子呢？她越想越觉得不解，想得多了，便暗自生出许多气愤来。她决定亲赴李府，登门拜师，看他如何应对。

这天，杨爱备了一份礼物和名帖，乘马车来到松江东门外李府，投了名帖。门阃进去禀报，很长时间才出来，说：

"公子在翰墨房等你。"

杨爱按照门阃交代的方向，独自前行。心想：主人卖派头，家奴也有架子。心中掠过一丝不快。

院子空旷阔大。虬劲骨突的松柏和半死不活的银杏树，显示出它们经了太多的风雪折磨，已不能焕发青春。有的东倒西歪，不得不借助粗粝的石柱支撑着。放眼望去，是一片荒凉的景象。受了这种破败场景的感染，杨爱心绪顿时伤感起来，刚才的那一缕不快早已无影无踪。

跨过一个石砌的圆门，便是一个幽静的跨院，这就是李待问独居的墨园。

墨园虽小，跟刚才的大院迥然不同，可谓别有洞天。浓密的花丛中涌出一股清泉，蓝幽幽地充盈着古老的智慧。泉水穿过竹林注入清池，流水昼夜不息，清池依旧不盈不溢，这就是有名的"洗砚池"。

沿着盘龙小路几经周遭，花木中立着一柱高大的石碑，杨爱停下脚步，见石碑上刻的是一篇屈子的《九歌》，笔锋奇纵变幻，雄健清新，有快刀利剑的气势。她正看得痴迷，不知什么时候李存我已站到自己身边：

"几处败笔，不值得杨姑娘一看。"

杨爱吓了一跳，待回过神来才说：

"墨满笔劲，翩翩恣肆，有唐人李北海之风！小弟我孤陋寡闻，不知李兄有如此大作。"

"过奖过奖！请杨姑娘到翰墨房吃茶吧。"

李存我引杨爱登上几级台阶，穿过密密匝匝的葡萄架，便是古雅的翰墨房了。

翰墨房高大宏阔，厅堂中央放着一张巨形长案，案上铺着厚厚的绒毡，毡垫被墨汁洇得驳驳斑斑，已辨不出原来的颜色。案上摆满了各种型号的羊毫、狼毫和鼠须。砚台和墨池之间堆着一团一团写坏了的废纸，显得芜杂零乱。

李存我于杂乱不堪中拨拉出一片净地，放下茶具，沏了两碗香茶。

杨爱面对东面的山墙，品鉴那儿悬挂的一幅狂草。细细辨认，见是一位名张痴的赠给李存我的一首五言诗："李子多高韵，豁然尘世姿。兰风殊蕴藉，鹤步有威仪。不饮令人醉，能书任我痴。笑谈真绝倒，爽气入心脾。"杨爱看了一阵，微笑着说：

"用笔潇洒，内有美质，外有威仪。只是这诗的最后两句不够真实，我从来没见李兄谈笑风生、令人绝倒过。"

"不过是些溢美之词，不可当真。"李存我有些不好意思地说。

二人吃了会茶，杨爱提出了自己来此的目的：

"今儿，我独闯李兄的翰墨房，不是来做客，是来拜师的。"

一句话使李存我沉默了许久，他一脸严肃，十分吃力地说：

"我……我是不收徒弟的，请杨姑娘鉴谅。"

"噢，怕我拿不起拜师礼是吧？"杨爱一脸戏谑地微笑着，"待问兄的小九九我早猜到了。"说着，从袖筒里掏出一个盛香粉用的玉石瓶子，有鸡蛋大小。打开红铜盖子，里面盛着半瓶清水，清水里有两条刚出卵壳的小鱼秧子，就像两片嫩嫩的草叶，在幽幽地蠕动。

李存我不解其意，怔怔地瞅瞅着杨爱。

"我给师傅带来了两条鲤鱼。"杨爱把玉石瓶子往李存我面前一"礅"，接着又添了一句，"就是小了点。"然后长揖到地，接着银铃般地大笑起来。

李存我知道杨爱在捉弄自己，满面通红，两只大眼放射出尖尖的光芒，愣了好半天，才伤感地说：

"华亭有一位书法大师董其昌，是当朝的礼部尚书，不知杨姑娘听说过没有？从学书的第一天起，我就立下誓言，书艺不压倒董宗伯，就是没有成器，便无颜面课徒……唉，我有我的难言之隐呀！"

看着李存我满脸痛苦的样子，杨爱有些后悔，觉得刚才的玩笑太离谱了，立即改变了口气，充满安慰地说：

"子龙兄给我讲过'李存我气死董宗伯'的故事，依小弟之见，兄的书艺不在董其昌之下。"

"不不，"李存我连连摇头，十分认真地说，"江浙一带寺院，凡有董其昌题写匾额的地方，我都另写了一件，并排挂一起，让过路的方家赏鉴评判。董其昌听说之后，也曾亲自去看了几次，他评鉴我的书艺'果然精到'，同时又说'笔中多有杀气'。"

"据陈眉公师傅说，杀气就是火气，习书如清泉漱石，久练即可褪火。"杨爱说。

李存我连连摇头：

"不，不那么容易！"大眼中又放射出尖尖的光芒。

杨爱忽有所悟，似乎触摸到了李存我心地的一角，他太执着，太自负，又太单纯，因为如此，他对自己太苛，把自己追求的东西奉为神，奉为宗教，须臾不能释怀。他人生的负荷过于沉重，因而灵魂中只有痛苦，永远没有欢乐。这一刻，她正走进他的内心，顿觉与他靠近了许多：

"我相信存我兄的勇气和毅力，不用多久，你就会成功的。"

李存我眼中的光芒温软了许多。

这时杨爱发现花窗的旁边，悬挂着智永和尚的一幅《千字文》，一笔一画，如出岫的春云，悠悠然在胸中回荡，有尘埃落定、水净沙明之感，不见一丝火气，她郑重地说：

"智永和尚有份佛心，才写得如此舒展自如；智永行止中充满禅意，笔底下才动若熏风，静似止水，每一行字都如珠照泉底，冷玉含烟。我以为，存我兄的当务之急，不是练字，而是练心。我想，兄应改变一下习书的方式，从今天起，不再摹仿董其昌的书帖，不再考虑与董其昌比试高低。除临写智永的《千字文》之外，最好临写王羲之晚年的几幅书帖。"

李存我点头称"是"，当即取出王右军的《快雪时晴帖》，悬挂于面前，摹写了起来。杨爱从锦盒中捧出一架古琴，弹起了抒情曲《郁轮袍》。这是唐代诗人王维，弹奏给安乐公主听的一首名曲，轻快明丽的旋律，如甘泉涤荡着灵魂。

李存我在轻柔缠绵乐曲的抚摸下，心情慢慢平缓下来，凝视《快雪时晴帖》，渐渐看到了笔墨间浮动的新意，他企图捉住这种新意，忙展纸濡笔，临写了起来，以接近楷书的写法稳稳行笔，表达的是一种缓步月下的闲适心情，捕捉的是一种雪野乍晴的欢快景象。

杨爱看着李存我的这幅新作，连说"好笔墨"。李存我也觉得这一帖写得大有进步，只是王右军书中那种气韵还没有捉到。杨爱也有同感，只是一时说不清楚。

中午，李存我招待杨姑娘吃了一顿"菡萏抱天鹅"，两人一边吃着，一边谈着，从篆籀隶书谈到行楷狂草，从《石门铭》谈到《肚痛帖》，一个执着痴迷，一个新知浅尝，二人越谈兴致越浓，直谈到日落天黯，杨爱才乘车返回南园。

从这天之后，杨爱经常来李府与存我相晤，谈书艺，临法帖，两人在笔墨上同时有了进展，感情上也越来越亲近了。

一天，又去会晤李存我，见他正专心致志地临写董其昌的《白居易琵琶行》，写毕，激动地举上头顶，请杨姑娘品鉴。

杨爱仔细审视，见开篇用的是凝重的楷书，紧接着笔锋一转，又用迅疾的草书，淋漓挥洒，或妍或媸，百态横生，尝尽了人间冷暖，销去了意气风发，颇有闲情逸趣，写到“别有幽愁暗恨生，此时无声胜有声”，骤尔使人惊疑不定，这种不谐和笔墨，表达出不宁静的心绪，愈往后这种情绪愈是强烈。杨爱看到此处，不敢再往下看了，目光中充满关切地说：

“不让你临写董其昌的书帖，你为何偏偏要临写，你的老毛病又犯了！”

李存我的脸色忽然变得很难看。

杨爱吃力地咬住一句话，终于没能咽下去：

“论书艺，你是我的师傅，论气量，小弟实在不敢恭维。存我兄，我不能不说一句，你这样写下去，心境永无宁日，书艺永远不可能步入佳境！”

李存我的目光，突然变得尖尖的，好比两把钢锥，使杨爱心头发瘆。他呆呆地愣了好一阵，突然两臂抱住脑袋，“呜呜”地哭了起来。

杨爱弄不清什么原因，心中一阵惶悚，又不知该如何劝解，爹撒着双手说：

“怪我，都怪我……”

“不不，跟杨姑娘没有干系。”李存我呜呜咽咽地哭着说着，“董其昌看了我的书法，还说了一句‘书法果佳，然多有杀气，恐不得其死耳’！董其昌咒我，我不能不压倒他！”

杨爱心中一阵战栗，她知道李存我内心里的痛苦，这种痛苦，将永远无法解脱。她同情他，但又无话可说，因为他的痛苦来自他内心，谁也无法给予帮助。她掏出一块香帕，轻轻揩拭他颊边的泪水。

李存我张大两只水汪汪的眼睛，直直地盯住杨姑娘，好一会儿，突然捧住她那两只新笋般的手，狂吻起来：

“杨姑娘，你不要学书法，千万不要学习书法……那是个苦海，无边无涯的苦海……”

杨爱使劲将自己的手抽出来，她看到了一个偏执的灵魂，偏执到了疯狂的地步，她不知道该用什么办法可以拯救它。

从这一天起，杨爱不再去李府，不再跟李存我一起习书。她觉得自己不能不揭开蒙在他心灵上的那层雾纱，但每次揭开，便是一次带血的伤害，使他更加痛苦。与其说是对他进行拯救，不如说是对他犯罪！

　　杨爱搜集了晋、唐、宋、元几十家法帖，蜗居于南园小东楼，潜心摹写，迫使自己忘掉李存我，忘掉那颗躁动不安的心，忘掉那个痛苦的灵魂……

　　一天晚上，杨爱正专心致志地临摹褚遂良的《雁塔圣教序》，猛然回头，吓了一跳，不知什么时候李存我已站在自己背后：

　　"唔唔，存我兄，坐坐……"

　　李存我依旧直挺挺地站在那儿，大眼中又露出那尖尖的光芒：

　　"我知道，我……我得罪了杨姑娘……"

　　"不不……存我兄……"

　　李存我从怀中摸出一方檀木小匣，捧到杨爱面前。杨爱双手接过，打开一看，是一枚鸡血石的印章，上面刻着"问郎"两个字。

　　"我的绰号'问郎'，不知姑娘……"李存我深情地望着杨姑娘。

　　杨爱连连点着头：

　　"问郎，对，我心上的问郎。"她把那枚滴着血、蕴着火的石头捧在手上，捧在唇上，热烈地一吻。

　　李存我心中的火种噗地燃烧起来，真想一把将杨爱抱入自己的怀中，但双手颤抖着，不听他使唤。仿佛这两只手已不属于他自己。

15

　　杨爱除了写诗做赋之外，又在陈子龙的指导下学习古文，各项学业突飞猛进。

　　一日，陈子龙正给杨爱讲解《庄子·大宗师》中的第四段："古之真人，其寝不梦，其觉无忧……"刚刚讲到"其耆欲深者，其天机浅"，家仆来报，说高安人要子龙马上回府一趟，陈子龙不敢稍待，叮嘱杨爱随意玩玩，等一会儿他便返回。

　　陈子龙走后，杨爱翻看架上的书籍，发现《历代文选》中夹着两页诗稿，从那鲜亮的墨迹可知是陈子龙的新作，那遒劲庄重的笔迹，令人肃然起敬，仔细一看，心中惊颤不已。

其一

灯下鸣筝帘影斜，酒寒香薄有惊鸦。

杨柳不语春宵事，月露微微尚落花。

其二

紫玉红绡暖翠帷，夜深犹绾绿云丝。

独怜唱尽金缕曲，寄与春风总不如。

　　诗的第一首中嵌入了"影"字，第二首中嵌入了"怜"字，内藏"杨影怜"三个字，正好是杨爱的姓名。看到这里，杨爱的心立即"怦怦"地跳了起来，这个冷面郎君，原来内心怀着一个炭火盆，炽热无比，她提笔写下两句话：

独木易地愁云生

耳听东方诉衷情

　　杨爱将两页诗稿依旧夹入《历代文选》里，匆匆离开陈子龙居住的小红楼。

　　陈子龙安排了家中事务，赶回生生庵别墅，见人去楼空，杨爱已经不辞而去，《历代文选》端端正正地放在桌面上。他清楚地记得自己的七律二首就夹在这部书页里，心中一阵慌乱，打开书页见诗稿仍在，只是后边加了两行字，细看，无疑是杨爱的笔迹，反复默读，止不住一颗心在腔子里"嘣嘣"狂跳，脸面火辣辣地发烧。他开始诅咒自己：真无用，明明没有任何事情，为什么要心慌意乱呢？

　　几阵小熏风一吹，麦子黄梢稻子挺腰。青杏疙瘩眨眼变成了黄蛋蛋，庄户人家忙成了一窝蜂，连孩子们也忙得小辫提直。松江城里的大户，在乡下都有地产，家家忙着监夏收租。陈子龙可算是个例外，管家理财这一套全部由妻子张孺人经手，自己只潜心读书，再忙再闲对于他来说都是一样。

　　这天，格外晴朗，湿漉漉的晨雾在花木中萦绕飘浮，花瓣上滚动着晶莹的露珠，更显得鲜明艳丽，那一层层绿叶像是水洗了一般，更是青翠鲜活。小黄莺儿、布谷鸟儿、蓝靛颏儿，与一群群灰麻雀子，在枝叶间飞来跳去，叽叽喳喳鸣啭歌唱，鸣啭中有琉璃的质感，窨凉清脆。花木中的雾气被霞光蒙上一层旖旎的色彩，假山后的荷塘，如同刚刚浴罢的仙子，悄悄露出眉眼，更显得清纯洁美。那盈盈的绿波如同蓝色的玉液，点缀着一片片碧荷，高举的花蕾如少女的红唇，时隐时现。

　　杨爱收拾停当，正准备到小红楼听陈子龙讲课，经过荷塘时，顿时被这迷人的景色吸引了，情不自禁地绕过假山，穿过幼林和花丛，坐在荷塘边的一块大青石上，琢磨起一首诗来。

　　陈子龙将用得着的典籍找出来，铺到桌案上。已经日上三竿，还不见杨姑娘到来，陈子龙有些焦急。在他的记忆里，杨姑娘是很守时的，今儿是怎么了？出了什么事？他走下小红楼，急步向南园赶去。

　　远远看见一条瘦瘦的身影，闪动在荷塘边，从红裙白衫的打扮上可以断定那就是杨姑娘，陈子龙蹑着脚步慢慢靠近，见杨爱一个人坐在那儿呆呆地出神，嘴里咕咕哝哝说着什么，开始时以为她在生气，后来又像是背书，陈子龙拾起一块坷垃，使劲抛向荷塘的中心，霎时有一对鸳鸯从碧叶间"扑啦啦"飞起，沉浸在冥想中的杨爱被吓了一跳，猛然抬脚，被苇根绊了一下，趔趔趄趄，栽倒在荆棘丛中。

陈子龙看得清清楚楚，抢上两步，将杨爱抱起。这时杨爱颤抖着，嘴里直嘘冷气。陈子龙发现，杨爱的左手食指被荆棘划破，淋淋漓漓在滴血，他"呀"地叫了一声，捧起杨姑娘的手，将那根滴血的食指含到自己口里。

"不！不！"杨爱想把自己的手抽出来。

陈子龙一味捧着那只手，"吱吱咂咂"地吮着那沥沥拉拉的鲜血，一直把它吮得干干净净。然后掏出一方绢帕，缠在那根受伤的食指上。这时他才注意到，那只手如此玉润娇媚，恰似一只活鲜鲜的佛手。他再次捉住它，紧紧地抱住，将它按在自己的胸口上。

杨爱终于将自己的手抽出，转身向假山跑去。跑到一堆太湖石下，那儿系着一只小木楂，她健步上了木楂，朝着陈子龙招了招手。陈子龙跑了过去，解了缆绳，跳上木楂，待杨爱坐稳，一篙下去，木楂如同离弦的箭一样，向碧荷深处射去。镜面般的湖水被楂头切开，三角形的波浪扩展开来。木楂前面，水鸟一只接一只地飞起，抛下一串叽叽嘎嘎的叫声。

杨爱夺过竹篙，猛撑一篙，木楂飞快地划入一片莲荷菖蒲中。莲荷密密匝匝，菖蒲纵横交错，木楂缠绕其中，前进不得后退不能，杨爱扔下竹篙，高声吟唱起来：

> 常记溪亭日暮，沉醉不知归路。
>
> 兴尽晚回舟，误入藕花深处。
>
> 争渡，争渡，惊起一滩鸥鹭。
>
> ……

崇祯六年的夏天，是一个酷热难熬的夏天，陈子龙汗流浃背，蜗居于小红楼里温习功课，准备京中的会试，与杨爱一起切磋诗艺的时候少了，两人一起校勘的《汉赋》也暂时停了下来，硬着头皮写他最讨厌的八股文。

杨爱见陈子龙吃不好睡不好，心里空落落的样子，担心他闷坏了身子，这天中午买了一个花皮西瓜来小红楼看望陈子龙。陈子龙抖着一叠文稿神情沮丧地说：

"为了一个进士的虚名，没完没了地演习这些劳什子，厌恶透了！古人不为五斗米折腰，我却要为一个可笑的虚名折腰，我觉得自己很可耻！杨姑娘，你说呢！"

杨爱肃然地说：

　　"我以为，人生在世，就要求取功名，建立勋业。在这天下纷扰之际，像子龙兄这样的大丈夫，老死山林，对黎民百姓又有何益？"

　　陈子龙点了点头，回想崇祯四年进京会试，结果名落孙山，一筹莫展。眼见得已经过了二十六岁，在祖母高安人和继母唐宜人面前，依旧是个不能主持家政的孩子。在妻子张孺人面前，也是夫纲不振，虽成家而未立业。在这个俗人俗理主宰的天下，功名就代表着成熟，功名就代表着智慧，功名就代表着威望。再伟大的理想和抱负，都必须通过功名才可实现，想到这里。陈子龙满腔愤懑地说：

　　"在这外患内乱之际，谁不想奋身杀贼，勒功金石！遗憾的是奸佞当道，以黑作白的时候，即便才高八斗、学富五车，也休想取得功名……"陈子龙说着连连地叹气。

　　杨爱知道陈子龙胸中的苦恼，一时无法安慰他，只有陪他叹息。

　　"这些天来，我常常觉得自己很孤独，很脆弱，像一个无助的孩子，需要别人来帮助。"陈子龙目光中流露出乞求的神情，"杨姑娘，你肯帮帮我吗？"

　　"我……我……"杨爱不知说什么才好。

　　"你常到小红楼走走，多陪陪我，也许……我心里会踏实些。"陈子龙说。

　　杨爱多么想常到小红楼走走，多么想拿出更多的时间陪陪陈子龙，但她不敢这样做。为什么？一时她自己也说不清楚。

　　陈子龙似乎猜透了杨姑娘的心思：

　　"每日傍晚来一趟，陪我一会儿行吗？"

　　杨爱思索了片刻，终于点了点头。

　　从这天之后，每日傍晚，杨爱便来小红楼陪陈子龙一会儿：陪他吃一壶茶，陪他读几首诗，给他弹一支曲……一天傍晚，杨爱登上小红楼，见书房里空荡荡的，陈子龙不在楼上。她推开花窗俯视楼下，见陈子龙正在池塘边练拳，双臂如藤条一样，忽上忽下忽左忽右，伸缩屈弯，勾拐折盘，如同毛猿的长臂，刚刚搭上一尊湖石，倏忽间已飞上古松的树枝。身形瞬息万变，飞扑蹿纵，闪转腾挪，灵活似闪电……杨爱看直了眼，呆愣在窗口，不知不觉地喊出声来：

　　"咦呀呀！"

陈子龙停了手脚，向杨爱招手。杨爱跑下楼去，问陈子龙练的什么拳，这么漂亮。陈子龙说是"白猿凌虚拳"，是宋代道长丘处机所创，把长拳和轻功揉在一起，有寓理帅气、强身健体的功效。

杨爱连连叫好，她提议："子龙兄每练一套白猿凌虚拳，补气壮胆，勇往直前。为此，我给子龙兄弹一首琵琶曲《十面埋伏》助兴。"

陈子龙十分感谢杨姑娘的鼓励，从此每晚演练白猿凌虚拳，便成了必不可少的课目。

立秋刚过，陈子龙便收拾行囊，准备进京会试。因陈府送行的人很多，事先陈子龙就安排杨爱，不必到码头送行。

陈子龙所乘的客船离开松江码头二里多路时，汊河上驶来一只小船，风雨中如一片树叶，迎头拦住了客船，小船上立着一位身披斗篷的女子，高喊着"子龙兄！子龙兄！"

陈子龙见是杨爱冒风雨赶来，忙请舟子停船。小船迅速向客船靠拢，陈子龙躬身将杨姑娘拉上船。

"说定了不必送，姑娘怎么又来了？"陈子龙故作嗔怒地说。

"不送，我会后悔的。"杨爱长长的睫毛眨动着，脸上雨珠晶莹闪光。

"雨这么紧，难道不知道吗？"

"下刀子也挡不住人的。"杨爱一直笑着，很甜。

陈子龙心里一阵热乎乎的，眼中似有小虫在爬。他抓住杨姑娘的两只手，一直不肯撒开，他使劲往怀里拉了又拉，那张有点孩子气的俊俏的小脸，细嫩白腻，活活是个江米人儿，在细细的雨珠的装饰下，更显得冰清玉洁。他觉得胸中有某种说不清的冲动，马上闭了双目，强行抑制自己，使这股冲动平息下来。陈子龙觉得，她的双手冰冷，在微微颤抖，她下颏滴着水珠，嘴唇泛着青紫色，忙脱下自己的夹衫，紧紧裹在她的身上。

杨爱瘦小的身子钻进宽大的夹衫里，踮着湿漉漉的小脚，甩动着长长的空袖，嘻嘻地笑着，像个调皮的大孩子。

陈子龙真想紧紧将她抱住，实实在在地吻她，但他强制住自己，没有这样做。

水手递过杨爱带来的竹箱，杨爱打开竹箱，拿出一条檀木镇纸，双手捧到陈子龙面前。陈子龙接过来用袖口拭净，见镇纸上刻着密密的文字，细读，原来是杨爱篆刻的《送别》诗，共五首：

其一

念子久无际，兼时离思侵。

不自思愁量，何期得淡心。

其二

要语临歧发，行波托体沉。

从今互为意，结想自然深。

……

"是什么时候写的？"陈子龙捧住镇纸，眼中闪射着欣喜的光芒。

"昨儿晚上。"

"谁刻的？"

"这还能请别人刻吗？"

"哎呀，杨姑娘还有如此精妙的刀功？"陈子龙感到惊奇。

"不相信吗？别忘了，我可是存我兄的高徒呀！"杨爱得意地笑着。

陈子龙忽然想到了什么，脸色变得沉重下来：

"姑娘一夜没有睡觉吧？"

杨爱见陈子龙也一夜没有休息，反而为别人担心，轻轻地抖了抖肩膀：

"子龙兄，难道你睡了？"

陈子龙不能不佩服杨爱的聪明，他尴尬一笑：

"我真切地体会到'辗转反侧'是个什么滋味了。逢到这个时候，最好的办法是写诗，把情绪之水挤出来，它就不再发炎了。"

"能让我品尝尝你那情绪之水吗？"杨爱问。

"姑娘的诗刻在镇纸上，我没有那个能耐，只能刻在这里。"说着，向自己的心窝指了指。停了片刻，低低地吟诵起来：

其一

悠悠江海间，结交在良时。

意气一相假，羽翼无乖离。

胡为有远别，徘徊临路歧。

庭前连理树，生平念华滋。

一朝去万里，芬芳终不移。

所思日遥远，形影互相悲。

出门皆兄弟，令德还故知。

我欲扬清音，世俗当告谁。

同心多异路，永为皓首期。

其二

……

陈子龙一连吟了四首，杨爱激动得两眼汪着泪水，一边流着泪，一边将这四首诗笔录下来。陈子龙加了题目《录别》，又补了一行小序："离情壮怀，百端杂出，诗以志慨。"

杨爱将四首诗稿收好，她知道陈子龙这一去便是半年，在这漫长的日子里，她将伴随着这四首诗度过。

"子龙兄，分别后我会读着这四首诗向您问候，每读一次，便问候一次，我相信兄一定会听到的。"

陈子龙点了点头，心中泛起一阵苦涩，他想到面临的是分别后的孤独，是漫长的孤独的岁月，一个人在陌路上穿行，在人流中徘徊，他不能不感到痛苦。更为可怕的是等待在前面的不可知的命运，正因为不可知，更觉得恐怖和惊心。他看了看镇纸上的两句诗："不自思愁量，何期得淡心。"窗外响起了波浪打船舷的哗哗声，大概船已进入了太湖。

同舱的人都已睡去，陈子龙和杨爱毫无睡意，两人相对而坐，夜风穿窗而入，徐徐地给胸中注满了凉凉的秋意。穿过舷窗，凝视黑洞洞的夜空，浑茫而缥缈。两颗心在太空中浮游，两颗心有着共同的感觉：孤独、茫然……

第二日清晨，船到无锡惠山，陈子龙劝杨爱返回。杨爱坚持再送一程。

第三日清晨，船到常州，陈子龙恳请杨爱返回，"不能再送了"。杨爱点头答应，待客船起锚开航，她又箭一般跳了上来。

第四日清晨，船到镇江，陈子龙不再说话，杨爱撑不住了，看着陈子龙默不作声的样子，问：

"怎么不赶我下船了？"

"赶有何用？"

"有何打算？"

"带你进京。"

杨爱摇了摇头说：

"不，那样我会变成一个累赘。我……我想求兄陪我游一趟金山，行吗？"

陈子龙欣然答应。问清了开船时间，两人便下船去游金山。

两人手挽着手拾级而上，一口气登上山门前的石台，极目远眺，见云开处长江如一条银色巨蟒，从天际蜿蜒而来，那闪烁的波浪如同巨蟒的鳞甲，耀得人们眼花缭乱。巨蟒带着风声浪声嘶叫声，直朝脚下金山扑来，当一头撞上山崦时，巨蟒粉身碎骨，顿时生出一百颗脑袋一百对毒牙，它发怒了，咆哮了，发出惊天动地的轰鸣，天摇地动，人神皆惊。杨爱从来没有见过如此壮观的景象，如此险恶的场面，一时看得出神。

二人走进金山寺，请了香烛纸马，来到大雄宝殿，长跪进香，杨爱小声祷告："本寺为江东名刹，佛祖法力无边，至灵至验，信女前来，求佛祖保佑子龙兄进京会试，南宫告捷，早报佳音……"

陈子龙捐了一把银子放在香案上。知客僧拿过一本大红明细簿，陈子龙将籍贯、姓名一一填上。知客僧看了看，惊奇地叫道：

"阿弥陀佛，原来是贵客到了，我就去禀报师傅！"

少顷知客僧引方丈来到客房，陈子龙上前施礼，见那方丈七旬年纪，宽口隆鼻，白眉约一寸多长，双目炯炯，面色红润，身穿僧袍，外罩一领掐金八宝猩红袈裟，脚登玄纹芒鞋，手持锡杖，胸前挂一串沉香佛珠，一副超然脱俗的世外风姿。看得出这是一位得道高僧。老方丈双手合十，满脸堆笑，热情地对陈子龙说：

"陈学士为江东才俊，几社主盟，老衲漫游江浙，处处听到学士的大名，后殿里还录有陈学士的联语。"老方丈说着，便引陈子龙、杨爱走出客房，穿过寺院，沿着一个长长的回廊进入了后殿。

这后殿殿堂不大，布置得庄严雅洁，走进来便感到一片肃静。当堂有一张供桌，罩着黄绫围幔。古铜烛台上点着长明蜡烛。香炉里三炷高香刚刚燃了一截，墙上供着一副对联，上联是"不信有天常似醉"，下联是"最怜无地可埋忧"。陈子龙看了，感到十分亲切。回头说："这是几社文会时我发的两句激愤之词，老方丈把它悬挂在这儿，学生我甚是惭愧。"

"老衲崇拜陈学士的人品和才学，特请金陵大书家冰石先生秉笔，以魏体字录下这两条联语，长枪大戟，虬动贲张，正好体现了韩蕲王扛鼎天下的英雄风姿。"

这时杨爱才注意到正堂供奉的一男一女两位画像。那男的头戴帅盔，身穿连环黄金甲，三绺长髯垂洒胸前，目光炯亮，威风凛凛。那女的内穿紧身桃红软甲，肩披镶金嵌玉猩红大斗篷，头戴珠冠，上插两根五彩雉鸡翎毛，英姿飒爽，倔强峥嵘……是人是神，一时弄不清楚，便向老方丈问道：

"供奉的这两位是……"

老方丈一脸肃穆地说：

"这是宋代名将蕲王韩世忠与安国夫人梁红玉的画像，当年韩蕲王与梁夫人大战金兵之时，小寺文僧诵经武僧助阵，情景感天动地。打退金兵之后，韩蕲王与梁夫人亲来小寺烧香拜佛，感念佛祖保佑。蔽寺高僧慧思主持，趁机绘下二位英雄的真容，一直供奉在蔽寺后殿之中，数百年来志士仁人常来祭拜。"

陈子龙忙上香三炷，虔诚地跪在蒲团上，以额触地，拜了三拜，默念"不然奋身击胡羌，勒功金石何辉光"，心中升起一股豪情，以辽左自任。

杨爱曾听徐佛姐姐讲过梁红玉击鼓抗金兵的故事，一直铭感五内，此刻长跪在蒲团上，默默祷告："梁夫人，您也是一介女子，也曾蒙青楼之羞，在国家危亡之际，却能身着戎装，奔赴疆场，协助韩蕲王痛击强敌，力挽狂澜。你不愧是巾帼须眉，女中豪杰！想我杨爱，空有一腔激情，空有报国之志，哪里去找自己的韩蕲王啊……"

想到此处，悲从衷来，眼中溢满了泪水。

陈子龙想到韩梁大战金兵的英雄业绩，便问老方丈道：

"黄天荡在什么地方，能看到吗？"

老方丈引陈子龙、杨爱登上一座石台，向西北方向指了指说：

"雾气太重，看不清楚。"

陈子龙顺着老方丈手指的方向遥望，只见朦朦胧胧，水气笼罩着天光，白茫茫中有一簇一簇凝重的东西在蠕动，是波涛？是芦苇？是礁石？一时难以判断。远远近近，是一望无际的大江，云蒸霞蔚，浩瀚起伏；飞动的船只如轻捷的燕子，来往穿行。他忽然想起孟浩然一首诗来：

> 人事有代谢，往来成古今。
>
> 江山留胜迹，我辈复登临。
>
> ……

陈子龙和杨爱步下金山寺，已是秋阳西坠，北上的客船也将要起锚开航了。杨爱知道不能再往前送了，便站在码头最高的地方，挥着双手向陈子龙告别。直到陈子龙乘坐的客船消失在烟波浑茫中，她仍伫立在那儿，凝望着，凝望着……

杨爱独自乘小船返回松江，由于一路风寒又思念陈子龙的安危，竟然病倒了。花大姐和水儿悉心照料，延医抓药。多方调治，仍不见好转。重阳过后，驿站官差送来一封书信，是陈子龙从京都发来的，信中详述了在京中的种种遭际之外，还有七律诗一首：

> 谁将幽怨度华年，河汉蒙蒙月可怜。
>
> 落叶黄飞妖梦后，轻绡红冷恨情边。
>
> 青骢湿路箫声歇，白蝶迷魂带影妍。
>
> 惆怅卢家人定后，九秋云雨泣婵娟。

秋风秋雨愁煞人，许多日子的病酒和悲秋一股脑儿在诗中倾吐出来。杨爱激动得一夜没有睡着，焦急和狂喜使她出了几身热汗，几个月的病痛居然一天一夜就好了。从此之后，杨爱每天给陈子龙写一封信，将自己读什么书、会什么友、如何思念在京都的人，都写入信中，写好了并不寄发，一一存放在自己的抽屉里。每天一封，不知不觉，竟然积攒了一大沓。

　　崇祯七年（1634）仲春，陈子龙从京都悄悄返回松江，在城南码头下了船，没有先回陈府，也没有回自己居住的小红楼，而是一头扎进徐氏南园杨爱的闺房，杨爱满心欢喜地迎接他。他满面风尘地坐在那儿，呆呆地不肯说话，过了好大一阵才要杨姑娘庖菜沽酒，他默默地饮完了一葫芦酒，伏在那个空空的酒葫芦上，呜呜地哭了。

　　京中会试，三月初一发榜，陈子龙又一次名落孙山。

16

　　陈子龙落第还乡，闷闷不乐，他杜门谢客，郁郁寡欢，发誓不再作八股文，致力于诗词歌赋和古文的创作，在苦闷中他最常晤面的只有一个人，那就是杨爱姑娘。

　　这一日，他早早来到南园，在开阔的草坪上练习武功，练完了一套白猿太虚拳。回头见假山旁边一个人影，款款闪动，一经霞光照耀，如桃花初绽，窈窕动人。仔细一看，是杨姑娘踏着晨雾，在湖边练习奔月舞，她穿一袭大红纱裙，舞动长袖，飘飘欲仙。陈子龙看着看着，眼前展开一个从未见过的斑斓明媚的世界：银辉璀璨中，飞动着神姿仙态，仿佛有一群仙子围绕着自己飞转，隐隐现现。多日来淤积在胸中的郁闷一下子消散了，顿时变得兴奋变得欢快，变得神清气爽。他如同捕捉闪电一样，刹那间将眼前的一切捉住，融入自己的诗中：

> 晓日垂杨里，云鬟琐绛纱。
>
> 自怜颜色好，不带碧桃花。

　　陈子龙在杨姑娘的抽屉里发现了一叠日记，细读原来是杨爱怀念自己的真实记录。他被她那火热的情怀感动了，读着读着，热泪潸潸而下。在失意中，他更珍惜这种相知和深情，他确信，在这个世界上，杨姑娘是自己最为知心换命的人。

　　这些日子，陈子龙越来越离不开杨姑娘，不知是一种癖好还是一种恋情，对于杨姑娘的长裙大袖，他喜欢；对于杨姑娘的窄襟短袖，他更喜欢。他喜欢她正面的丰采，更陶醉于她那侧影的美丽，他不时用他手中的诗笔，画下她的艳冶和俏丽：

　　日暮吹罗衣，玉闺未遑入。

　　非矜体自香，本爱当风立。

　　　　　　　　——《朝来曲》

　　移兰玉窗里，朝暮傍红裳。

　　同为当春念，开时他自香。

　　　　　　　　——《古意》

　　问妾门前花，殷勤为郎起。

　　欲折第几枝？宛转春风里。

　　　　　　　　——《长乐少年行》

　　陈子龙与杨爱朝夕相处，写下了玉台体诗多首。他一向心高气傲，多有伤时沉郁之作，眼下写出如此娇媚的香艳诗句，连他自己也觉得不可思议，他脑子里时时有杨爱的倩影在晃动。那些描写女性体态之美的诗句，都是杨爱真实形态的写照。每当想到这里，他心中就躁动着一种惶恐不安。

　　作为对陈子龙诗作的回报，杨爱在这段时间内，写下了抒情诗多首，表面上是咏春叹时，实质上是怀春女子对情人的一片痴恋之情：

　　不见长条见短枝，止缘幽恨减芳时。

　　年来几度丝千尺，引得丝长易别离。

　　玉阶鸾镜总春吹，绣影旆迷香影迟。

　　忆得临风大垂手，销魂原是管相思。

　　　　　　　　——《杨柳》二首

　　轻风淡丽绣帘垂，婀娜帷开花亦随。

　　春草先笼红芍药，雕栏多分白棠梨。

　　黄鹂梦化原无晓，杜鹃声消不上枝。

　　杨柳杨花皆可恨，相思无奈雨丝丝。

　　　　　　　　——《杨花》

　　陈子龙与杨爱作诗遣句，一唱一和，诗句成了两人情缘的纽带，在两人真情的交流中，陈子龙低迷的情绪开始好转，落第的苦闷和抑郁渐次消散。一日，杨爱做了一首律诗《清风潭》，其中"总有明妆谁得伴？恁多红粉不须夸"两句，陈子龙看了深有感触，眼见已是仲秋，正是游清风潭的好时候，第二天清早，便叫了一辆马车，与杨爱一起乘车来到潭边。清风潭水面宽阔，岸边疏疏密密的菖蒲芦苇，水鸟啾啾叽叽，追逐嬉戏。岸边泊着一只小舟，是专门为几社才子们赏潭准备的。

杨爱跳上小舟，缓缓向湖心划去，在朝霞的映照下，潭水粼粼，熏风习习，波澜不惊，潭底蓝天一碧，白云游走……伫立岸边的陈子龙突然发现，杨爱如一抹晨曦，幽幽晃动。她身穿淡色暗花夹衫，玉白色绣花长裙，肩披薄云般的透明纱巾，裙带飘飘，纱巾拂拂，如一帧水墨，似一片逸韵。背后一轮鲜红的旭日从绿波中涌出，如同一颗硕大的玛瑙。杨爱置身于霞光霓彩之中，正是袅袅婷婷的凌波仙子，翩然而至，陈子龙一时看呆了，情不自禁地说：

"汪然老赞美杨姑娘的诗中有'美女如君似洛神'之句，杨姑娘就是曹子建笔下的洛神，洁然却尘，飘飘欲仙，比洛神宓妃有过之无不及啊！"

这由衷的赞美引发的冲动顿时注满心胸，杨爱陶醉了，真想放开喉咙唱一支歌，才系了小舟，登上岸来。

陈子龙解缆登舟，单桨猛划，小舟在潭面"嘀嘀"打转，在旋转中前进，向潭心飘去。杨爱站在一块大青石上，垂手而立，凝目注视潭心，见陈子龙一身素绸长衫，如同一座伟岸的素峰，目光烁烁如同晨曦，气宇轩昂，风流倜傥，一举一动，展现出儒雅风流，心中一阵激动：

"啊！我也看到了一位洛神，是一位男洛神！"

陈子龙听了仰天大笑，连手中的双桨都扔到水里去了。

"怎么，只有女洛神，就不兴有男洛神吗？"杨爱不服气地争辩。

"没听说过。"

"既然子龙兄没有听说过，今儿我就要写一篇《男洛神赋》给兄看看。"杨爱故作姿态地说，"今儿弟要跟曹子建比试比试了。"

"那真要传为文坛佳话了。"

陈子龙原以为不过玩笑而已，万没想到第二天清晨，杨姑娘真的拿来一篇《男洛神赋》，请陈子龙斧正。

杨爱把这篇作品看得十分重要，她字斟句酌，写了改，改了写，反复推敲，整整写了一个通宵，眼睛都熬红了。陈子龙接过一看，登时被那荡气回肠的气韵吸引住了，文辞华美，情感炽烈，与曹植的《洛神赋》相比毫不逊色，只是多了些阳刚和健美，少了些阴柔和缠绵。当陈子龙看到"协玄响于湘娥，匹匏瓜于织女"两句时，周身热血沸腾，一颗心剧烈地跳动起来。这里杨爱把自己比作湘娥和织女，把陈子龙比作虞舜和牛郎，这不是大胆地向自己表白心迹，赤裸裸地传递爱情吗？一纸赋文做媒，传递千情万爱，陈子龙激动得连声音也颤抖了。

两人几乎是同时喊出来的：

"洛神，我的洛神！"

杨爱向陈子龙扑了过去，两只手臂如迎春的花枝，在空中摇曳。陈子龙乘势将杨爱抱住，紧紧地揽入怀中，两对火热的目光交融在一起，心与心在一个节拍上跳动，时间在他们相互拥抱中戛然而止了，杨爱那美丽的大眼睛如春夜幽闭的花朵，长睫毛上滚动着喜悦的泪水，宛若花瓣上晶莹的露珠。她贪婪地吸吮着突然降临的巨大幸福。

直到深夜，唇舌间那火辣辣的激情没有消退。

清风潭之游，使陈子龙、杨爱二人相互倾慕之情突然升温，最终无可遏制地爆发出来，一步跨越了以诗示爱的痛苦阶段，两人狂热地拥抱起来。回来之后，陈子龙就病倒了，他要以"病"为借口，回避杨爱甚至周围的一切人，腾出时间静静地想想，琢磨透彻，下一步该怎么走。与其说陈子龙是病倒了，不如说是被急风暴雨般的感情打倒了。感情这玩意，是最善于扼杀心智的，一旦感情狂热，再聪明的人也变得糊涂，本来轻而易举可以想明白的事情，现在越撕掳越撕掳不清了。纳她为妾吗？乱而后弃吗？就此一刀两断吗？许多问号在脑中搅成一团，他不知道该怎样安排它们才好。

按照原定的日程，第二天应该与杨爱一起校勘《唐诗萃》，但他短时间内不愿见到她。他打发仆人送一封便笺给杨爱，说"因身体不适，校勘书稿一事暂时搁置"。杨爱看到这张便笺，一天没有吃饭，当晚也病倒了。她知道陈子龙有难言之隐，又不肯直接说出口来，他后悔了？他退缩了？他遇到突然袭来的变故？念头如一窝马蜂，乱哄哄的，把脑壳给蜇炸了。她咬住牙，不肯把心里话说给任何人。

陈子龙得到杨爱病倒的消息之后，心中十分焦急，他知道病根埋在哪里，但又不愿独自去看望她，便与一位要好的郎中一起去看望杨姑娘。

南园笼罩在深秋的雨雾中，陈子龙和郎中踏进小东楼，正是傍晚时分，四周水气沉沉，灯光下杨爱面色惨白，长长的眼睫如同花蕊轻轻地闪动，见了陈子龙和郎中，忙挣扎着起来，给客人沏茶，打座。

郎中要给杨爱切脉诊病，杨爱惨淡地一笑说：

"不必了。"

陈子龙知道杨爱话中的含意，也不勉强，只安慰了几句，便匆匆告退。返回小红楼，燃灯展纸，立即成诗一首：《探病杨姬馆中》。

杨爱正躺在竹榻上默默流泪，突然收到侍女送来的陈子龙的诗稿，忙打开细读：

> 一夜凄风到绮疏，孤灯滟滟帐还虚。
>
> 冷蛩啼雨停声后，寒蕊浮香见影初。
>
> 有药未能仙弄玉，无情何得病相如。
>
> 人间愁绪知多少，偏入秋来遣示余。

"无情何得病相如"，不是他寡情，而是自己无事生非了。她将诗稿读了一遍又一遍，读一遍流一次眼泪，流一遍眼泪心里便舒畅一次，两天之后，身子居然轻松了许多，病体也就好了。

天气骤然转冷，这天夜里，下了入冬以来的第一场苦霜，古旧的瓦楞上一片洁白，如同月宫撒下的花瓣。已经很晚了，陈子龙差仆人送来一封便笺，约杨爱第二天凌晨去龙吟冈观赏"碎银青松"。松江八景，杨爱大都观赏过，唯独没有观赏过"碎银青松"这一奇景。据说观赏这一景色，必须赶在严霜降临之后，凌晨日头露面之前。眼前严霜初降，昼暖夜寒，正是观赏"碎银青松"的最佳时节。

杨爱激动得一夜没有睡着，美景诱人，更主要的是陈子龙的邀请，增加了一层说不清的特殊意义。

天刚蒙蒙亮，陈子龙便乘一匹赤兔马，飞出生生庵别墅。他身着素缎子衫裤，红白相映衬，更显英姿飒爽。远山近树一片黑黝黝的，还不甚分明，受了凌晨寒气的刺激，那赤兔马喷着两股烟雾，奋蹄奔腾起来。来到龙吟冈，东天才刚刚放白，陈子龙滚鞍下马，前后左右四下里搜寻，并没有看到杨爱的身影。他登上一个高崓，乘着东天的曦光向远处张望，一棵棵松树如一座座尖塔，直指苍穹。无数个塔尖，一排排，一行行，如同等待令旗的士兵，并肩而立，严阵以待，随着龙吟冈的走势，塔尖的战阵起伏伏，向无垠的天际延伸，寒霜给这威武庞大的战阵撒上一层闪光的碎银，如同青沧大海吐着银色浪花。陈子龙在心中默念了一句："杨姑娘为什么还没有来到呢？"

眼前的曦光泛起一丝红晕，用不了多时，旭日献媚，朝霞飞彩，碎银吐露金丝银缕，青松举起火把，最美丽的时刻就要到来了。杨姑娘为什么还没有到来呢？陈子龙确实有些心急了。他凝神注目来路，一片林寒涧肃，不见一个人影；回目瞻望前方，无边塔松的战阵，连一只闪动的鸟儿也没有。当他无意抬眼遥望天边时，忽见一片银白在幽幽走动，虽然看不分明，但可以清楚地感觉到那是一匹马，一匹白马。陈子龙飞步跑下高冈，刚刚下了冈头，突然发现，一位翩翩少年正站在面前！那少年身穿白缎子紧身箭衣，外罩素丝提花斗篷，足下云纹白缎子快靴，幅巾舒展，乌发覆额。面如润玉，唇似涂丹，好一位风标高雅的美少年。此时此刻陈子龙才辨认出，这美少年不是别人，正是自己热恋着的杨爱。她那娇媚的脸庞，如同初现眉眼的旭日，使无边无际的碎银青松，刹那间蒸腾起五颜六色的彩光。

陈子龙想说什么，但一个字也没有说出来，他心中腾起一种说不清的冲动，只觉得眼前的一切太神奇了，太美了！他快步上前，将自己的美人儿一把抱起，放在那匹雪白的马背上，自己翻身上马，双手将一团温柔抱进自己的怀里，双脚击打马肚，那白马便颤动四蹄，"嘚嘚嘚嘚"地奔跑起来。

杨爱懒懒地张开双目，看到的是宽阔的肩胛和黑黑的髭须。随即闭阖了双眸，躺进情人温暖的怀抱里。

一阵浓郁的兰花香气从怀抱中散发出来，冲击着陈子龙的鼻孔，他不由自主地收缩双臂，将这团温香软玉搂抱得更紧了。他已经变得痴迷，不知道自己在哪儿，更不知道自己在干什么。他使劲地低下头，热烈地吻着那红唇，吻着那粉颈，吻着那一团火，吻着那一团无可遏止的欲望……

　　那匹白马停下了脚步，陈子龙才知道已经来到了生生庵别墅，自己居住的小红楼就在眼前。此刻，他确信自己就是司马相如，把自己的卓文君轻轻抱下来，一口气抱上小红楼，抱进自己的卧房。

　　美丽的"卓文君"双手攀住情人的脖子，轻轻睁了睁眼，又轻轻闭上。

　　在陈子龙朦朦胧胧的意识里，"司马相如"和"卓文君"同时倒进素色纱帐里……

　　从这一天开始，杨爱搬进了陈子龙的小红楼，两人开始了蜜月般的生活。

17

陈子龙与杨爱偷偷相爱，同居小红楼，花朝月夕，著文赋诗，携手并肩，参加几社交友的宴集文会。

小红楼成了鸳鸯楼，华灯初照，绣幔低垂，春心荡漾，悦意融融。陈子龙、杨爱二人才性相近，诗词唱和，沉浸于热恋之中，本是佳偶天成的一对。杨爱那深情的目光，清丽的言辞，优雅的姿影，时刻都在震撼着陈子龙的心灵。

杨爱视陈子龙为生平最理想的知音，希望生死相爱，永结同心。陈子龙则顶着违背宗法家训的罪名，不管外界的流言蜚语，与杨爱欢度着"蜜月"。

杨爱喜欢小红楼前面一片盛开的樱桃花，陈子龙做《樱桃篇》以喻美人，杨爱是一坛浓冽的爱情之酒，陈子龙贪杯狂饮，周身通泰，心旷神怡，如同进入了圆蟾的月宫。美人乘风驰游于天上，并非行走于人间。天上人间合为一体，可意人变成了湘娥、芙蓉。

又是春风送暖的季节，杨爱与陈子龙削竹裁绢，共同动手，扎了一只大蝴蝶形的风筝，杨爱挥动丹青巧手，绘上黄、红、青、绿各种花纹，蝴蝶展翅吐须，栩栩如生。二人纵马来到春羔原，把蝴蝶风筝送上高天，杨爱看着那节节升高的蝴蝶和翱翔长天的雄鹰，一阵痛苦冲击着胸臆，情绪顿时变得灰暗起来。她想起了两年前与宋辕文一起在春羔原放风筝的情景。狂热的爱情达到顶峰，不久便一落千丈，跌入了低谷。想起那段痛苦的经历，她怏怏地垂下脑袋，目光呆滞，沉默寡言，便伤感起来。回到小红楼，翻拣出名妓杨宛的诗作《看美人放纸鸢》，默默读了起来，然后又誊抄在一块白纸板上：

其一

共看玉腕把轻丝，风力蹉跎莫厌迟。

顷刻天涯遥望处，穿云拂树是佳期。

其二

愁心欲放放无由，断却牵丝不断愁。

若使纸鸢愁样重，也应难上最高头。

其三

美伊万里度晴虚，自叹身轻独不如。

若到天涯逢荡子，可能为报数行书。

其四

薄情如纸竹为心，辜负丝丝用意深。

一自飞扬留不住，天涯消息向谁寻。

其五

时来便逐浮云去，一意飘扬万种空。

自是多情轻薄态，佳人枉自怨东风。

　　杨爱的心绪如一只飘荡的风筝，在高空游弋，当乘风翱翔时，她担心那根扯得很紧的丝线会突然崩断，从而"捉它不住"。她清楚地感到自己的命运，正如那断了线的风筝，不知飘向何处。

　　夜深了，杨爱凝视着黑洞洞的夜空沉思，陈子龙深知她悲伤的情怀，并不劝慰她，只自责地说：

　　"您的心思我知道，您的痛苦都是我造成的。"

　　"不不，不能这样说。"杨爱两眶眼泪，忽地涌了出来。

　　"我没有想瞒你，真的，从来没有这样想过。只觉得骤然将我家室的真实情况说给你，势必给你的心头罩上一片阴影，使你痛苦和不安。现在想来，用这种方法使你安乐，实质上是给你一罐永远饮不完的苦药，真正地害了你。"接着，陈子龙将自己的家世和妻妾的真实情况详细介绍了一遍：

陈子龙五岁时母亲韩宜人辞世，祖母高安人将他抚养成人。继母唐宜人身体多病，家中的一切事务由祖母主持。天启六年（1626），陈子龙十九岁时，父亲陈所闻去世，父亲临终前再三叮嘱陈子龙要好好孝顺祖母。自此之后，家中的经济状况便渐次衰落下来。崇祯元年（1628）冬天，陈子龙娶张氏为妻，张孺人通诗礼史传，对书算女红之类，特别精娴，称得上是个精明强干的治家之人。她入陈门不久，便得到老人的欢心而主持家政。陈子龙孝敬祖母、继母，对于张孺人主持家政，而使自己得以安心读书，分外感激。陈氏家族至陈子龙时已是五世单传，张孺人婚后数年不育，只得给陈子龙置一侧室蔡氏，也未生育。张孺人忧心忡忡，又遣人至苏州，纳良家女沈氏为妾。杨爱与陈子龙认识时，陈子龙已有一妻二妾……

"不要再说了，不要再说了！"杨爱心绪烦乱，如花的面庞上挂满了泪珠。

陈子龙掏出绢帕，轻轻地给杨姑娘揩泪，思索了许久，说：

"我正准备把你介绍给我的祖母，只要征得老人家的悦意——"

"不，决不！你只要把咱们的事禀告祖母，我立马就离开这儿。"杨爱说着，倔强地站了起来。

陈子龙觉得杨爱的心思不可理解，直直地盯着她，呆了好大一阵，温情地说：

"奶奶是个心地善良的人，我打算跪地求她，请相信，奶奶会接纳你的。"

杨爱用布巾揩了一把脸，打开竹箱开始收拾行李，她一句话也不说，嘴角表示刚毅和果决。

"你要干什么？"陈子龙夺下杨爱手中的衣物。

"我走，你逼我走，我就走！"

"好好好，你不让我说，我不说就是喽，何必生气呢？"陈子龙拉住杨爱的双手，按住她柔嫩的肩膀，将她按在书案前。

杨爱睁大一双含泪的眼睛，定定地看着陈子龙，一句话也不说，看着看着，突然双臂抱住陈子龙的脖子，无声地饮泣起来。陈子龙知道杨姑娘心中的忧愁和悲苦，将她紧紧拥住，轻轻地吻着，从额头吻到眉际，从眉际吻到口唇……渐渐的，陈子龙的情绪燃烧起来，浑身火辣辣的，狂暴地，热烈地往下吻着，吻着……口唇……脖颈……胸乳……他无可自抑，使劲将美人拥到床上……

第二天清晨，陈子龙起床时已是日上三竿，见杨爱已到荷塘边淘洗衣服，案上放着她写的一阕词——《声声令·咏风筝》。墨迹淋漓，看样子是刚刚写就的：

> 桃花还梦，春光谁主。晴觅个颠狂处。尤云殢雨，有时候，贴天飞，只恐怕，捉它不住。

> 丝长风细，画楼前，艳阳里，天涯亦有影双双，总是缠绵，难得去。浑牵系，时时愁对迷离树。

杨爱的心情是痛苦的，她已预感到与陈子龙的爱情将是一场无望的悲剧。陈子龙的品德与宋辕文不同，他是真诚的，但他有无法摆脱的负担，她不愿看到陈子龙因为这份珍贵的爱情而毁灭。当两人相爱最狂热的时候，常常发出悲凉的幽叹。最幸福的时候往往最为痛苦。

一天，陈子龙回府探望祖母，回来后情绪沮丧地对杨爱说：

"奶奶老糊涂了，非要我下乡催租子不可，多年来，催租交粮都是管家的事，我哪干过这种差事？"

"不去不行吗？不知怎的，你一离开，我就觉得心里慌慌的，忐忑不安。"杨爱说。

"我已经成人了，奶奶要我学着做点事，我怎好忤逆她老人家呢？"陈子龙想了想说，"不必担心，我三五天就会回来的。如果有急事，可找孚远兄料理。"陈子龙觉得一切都很正常，不会有意外发生。

陈子龙下乡的当天晚上，杨爱一人独守小红楼，心里飘乎乎的，不得安宁，睡也不能睡，坐也不能坐，她在走廊上踱来踱去，心中有某种说不清的冲动，一些语句乱纷纷跳上心头，她拔笔展纸，随手将这些乱蹦乱跳的语句逮住，写下一阕《江城子·忆梦》：

> 梦中本是伤心路，芙蓉泪，樱桃语。满帘花片，都受人心误。遮莫今宵风雨话，要他来，来得么。

> 安排无限销魂事。砑红笺，青绫被。留他无计，去便随他去。算来还有

　　许多时，人近也，愁回处。

　　这阕词正是一则谶语，第二天一早，陈子龙的妻子张孺人，乘一顶小轿来到了小红楼，她给杨爱带来的恰恰是一阵凄风苦雨，"人近也，愁回处"。

　　陈子龙与杨爱同居的实情，三天前悄悄传到陈府，在张孺人心目中，杨爱不是良家女子，绝对不能允许她与自己的丈夫相好同居。她与祖母、继母商量，定计支开了陈子龙，然后携二老之命来到生生庵别墅小红楼，与杨爱面谈，决计要将她赶走。

　　张孺人见杨爱貌若天仙，有一种撼人的美，心中顿生一个念头："这女子错就错在长得太漂亮了。"

　　杨爱彬彬有礼地接待了张儒人，可以说礼遇有加。张孺人以为杨爱不过是一介贱妓，根本没把她放在眼里，骄矜地说：

　　"我家相公在此读书，你怎么可以与他同居一室？这成何体统？你必须搬走！"

　　杨爱不卑不亢地说：

　　"请问张太太，这是什么地方？"

　　"生生庵别墅。"

　　"既然不是陈府，而是徐家的生生庵别墅，张太太有什么理由要赶我走呢？"

　　张孺人没想到杨爱如此反诘，张口结舌，一时说不出话来，杨爱接着反驳道：

　　"不要忘了，我不是你们陈府里的人，张太太是没有权力管教我的。"

　　张孺人理屈词穷，虽然气愤，又不好发作，只得放下盛气凌人的架子，态度软了许多，语气缓和地对杨爱说：

　　"既然你真心爱子龙，就应当为他的前程着想，为他的家庭着想。子龙上有祖母、继母，下有两个未出嫁的妹妹，为了让他早日取得功名，我独自挑起陈家的重担，你整日和子龙厮混在一起，能不影响他的学业吗？我听说，你是不愿做人家的小妾的，子龙既然早已娶了我，除非等我有一天死了，才能实现你为正室的心愿，你甘心等待吗？"

　　"张太太请放心，就是你不说，我也是决计要走的。"杨爱淡淡一笑，"爱情是相互的，我不会像那些可怜虫一样，甘心做爱情的乞儿。"

　　一阵狂风暴雨，摧毁了陈子龙、杨爱精心营造的暖巢，在这个风雨之夜，杨爱怀着彻骨的悲痛，挥手抛开了自己最珍爱的一切，只留下两首诗在陈子龙的桌案上：

年年风雨尽平生，梦里春晖作意行。

惹起鸳河半江水，愁人自此不胜情。

合欢叶落正伤时，不夜思君君亦知。

从此无心别思忆，碧间红处最相思。

杨爱毅然离开了生生庵别墅，离开了凝结着美好情愫的小红楼，告别了荒旷幽秘的南园，告别了慷慨陈词的几社才子，告别了温馨缠绵的岁月，以及一生中最为刻骨铭心的苦恋，迎着阵阵凄风苦雨，只身飘泊于白水碧波间。

第四章

量珠心聘 难动芳心

18

　　杨爱离开了陈子龙，重新回到了自己的画舫，将画舫泊于横云山下。这里距佘山只有一桨之遥，三年前给陈眉公师傅拜寿，及徐三公子三十金求见两桩事，历历在目，至今记忆犹新。她虽离开了陈子龙，但思念的千丝万缕依然牵扯着，无法一刀两断。她与陈子龙携手游赏过的一山一水，就在眼前，她一处一处重新游览，每到一处，触景生情，心中一阵阵疼痛，一度呕血病倒，在病中收到陈子龙的诗作《初秋》八首，于是也以《初秋》为题写了八首，以答谢陈子龙。其中一首写道：

苍然万木白蘋烟，摇落鱼龙有岁年。

人似许玄登望怯，客如平子学愁偏。

空怀神女虚无宅，还有秋风缥缈篇。

日暮飘零何处所，翩翩燕翅独超前。

　　在这段日子里，杨爱与陈子龙书信往还，诗词赠答，两人情好如初，只是字里行间增加了许多孤独和悲凉。

　　崇祯八年（1635）深秋，杨爱离开横云山麓，返回盛泽镇归家院，陈子龙虽内心悲痛，也无可奈何，只得借口为夭折的爱女陈颀设祭，悄悄离开松江登舟为杨爱送行。两人同舟共载，愁绪满怀。一年前陈子龙进京会试，杨爱冒雨送行，也是在这条河上，那时两人的爱情刚刚孕蕾，欲吐未吐，火热的情愫只能藏在胸中。今日已是生离死别依恋难舍，两人挤在船舱一角紧紧地抱在一起，生怕对方跑掉了似的。浪花击打着船舱，也击打着两颗激越的心。他们谁也不说一句话，仿佛已与翻腾的流水融为一体。从此以后，年年月月，千秋万代，在河流湖海中奔腾！

船到嘉善码头，杨爱从行囊中取出一方提箱，恭恭敬敬地放到陈子龙面前：

"我与兄共居小红楼期间写的诗稿，全部都在这儿了，我把它交给你，其实是交出了我的一颗爱心，望你珍藏。"

陈子龙怀着极大的热情和敬意，将诗稿捧在手上，他没有说话，他知道它的分量。

下一个码头便是盛泽镇了，杨爱催促陈子龙下船，陈子龙挚住杨爱的手，愿她珍重，特别叮嘱她"再不要深夜吃茶，坏了睡眠"。杨爱连连点头，已是哽噎不能成语。

催促下船的铃声响了，陈子龙携起竹箱走出船舱，当他一步踏上跳板时，杨爱风一般跑过去，双手抱住陈子龙，一阵狂吻起来。陈子龙紧紧抱住杨爱，激情如潮水，把两人整个儿淹没了。

无情的水手刀将情愫割断，陈子龙立在码头上，援笔写下《满江红·送别》，记下胸中激越的情愫：

> 紫燕翻飞，青悔带雨，共寻芳草啼痕。明知此会，不得久殷勤。约略别
> 离时候，绿杨外，多少销魂。才提起，泪盈红袖，未说两三分。
>
> 纷纷，从去后，瘦憎玉镜，宽损罗裙。念飘零何处，烟水相闻，欲梦故
> 人憔悴，依稀只隔楚山云。无过是，怨花伤树，一样怕黄昏。

杨爱回到了归家院，归家院的主人、也是最疼爱自己的亲人徐佛，此时已委身于兰溪才子周金甫。院中尚有名姬张轻云、宋如姬、梁道钊、黄令皆等。梁道钊博通典籍，墨妙二王；张轻云擅长诗词笔扎；宋如姬姿色过人，聪颖冠一时……每当花晨月夕，风拂雨润，诸姬鼓琴吹箫，吟诗作画，声伎风流之盛，不减当年。

对于归家院这个名副其实的风流渊薮，杨爱觉得陌生和隔膜，处处都不习惯，她心底汪着一片凄凉，在笙歌曼舞、温馨欢言中感觉到的是一阵阵寒意。人已离开了陈子龙，心仍留在小红楼。往事悠悠，思念之情刻骨铭心，缠绵的柔情无处寄托，夜深人静，潜心写诗作词，追忆与陈子龙共居小红楼时，那一段难忘的爱情生活。短短的

几天内，便写出了《梦江南·怀人》二十阕，前十阕均以"人去也"开头，意味着自己离开了爱的香巢、爱的美梦；后十阕以"人何在"开宗明义，直言遭受现实逼迫而与情人分离，只得将情爱化为梦幻之桥，将思绪潜入昔日共乐的画屏、薇帐中。从诗词中再一次深入缱绻定情的境界：

> 人去也，人去夜偏长。宝带怎温青骢意，罗衣轻拭玉光凉，薇帐一条香。

华灯绮宴，酒酣耳热，必有精彩的表演，常令陈子龙及几社诸才子目迷心醉：

> 人何在，人在绮筵时。香臂欲抬何处堕，片言吹去若为思。况是口微脂。
>
> ……

尽管归家院的姐妹情谊深厚，给心灵上创痕累累的杨爱不少慰藉，但几年来，几社才子的熏陶所萌生的人格尊严和自由思想，时时刻刻折磨着她，使她不得安宁。归家院过的毕竟是卖笑生涯，每逢风夕雨夜，便心怀忐忑，她在《更漏子·听雨》中说：

> 香焰短，黄昏促，催得愁魂千簇。
>
> ……
>
> 影落人归去，间点昨宵红泪
>
> ……

岁月流逝，人生苦短，秋风秋雨，催人更发愁思。她必须离开归家院，寻找自己的自由梦，寻找自己最心仪的自由生活。

一天，杨爱乘画舫出游，望着两岸青山和婀娜垂柳，不禁吟起了辛弃疾的著名诗句：

> 我见青山多妩媚，
>
> 料青山见我应如是。

她看着河边的垂柳，想到"如是"一词，遂改姓"杨"为"柳"，名"如是"。

在这段时间里，柳如是乘画舫频频出游，在苦闷中寻找欢乐，在追忆中寻找爱情，在苦乐中寻找诗句。

　　崇祯九年（1636）新春佳节刚过，便接到嘉定四老的信函，邀柳如是赴嘉定参加文宴。

　　嘉定在松江城北，自古为文人荟萃之地。两年前，谢三宾做嘉定知县，为振兴文事，汇集程嘉燧、唐时升、娄坚、李流芳等四老的诗作，编辑为《嘉定四先生集》，刊刻行世。那时，柳如是正在松江漫游，应邀参加了那次四老诗集问世的文会。这次四老先生来函邀约，可以说是上次诗酒文会的继续。

　　柳如是的画舫到达嘉定码头，四老联袂恭迎，将她接到程府前花厅歇息。晚上，程嘉燧设家宴招待，唐时升、李流芳、娄坚作陪。程老举酒致欢迎词，欢迎柳如是"谈剑论诗，极尽欢歌酣醉之乐"……

　　柳如是抚琴吟唱了两年前程嘉燧写的《朝云诗》作为答谢：

> 城晚舟回一水香，被花恼彻只颠狂。
>
> 兰膏初上修蛾绿，粉汗微消半额黄。
>
> 主客琅玕情烂漫，神仙冰雪戏迷藏。
>
> 谁能载妓随波去，长醉佳人锦瑟旁。

　　此诗引起了座中诸老对那次游园的幸福回忆，载美姬而随清波，长醉不起倒卧佳人琴瑟旁侧，诸老高兴得不亦乐乎。特别是程嘉燧老人，为柳如是能吟唱自己的诗作而兴奋不已，既想炫耀又故作谦虚，执意要柳如是对自己的这首诗提点意见："渴望柳姑娘横挑鼻子竖挑眼，对老夫的涂鸦之作挑挑毛病，诗文无止境嘛！"

　　柳如是天生的爽快脾气，又见不得别人在自己面前傲慢作大，便道：

　　"程嘉老笔墨老辣。炼字炼句，生动特出，令晚辈敬佩。只是……只是有些诗句，如'兰膏初上修蛾绿，粉汗微消半额黄'等，用典生涩、佶屈聱牙，对《招魂》的运用，还没有做到驱遣灵妙、运化天迹的地步。很明显，这是受了宋诗的习染。"杨爱说到这里，稍稍犹豫了一下，程嘉燧鄙夷的目光使她无法收煞，不顾一切地倾吐下去，"姜以为，习诗宜宗六朝和盛唐，不宜师法晚唐和两宋。尤其宋诗，深曲瘦劲，枯谈生涩，没有多少情趣可言……"

　　程嘉燧何尝听到过如此尖锐的批评，浑身火辣辣的，再也坐不住了，毫不客气地说：

"对老夫的诗作，我不想说什么，只是柳姬如此苛刻地挑剔宋诗，我不能苟同，宋人作诗，不甘受前人笼罩，别辟蹊径，自出机杼，变唐人之所已能，发唐人之所未尽。写得细腻精密，毫发入微。如黄庭坚《双井茶送子瞻》一诗，写摘茶，写研茶，别致奇特。唐人不能者，宋人皆能入诗，这是宋诗的超拔处……"

"正因为此，可以说宋诗擅长琐事微物，在无聊处逞其才技。"柳如是淡淡一笑，"像苏东坡、黄庭坚这样的大诗人，竟为一首咏茶小诗和韵五六次。借贷往还，谐谑趣语，讲学衡文，论事说理，在宋诗中比比可见。诗本以言情，情不能直达，寄于景物，情景交融，故有境界。似空而实，似疏而密，优柔善入，玩味无穷，这才是诗之上乘。宋人不知诗而强作诗……"

柳如是对宋诗的鄙薄态度，引起嘉定四老的一致反对，他们拿出一则又一则实例，驳斥柳如是的"妄言"。如"春阴垂野草青青，时有幽花一树明。晚泊孤舟古祠下，满川风雨看潮生。"如此声情摇曳，谁说宋人不知诗？如"我家曾住赤澜桥，邻里相过不寂寥。君若到时秋已半，西风门巷柳萧萧。"如此空灵蕴藉，谁说宋人不知诗……

柳如是抬出陈子龙"终宋无诗"的高论，来痛击程嘉燧；程嘉燧则竖起钱谦益"宋诗潜形精能"的盾牌，来抵挡柳如是。二人争得面红耳赤，难分难解。这种激烈的争执，使唐时升、李流芳、娄坚等三人局促不安，唐时升已八十六岁，是在座诸人中年齿最长者，他专意古学，通达事务，诗援笔成，不加点窜，也是座中威望最高者。他掀髯道：

"寸有所长，尺有所短，嘉燧和柳姬各有各的道理，何必各执一端各持一辞？依我看，唐诗以韵胜，故浑雅，而贵蕴藉空灵；宋诗以意胜，故精能，而故深折透辟。唐诗之美在情辞，故丰腴；宋诗之美在气骨，故瘦劲。唐诗如芍药海棠，秾华繁采；宋诗如寒梅秋菊，幽韵冷香。唐诗如啖荔枝，一颗入口，则甘芳盈颊；宋诗如食橄榄，初觉生涩，而回味隽永。譬如修园林，唐诗则如叠石凿池，筑亭辟馆；宋诗则如亭馆之中，饰以绮疏雕槛，水石之侧，植有异卉名葩。譬如游山水，唐诗则如高峰远望，意气浩然；宋诗则以曲涧寻幽，情景冷峭。唐诗之弊为肤廓平滑，宋诗之弊为生涩枯淡……"

柳如是被唐时升老人一番高论所折服，慌忙举酒向唐先生致谢，坦诚地说：

"论诗学我是个黄口小儿，诸位都是我的恩师。唐先生如此精辟的论述，使我茅塞顿开，学诗又有了新的视野。"

见柳如是虚怀若谷，唐时升喜不自胜地说：

"几社才子，以匡时救世为人生，胸中豪气冲动，意气浩然，自然崇尚唐诗的开阔浑雅，蔑视宋诗的深折瘦劲。这可以说是他们的偏见，也可以说是他们的特殊之处。他们诗观有可弘扬处，也有该规避处。相较之下，诗坛泰斗钱谦益的看法更为稳健公允些。"

柳如是忽然想到，居陆氏南园时，常听几社才子们提到诗坛巨匠"钱谦益"这个名字，常常赞颂他为"江左龙门客""诗坛宗盟四十年"。但每谈到他的具体诗作时，又讥讽他琐屑枯瘦，不堪卒读。对于几社才子这种自相反叛的论断，当时柳如是不能理解，今日听了四老的解释，特别是唐时升老人的分析，豁然开朗，心悦诚服，推心置腹地说：

"我从小最喜欢的一首诗：'梨花淡白柳深青，柳絮飞时花满城。惆怅东栏一株雪，人生看得几清明。'正是宋代人苏轼所作，怎么能说'终宋无诗呢'？"

程嘉燧见柳如是虚怀若谷，敢于否定自己，相形之下，显得自己气量狭窄，小肚鸡肠，便愧疚地说：

"论胸襟，老夫不如柳姬，更不如陈子龙，子龙说'终宋无诗'的同时，又说宋人多在词中渲泄，而不为诗。这种见地是高明的、真知的……"

一番唇枪舌剑，不但没留下芥蒂，反而更增加了柳如是与嘉定四老的友谊。程嘉燧摆开画具，给柳如是画肖像一幅，留作纪念。程嘉老善画山水，兼工写生，出入宋元诸家，自得神韵，一时名满江左。他给柳如是画的这幅肖像，神姿仙态，栩栩如生，柳如是一直带在身边，非常珍爱。

第二天，四老陪柳如是观涛，晚上柳如是留宿程嘉燧府上。程嘉老被柳如是的才艳所倾倒，彻夜酬歌，醉饮之余，二人携手游听莺桥，明月皎皎，绿水迢迢，美人走在桥上，倩影映在水中，老夫聊作少年狂，紧紧捉住柳如是的玉腕，吟道：

美人一去水连村，风月佳时独掩门。

今夕酒阑歌散后，珊珊邀得月中魂。

程嘉燧真的把柳如是当作月中仙子了。

柳如是在嘉定游宴数日，告别时程嘉老将一把檀香扇赠给她作为念想，扇面题诗云：

闲坊归处有莺声，白发伤春泪暗生。

无计和胶粘日驻，枉伴不睡泥天明。

千场绿酒双丸泻，一朵红妆百镒争。

不见等闲歌舞散，风前化作彩云行。

19

崇祯十一年（1638），柳如是芳龄二十一岁，随着年龄的增长，美人暮春，归宿无所，越发感伤身世飘泊不定，迫切需要寻找情感上的知音。在这段时间里，她给钱塘黄衫客汪然明写了几封书信，诉说心中的伤春之苦，同时将自己的新作《金明池·咏寒柳》寄给了他：

　　有恨寒潮，无情残照，正是萧萧南浦。更吹起霜条孤影，还记得，旧时飞絮。况晚来，烟浪迷离，见行客，特地瘦腰如舞。总一种凄凉，十分憔悴，尚有燕台佳句。

　　春日酿成秋日雨，念畴昔风流，暗伤如许。纵饶有，绕堤画舸，冷落尽，水云犹故。忆从前一点东风，几隔着重帘，眉儿愁苦。待约个梅魂，黄昏月淡，与伊深怜低语。

怜香惜玉的汪然明，读了这阕《咏寒柳》，胸中郁结了一团寒意，他分明看见一株弱柳，在凛冽的西风中，被推来搡去的凄惨情状。他给柳如是复了一封长信，恳切地邀请她到钱塘游赏西湖，答应为她做两件事：其一是为了她搭架鹊桥，其二是将她的诗集刻版印刷。

此时柳如是的诗集已由陈子龙编纂完毕，正文前加了长篇序言，命名为《鸳鸯楼词》。乘金秋送爽之际，柳如是携诗集登程，直达山灵水秀的钱塘，来到汪然明的西湖别墅投了名帖，正巧，汪然老到松谷钓鱼去了，仆人汪元安顿柳如是在客厅休息。

柳如是一边吃茶，一边欣赏客厅的摆设。正堂上挂着两轴山水，一轴是米友仁的《潇湘奇观图》，一轴是夏珪的《寒塘清浅》。条几上陈设着大理石插瓶，几枝桂子绿豆大小的骨朵，像是没有绽开的意思。鼎炉里吐着袅袅的沉香，一副对联出自董太傅的手笔。简洁而淡雅，可见汪然老的爱好和品格。

柳如是踱出客厅，这才发现，客厅原来悬在一座巨大的崖石上，如同一个巨大的燕窝。它的周围散布着堂、庑、亭、台，一条清溪在院中拐了几拐，才披一身落红流去，却留下满院子清凉。

整个别墅坐落在三级台阶上，最高一级上种的是梅和竹；第二个台阶上种的是桂子和海棠；最低一级台阶上种的是幽兰和肥茶。客厅门前有一株藤萝，疯狂地张扬开来，几乎笼罩了半个院落，也无人去约束它。站在台阶上遥望，绿烟中卧着一块巨大的净洁的美玉，恰如一轮明月坠在脚下，那就是著名的西子湖。

柳如是禁不住暗自惊叹，难怪人说钱塘胜天堂，果真是难得的好地方！

西湖别墅幽美得如一杯浓酒，柳如是正在陶醉，伴随一阵"嗒嗒嗒"的马蹄声，汪然明老人如一片闲云，飘到自己的面前。看见他那满头萧萧的白发，柳如是心中升起一股温暖亲切的感觉：

"听说学生来了，老师吓得躲到松谷去了，可见我柳如是是个不受欢迎的人！"

"岂敢，岂敢！如此说来，老夫真的有罪了。"汪然明快步登上台阶，携起柳如是的手。二人并肩向上攀登，登上最高一级台阶，在一片竹林处绕了一个弯，走向一座巨大的平房，门楣上挂着"绿蛊"两个字。柳如是不解是什么意思，房门打开，原来是汪然明的书房，一排排檀木书架闪着幽黯的漆光，书架上陈列着珍本，四面墙壁粉白洁净，没有一幅画，也没有一个字，柳如是感到纳闷：

"当代或者古代书画家比比皆是，难道没有一人的作品可入老师的法眼，为何四壁空空？"

汪然明捻髯微笑：

"作为书房，贵在'静'和'净'二字。其实我这书房，并非四壁空空，这儿就悬了一幅山水。"说着，拉开一块书橱挡板，露出一幅画来。

柳如是见是一幅淡淡的水墨，江村云树，涉笔草草，淡雅中透出清丽，高兴地叫起来：

"是师傅眉公老的作品！"

"好眼力！"汪然明连连点头。

"既不规绳墨，又苍老秀发，不在董其昌之下。不可理解的是，像这种神品，师傅为何没有题字，也不落款？"柳如是疑惑不解。

"继儒兄的这幅墨宝，妙就妙在题字和落款上。"汪然明皱纹中漾着神秘的笑意，"题字和落款都有，只是一般人看不见罢了。"

柳如是仔细打量，见那朦胧烟霭中藏着两行小字，似有似无，难怪一般人不易发现。

老仆汪元进来说，客厅里摆下了酒席。柳如是说："我是小窟窿里爬出的螃蟹，没见过大世面。乍一来钱塘，迷了方向，也不知到了午时还是晚时，用的是午膳还是晚膳？"

"咱这是连晌拨拉黑，一餐当两餐，吃饱喝足，好好睡一觉，明儿个我陪小弟游西子湖。"

第二日早餐后，柳如是随汪然明步下高高的台阶，步上西湖大堤，迎着乳白色的晨雾，在柳浪闻莺处款款游弋，绿云深碧，蓊蓊郁郁，气流清清凉凉，阴冷砭骨。即便是烈日炎炎，这里也会爽洁宜人，何况已是金秋，汪然老生怕柳如是着凉，便叫了一只游船，到玉泉观鱼。

随着细浪击打船头的脆响，矫健的梭鱼呼啦啦跳上船舱，倏忽又蹦入水中。金色的鲤鱼在朝阳下闪烁着斑斓的光彩，仿佛在故意挑逗人们的欲望。柳如是精神振奋，直玩到日头西斜，在湖边一家茶社用了点心，稍作休息，二人迎着傍晚的霞光，徜徉在神姿仙态的断桥下。喁喁娓娓，谈论白蛇恋许仙的故事。

一连三天，柳如是沉醉在美丽如画的西子湖上，或夤夜泛舟，赏三潭印月，披身烂银垂钓；或浴朝霞漫步苏堤，饮宴赋诗，属意山水；或参拜灵隐，凭吊岳庙；或拾翠崖畔，偎红花间……或歌或吟，无异于行进在天阶云上。

游览西湖，虽然劳累，柳如是却精神焕发，眉宇间凭添了些许英气。汪然明高兴地说："人说西子湖水生美姬，柳姑娘这几天气色好多了。"

柳如是连连点头：

"上有天堂，下有苏杭，这西子湖山明水秀，景色宜人，置身其间，俗念忧烦顿消，又有先生多方照料和呵护，心情愉悦，气色自然就好多了。"

汪然明要把柳如是的诗集送到林天素那儿去，请天素誊抄。发现诗集的名字为《鸳鸯楼词》，犹豫了半天，说：

"这名字……可否改一改？"

柳如是想，此集为自己与陈子龙热恋中心灵交流的产物，陈子龙怀着极大的热情将其编纂成集，并写序命名，自然不宜改动。便说："一时难以想出更好的名字，不如……

汪然明摇了摇头：

"这名字，多了些脂粉气……请柳姑娘再三斟酌。"

柳如是想了想，觉得甚有道理：

"不知先生有何主意？"

汪然明沉吟了一阵，说：

"今年为戊寅年，此时刻印尊集，如无更好的名字，可暂定名为《戊寅草》，虽然直白，倒也庄雅。不知柳姑娘……"

柳如是连连点头。汪然明十分高兴，携起诗稿匆匆而去。

几天来，西湖的一波一浪，一橹一桨，都时时激荡着柳如是的心，冲动如开冻的山泉，抑制不住，非在诗中倾泻不可，汪然明走后，柳如是关在西湖别墅作起诗来，一口气作了十几首。

过了两日，汪然明在他的"不系园"上举办游湖雅会，无疑柳如是是这次雅会的主角。

所谓"不系园"，是一只别具格局的画舫。舫身长三丈二尺，宽是长的五分之一，整个舫身用一根樟树树身镂刻而成，质地细腻，花纹清晰，香气四溢。画舫周身雕有钱塘十景，山水人物，栩栩如生。舫首挂着"不系园"三个大字。

柳如是随汪然老登上"不系园"时，舫上已坐了七八人。才女林天素还是那么清雅如仙子，草衣道人王修微更多的是淡泊，淡泊如远山。这两位是六年前在佘山见过面的，算是故人，自有一番寒暄，其他几位第一次谋面，汪然老一一引荐：那位翩翩公子，是金华才子吴天亮；旁边坐的那位，是丹青大师程鹄，汪然老的同乡，此人精于雕版印刷，汪然明的《春星草堂集》便出自他的刀笔。程鹄后边坐一红衣女子，是吴门剑客叶三姐，长身细腰，瞬目如同闪电。右首是叶三姐的恩师、岭南大侠古奇泰，一把七色鱼鳞剑悬在腰间，江南剑行中首屈一指，居掌门地位。舫尾处还有一位，长发披垂两肩，颌下黑须四参，根根如同钢针，面皮如紫枣，浓眉如木炭，一串硕大的佛珠挂在项上，盘腿打坐，沉默不语，他就是灵隐寺的法师大颠和尚。精诗善书，声播遐迩的是他的水墨画，泼暴雨惊涛，写怒风狂烟，秉笔如长帚扫云，似巨斧劈山，人称"墨狂"。

柳如是自称"小弟"，向诸位长揖施礼，一一问候。

汪然明击鼓开船，"不系园"在清冽的湖水中缓缓行进，刚刚绕过三潭印月，乳色的烟云不知从何处涌来，霎时吞噬了朝日，眼前变得浑浑沌沌，细密的水尘凉凉的、湿湿的，充满天地之间，画舫仿佛腾空而起，游弋在空中。柳如是回望舫尾的男女，恰似天阶漫游的妖人。她真想把这幅奇景立即捉住，描绘在纸上，又觉得力不从心。这时，大颠和尚抖开半匹素绢，秉笔濡墨，猛泼猛染，眨眼工夫，一幅"浓烟水雾图"跃然绢上。

柳如是大为惊叹，即兴弹唱起来：

朦朦胧胧天阶行

飘飘扬扬衣袂轻

蓬蓬松松水盖天

恍恍惚惚梦无形

仅仅一盏茶工夫，冥冥中伸来一只手，将天地间的烟云水雾，倏忽掀去，天地一片曦光，湖面豁然开朗，白沙沙的光针刺人眼目，"不系园"从天阶坠到人间，人们从梦中回到现实，脸上漾着惊喜和神秘。

"'水光潋滟晴方好，山色空蒙雨亦奇。欲把西湖比西子，淡妆浓抹总相宜。'西子湖千变万化，美不胜收，都被东坡学士的这首诗写尽了，写绝了，后人不可再写了。"金华才子吴天亮摇着脑袋，咬文嚼字地说。

"照吴先生的话，苏学士之后，就不再有西湖诗了？"大颠和尚摇着大手不肯苟同，"南宋的方岳，就是一个写西湖诗的能手，有律有绝，均很精彩。"

"江山代有才人出，一代有一代的西湖，自然一代有一代的西湖诗。"汪然老微笑着说，"当代才姬柳如是，近日游赏西湖，写了许多西湖风光的诗，别有风韵。我就写不出来这么清新的好诗，不妨请柳姑娘吟唱几首，以飨诸君。"

众人一致赞同，纷纷恭请柳如是诵诗。

柳如是也不推却，抱起琵琶，自弹自唱：

> 西泠月照紫兰丛，杨柳丝多待好风。
>
> 小苑有香皆冉冉，新花无梦不蒙蒙。
>
> 金吹油壁朝来见，玉作灵衣夜半逢。
>
> 一树红梨更惆怅，分明遮向画楼东。

柳如是一口气吟唱了十首，有的啧啧称赞，有的颔首默然。汪然老兴致勃勃，连连夸赞柳如是的《西泠》构思奇巧，鲜活如天籁之音。援笔写了一首《无题》，算作对柳如是诗作的应答：

> 明妆昨忆艳湖滨，一片波光欲荡人。
>
> 罗绮丛中传锦字，笙歌座上度芳辰。
>
> 老奴愧我非温峤，美女疑君是洛神。
>
> 欲访仙源违咫尺，几湾柳色隔香尘。

"老奴愧我非温峤，美女疑君是洛神"两句，是戏谑之语，引得众人解颐而笑。

大家正高兴地谈论汪然老的新作，一只画舫匆匆驶来，舫首站着一人，朗声道：

"汪然老，'不系园'上如此幸会，为何不通知我象三一声？"

众人忙起身招呼。说话间那人已跨上"不系园"。汪然老把来人带到柳如是面前，向她引荐：

"这位谢君，名三宾，字象三，号塞翁。年少时便有奇才，工诗善画，官居太仆寺少卿。三年前因丁父忧出京归里，于西子湖畔筑燕子居别墅定居，在钱塘军政各界均有盛名……"

谢三宾深深一揖，向柳如是施礼。柳如是第一次宴游嘉定时，就听说过谢三宾这个名字，知道他曾主持刊刻了《嘉定四先生集》，留下一段佳话，今见他身材魁梧，相貌堂堂，一副儒将风范，所以对他印象颇好，忙道了万福，请他落座。谢三宾举止谦恭，礼貌地坐在柳如是身旁。

　　这时，日已正午，预订的酒筵已运上舫来，汪然老安排大家入席，一边饮酒，一边欣赏湖光山色，谈论诗文。觥筹交错，丝竹共鸣，直到掌灯时分，才尽欢而散。

20

离开"不系园"柳如是随汪老回"春星堂山庄"。凭着女人的敏感，她觉察到汪然老在向她示意，肯定有什么当紧的话要说。

原来谢三宾听说才姬柳如是来到钱塘，特托汪然明做月老，为他与柳如是搭架鹊桥。

第二日，柳如是在汪然老的陪同下，造访谢三宾的"燕子庄别墅"。谢氏热情招待，设酒宴、赠礼品，以表心迹。柳如是犹犹豫豫，不作明确答复。

为了显示自己的豪情和气派，几天之后，谢三宾精心安排了一场歌舞酒筵，应邀出席的有浙江前巡抚兼提督军务刘崇明、国子监五经博士龚兰亭、杭州前知府顾延林、钱塘县令李德功……达官贵人，穿红衣紫，乌压压坐了一大片。接下来是钱塘出名的美姝名媛，林天素、王修微自然也在座。再下面是佛道两家的名流，灵隐寺的大颠法师当然不能缺席。

绮宴大开，谢三宾朗诵自己的新作《湖庄》向来宾祝贺：

> 数椽新构水边庄，草舍题名燕子堂。
>
> 栖处不嫌云栋小，来时常及柳丝黄。
>
> 愿言江左家风旧，不贮徐州脂粉香。
>
> 月夕风晨联一笑，此非吾土寄相羊。

明是向来宾祝酒，实是自炫结庐云水的雅趣。在座的官绅名流纷纷恭维捧场，有的说谢公儒雅风流，钱塘一夔；有的说谢少卿既有诗才又有剑名，文韬武略齐集一身。

谢三宾得意洋洋，拿起一只硕大的绿玉瓯，举在半空，朗声道：

"这是杨玉环醉饮时用过的玉杯，在下以千金购得，今日我以此绿玉瓯向柳姑娘敬酒，寓意柳姑娘如杨贵妃那样仪态万方，艳光照人。"

说着，斟满一瓯酒，捧到柳如是面前。

柳如是天生的海量，毫不怯杯，接过绿玉瓯一饮而尽。谢三宾敬了三杯，柳如是饮了三杯，在座的众宾客交口称赞"好酒量"。

柳如是从桌上拿过一只靛花细瓷碗，斟了满满一碗酒，捧到谢三宾面前说：

"据说当年岳武穆大败金兵，百姓均以大碗向岳王爷敬酒。今日妾以碗代杯，寓意是愿谢少卿如岳武穆那样以天下为务，挥戈平叛，治国安邦。"

谢三宾看着这满满一碗酒，心中有些打怵，稍迟疑了一下。

"怎么，谢少卿如此不胜酒力吗？"柳如是嫣然一笑。

谢三宾自然不肯栽在一碗酒上，忙捧起酒碗，一饮而尽。座客中有人喝彩。

一碗烈酒下肚，面红耳赤之际，谢三宾胸中冲起一竿豪情，叙述起自己的辉煌历程：

"在下自幼喜好诗词丹青，雅爱风流，喜与钱牧斋、吴梅村这样的诗文大家交往。钱牧翁是我的恩师也是我的诗友，他在《谢象三五十寿序》一文中说，相与清夜置酒，明灯促坐，扼腕备臂，谈犁庭扫穴之举。钱牧翁看中的不单是我的文才，最佩服的还是我的武略。崇祯元年，我从嘉定县令任上入京，任陕西御史，后擢太仆寺少卿。崇祯五年，山东半岛叛贼群起，势如烈火，官兵屡战屡败，畏缩不前。在下受皇命监军登州、莱芜之战，整肃军纪，重振军威，巧用孙武子兵法，声东击西，一战大获全胜，从此我谢象三的名字便不胫而走，流布天下……"

老仆抱出一摞新书，这是谢三宾撰写的《视师纪略》，详述了监军登州、莱芜之役的全过程。因刚刚刻印出来，还散发着浓郁的墨香，谢三宾恭恭敬敬地给每位客人送上一本。

柳如是双手接书，道：

"妾一定焚香拜读。"

座中响起一片啧啧的赞美声。

谢三宾志得意满，举手拍了两下，随着一阵"叮铃铃"的响声，一队妙龄女郎旋风般飞了上来。细碎的舞步跑成一汪水儿。这是谢三宾养的一班歌舞伎人。每当绮筵大开，伎人或者献歌或者献舞，以助雅兴。今日风姿绰约的小女子们，身着芙蓉妆，佩金玉琅玕，每跳一步，便发出琉璃质的响声。这是晋代富豪石崇的家妓绿珠、翾风创制的恒舞，舞姿幽雅而节奏明快，容易触发人们的兴致。谢三宾酒兴大作，激情奔放，也掺和在中间手舞足蹈起来。一会儿像奔马，一会儿如跳猴，非把胸中的狂热释放出来不可。

柳如是受了谢三宾狂热情绪的扇动，"恒舞"刚刚结束，便乘兴接过一把琵琶，弹起了古曲《十面埋伏》，那"嘣嘣腾腾"的弦音，炒热满堂的气氛，众宾客颔首咂舌，满座称绝。

汪然老站起来说：

"象三兄，你一向喜拨琵琶，何不如东坡居士所说，铁板铜琶，唱大江东去？"

谢三宾喜拨琵琶，但技艺不精，故作谦虚地说：

"我那点本事，怎敢在柳姑娘面前献丑？还是请乐师给诸位贵宾助兴吧！"

谢氏话音还未落地，一位年轻的乐师走了进来，向众宾客深施一礼，摆开七弦琴，弹了一曲《阳关三叠》。

柳如是眼光停在面前的一把瓷壶上，凝神谛听这支清雅宛丽的古曲，刚刚听了一叠，不由得心头一震，清纯悲凉的弦音是那么熟悉，抬头朝乐师看了一眼，她大惊失色，原来这乐师不是别人，正是吴江故相周道登府中的琴童庆儿。自从那夜庆儿穿窗逃去，一别七年，不知流落何处，更没想到会在此时此地相逢。庆儿的出现，使柳如是想起了当年那段痛苦悲惨的经历，深深叹了一口气，顿时少了兴致。草草吃了几杯酒，勉强应酬到散席，与汪然老一同返回西湖别墅。

谢三宾精心安排美酒绮宴、歌舞管弦，加上他的谈兵说剑、炫耀军功，本想以阳刚之气征服美人的芳心，遗憾的是柳如是中场败兴，大煞风景。谢氏灰心丧气，反复检讨，最终也没找出原因。第二天一早，派人给柳如是送两屉钱塘特产桂花糕以示关怀。

柳如是病恹恹地睡了两日，第三天精神好了许多，便告诉汪然老，要到草衣道人王修微那儿走走。

王修微的小楼在距草桥不远的石崖中，藏足于山峨，窥视于湖中，僻静得有点荒凉。草衣道人见柳如是来访非常高兴，用松壳烧火煎了泉水，冲了一壶上好的西湖龙井招待客人。柳如是呷了一口，直觉得清冽浸透肺腑，说是"平生第一口好茶"。环顾周围，见崖头黄花垂至门楣，清泉流过窗前，连连赞叹是世间难得的好去处。

王修微淡淡一笑说：

"迎的朝云，送的是暮雨，这份寂寞是世人难以忍受得了的。我扁舟载书，游历江楚，往来于吴会间，阅尽了世间的繁华和胜迹，胸中一切世俗的欲念都淘洗净尽，只剩下一颗禅心，最终选择了这个没有人间烟火的地方定居，实际上是在避世。我劝柳妹妹，不要走我这条路。"

"姐姐是云中的仙鸟，我是只间间的浊虫，看来我尘缘未了，还要在浊世混上一阵子。"

王修微想起了那天燕子庄欢宴，问柳如是："对谢三宾的印象如何？"

柳如是沉默不语，停了许久，反问道：

"依姐姐的看法呢？"

这时外面下起了濛濛细雨，王修微指了指窗外说：

"是艳阳当空的西子湖舒心呢，还是雨雾濛濛的西子湖契意呢？这要靠妹妹的心去感应，别人说了是无用的。"

柳如是觉得有理，只是直到这一刻为止，仍没看到谢三宾的真实面目，心里总是恍恍惚惚，不得熨帖。

两人闲谈了许久，午饭后雨雾仍没有散去，王修微提议，冒雨游赏断桥，"雨雾中的断桥，有说不尽的灵性，会生发许多奇思幻想"。柳如是自然高兴，两人各披一袭红色锦缎斗篷，如同两朵嫩红的花朵，绽开在西子湖旁，飘飘扬扬，如梦似幻。

游览断桥时，柳如是酝酿了一首诗，吟诵给王修微听，题为《雨中游西湖》：

野桥丹阁总通烟，春气虚无苍影前。

北浦问谁芳草后，西泠应有恨情边。

> 看桃子夜论鹦鹉，抵柳孤亭忆杜鹃。
>
> 神女生涯倘是梦，何妨风雨照婵娟。

柳如是在王修微家中盘桓了四五天，除了游湖便是写诗。居停幽谧，行止随意，诗情如春草勃发，诗稿竟积了厚厚一叠。草衣道人反复吟诵，爱不释手。柳如是答应誊抄一份给王修微，留作纪念。

一日，柳如是与王修微正在谈诗，忽然门帘外响起一个苍老的声音：

"草衣道人住在此处吗？"

王修微挑起门帘，惊奇地叫了起来：

"哎呀，钱学士！稀客稀客！"

柳如是打量来人，五十来岁，瘦瘦的，黑黑的，一撮山羊胡子，硬硬地撅在胸前。背微驼，像个画上的老君，更像是打鬼的钟馗。

王修微忙给柳如是介绍，说是"江左龙门客、诗坛泰斗钱谦益到了"。

柳如是感到疑惑，无论如何也不能把眼前这个又黑又瘦的小老头与"钱谦益"这个名字联系在一起。因为这个名字太高大了，这个形象太瘦小了。

王修微问起钱谦益的近况，钱谦益满面凄楚，眉头紧蹙，道：

"一言难尽呀！"

原来，崇祯帝继位后，朝廷会推阁臣，时任礼部右侍郎的钱谦益，是候补宰相名单上的第二名，被温体仁攻讦革职。还乡不久，乡人张汉儒受温体仁指使，上书诬陷钱谦益在家乡行为不轨，霸占邻家宅田，为土豪劣绅。温体仁遂拟旨将钱谦益逮捕入狱。幸亏司礼太监曹化淳解救，才得以出狱还乡。这次来杭州，正是出狱不久。

钱谦益情绪抑郁，长吁短叹。王修微再三劝慰，置酒为钱学士洗尘解恼。

杯盏间，钱谦益见案头放着一叠诗稿，便拿过来细看，见诗题是《西湖八绝句》，开始是默读，接着便禁不住轻声朗诵起来：

> 垂杨小院绣帘东，莺阁残枝未思逢。
>
> 大抵西泠寒食路，桃花得气美人中。

读着如此清丽别致的诗句，钱谦益脸上愁云顿消，连连称赞，问此诗"出自何人之手？"

柳如是微笑颔首：

"小女子游戏之作，肤浅粗劣，有辱钱学士的清兴。"

钱谦益精神振奋起来，说：

"柳姑娘小小年纪，竟写出如此清雅的诗句，老夫自叹弗如，真可谓雏凤清于老凤声。"

酒后三人同游西湖，谈诗论史，无拘无束。柳如是风度潇洒，随心所欲。钱谦益受了两位妙龄女子青春活力的感染，忘记了淤积许久的苦闷与悲凉，一时觉得年轻了许多，诗兴勃发，一口气吟了十六首绝句，以表示对柳如是的倾慕之情。其中一首道：

　　　　草衣家住断桥东，好句清如湖上风。

　　　　近日西陵夸柳隐，桃花得气美人中。

最后一句直接从柳诗中引来，钱谦益为诗坛盟主，绝非江郎才尽，而是以此讨得柳如是的欢心。这一点草衣道人王修微是看得最清楚的。

柳如是捧读钱谦益的新作，大为感动，佩服得五体投地，道：

"钱学士诗思如泉涌，真不愧为当今李杜。"

钱谦益把柳如是、王修微、杨宛叔三人相提并论，他说：

"天下风流佳丽，独王修微、杨宛叔与君鼎足而三。"

柳如是自谦道："怎敢与天下名姝才媛相提并论？"但内心却十分高兴，便邀钱谦益到汪然老西湖别墅一叙。

钱谦益与汪然明是多年的朋友，可称得莫逆之交。遗憾的是，因有要事急着返回常熟，不得不婉拒柳如是的邀请，匆匆别去。

柳如是与钱谦益同游西湖的消息，很快传到谢三宾耳朵里，引起了谢三宾的妒忌。他迫不及待地来到西湖别墅，拜会柳如是，把一个华美的锦盒捧到柳如是面前。打开盒盖，竟是一盒硕大的珍珠，顿时客厅里闪烁着璀璨的光芒。柳如是拿起一颗鸽卵大的斗母绿，看了看说：

"怕要值上万两吧？"

谢三宾见柳如是喜欢，便眉飞色舞地讲开了：

"这颗斗母绿，是当年南蛮国进贡唐玄宗的贡品，玄宗赐给了杨玉环，安史之乱期间，流入民间，几百年之后终于落到我的手中。价值连城，岂是万两可以购得？"

"这么多珍珠，怕要买下半壁江山了！"

柳如是一本正经地说。

"半壁江山不敢说，买下半座钱塘，应该绰绰有余。"谢三宾踌躇满志地说。

柳如是冷冷一笑：

"这么贵重的礼物，不知先生所为何故，要给我送来？"

"柳姑娘应该听过量珠以聘的故事，我亲自送上珍珠为聘礼，以表爱心。"

柳如是轻轻摇着头，郑重地说：

"先生错了，如果是聘礼，应当由媒人送来，才是明媒正娶。况且，我还从未明确答应嫁给先生，请先生把聘礼收回吧。"

谢三宾量珠以聘，试图以此打动柳如是的芳心，不料竟碰了一个不软不硬的钉子，但又不好发作，只得悻悻而退。他暗自琢磨，凭自己的财富和声望，若量珠以聘一个青楼出身的小女子，应该是唾手可得，不料这柳如是竟视满箱珍珠为粪土，不屑一顾，偏偏追求什么仪礼具备的主妇身份，这真是荒唐可笑！柳如是诗中曾说："不肯开花不肯妍，萧萧影落砚池边。一枝片叶休轻看，曾住名山傲七贤。"谢三宾无论如何也不能相信，这个不知天高地厚的小女子，能够独立于世。就算她是一枝孤傲的青竹，也要把她移到自己的庭院中才肯罢休。

柳如是从人间最底层走来，亲眼看到不少士大夫在追逐名妓时不惜千金买笑，一经到手，便成了点缀豪富或权势的玩物，没有任何爱情可言。她认为，一个青楼出身的女子，获得人生的平等权利应为最高追求，她为此不惜付出任何代价。

当天夜里，柳如是将那日燕子庄欢宴时自己情绪骤变的原因，详详细细说给了汪然明，并恳请汪然老将谢三宾府上的乐师庆儿找来，以便打探谢氏的为人。

庆儿如约而至，两人见面，执手流泪。原来那夜庆儿穿窗逃出后，连夜离开周府，在嘉兴码头做苦工，一年后周道登病死，才重新出头卖艺，走街串巷，形同乞儿，辗转来到钱塘，经人介绍，到谢三宾府上做了乐师。柳如是讲述了自己死里逃生、颠沛流离的经过，说到痛心处，两人抱头大哭，哭成一对泪人儿。庆儿跪在柳如是面前，呜咽着说：

"都是我连累了你呀，云姐！"

"怎么能这样说，庆儿！姐姐我从来没有这样想过。"柳如是含泪将庆儿拉起，用绢帕给他揩泪，"这个肮脏的人世间，用泪水是洗不净的。"

柳如是给庆儿沏了一杯热茶，庆儿呷了一口，忽然想起一件事情，从怀中掏出一把檀香扇来，双手捧到柳如是面前：

"这是当年在周府时，云姐赠送给我的，扇面上留有云姐的诗句，七年来我时时带在身边，我一直在想，今生今世，如能相见，我要郑重地还给姐姐。今天终于如愿以偿了。"

柳如是看着当年写在扇面上的两行诗句："共眠一舸听秋雨，小簟轻衾各自寒"，凝结着纯情和爱意，今天看来，既稚拙又可贵。

庆儿问起柳如是来钱塘的意图，柳如是讲述了汪然老搭架鹊桥与谢三宾结识的经过，庆儿焦急地说：

"云姐，你糊涂！怎么跟那个劣迹昭著的谢三宾打起交道来？此人早年媚事阉党，构陷他人，后来在山东监军，登莱之役一战获胜，从叛将孔有德手中掳掠了大批金银，装入自己的腰包。他的燕子庄、小金谷等西湖别墅，都是用赃银买来的。他勾结官府又接纳盗贼，整日纵情声色，被他玩弄的名姬美姝不计其数，他的恶行劣迹外人并不清楚，常把他当作一个冠冕堂皇的君子，其实，他是个什么坏事都干得出来的阴险之徒。云姐，赶快走吧，赶快离开钱塘吧……"

柳如是非常感激庆儿的忠告，从此认清了谢三宾的庐山真面目，原来他人品低下，并非善良之辈。庆儿走后，她立即写了一封信送给汪然明，实是向汪然老求救：

汪先生大鉴：

　　嵇叔夜有言："人之相知，贵济其天性。"弟读此语，未尝不再三慨叹也。今以观先生之于弟，得无其信然乎？浮谈谤议之迹，适所以为累，非以鸣得志也，然所谓飘飘远游之士，未加六翮，是尤在乎鉴其机要者耳。今弟所汲汲者，止过于避迹一事。望先生速图一静地为进退。最切！最感！余晤悉。

　　　　　　　　　　　　　　　　　　　　　　　　弟柳如是顿首

　　汪然明接到柳如是的便笺，知道她不愿再与谢三宾交往，原因是她天性轻蔑权贵，推崇儒素。于是即刻来到西湖别墅，二人反复磋商，最后决定柳如是暂时移居林天素的家中，避开谢三宾的纠缠，同时与嘉兴联络，以谋求下一步的去处。

　　崇祯十三年（1640）春，柳如是与谢三宾绝交，由于感情上的波折和心灵上的震动，突然发病呕血。汪然明在焦灼不安中接到嘉兴方面的回函，于是安排柳如是离开钱塘，避居嘉兴养病，住在吴来之的芍园。

　　谢三宾访得这种情况，先致书信进行慰问，柳如是出于礼貌，即复函答谢他的美意。接着，谢三宾又因"天涯人远音书断"之幽绪愁怀，发出"无限愁怀消折尽，不堪风雨又黄昏"的感慨，并于同年夏天，冒着暑热追至嘉兴，试图挽回僵局。但柳如是无论如何也不肯与谢氏复交。只能不欢而散。

　　柳如是在嘉兴养病一个多月，后又移居盛泽镇归家院。意态沉沉，春梦萧萧，没有了往日的生气和风采，苦闷中常栖身佛堂，以禅悦解愁。读了一本又一本佛理经文，对人生和世事思考得更深了。

第五章

钱柳结缡 惊世骇俗

21

　　在柳如是的一生中，没有谁能像汪然明那样，给予她如此真诚的关怀和帮助。柳如是归宿无所，这一难题一直困扰着汪然明。在一次闲聊中汪然明从王修微口中得知柳如是非常钦佩钱谦益的才学，曾说"吾非才学如钱学士虞山者不嫁"。汪然明心中一亮，便产生了在柳钱之间牵线搭桥的欲望。他先致书钱谦益，详细转达柳如是仰慕钱学士的雅意。钱谦益立即复函，再三夸赞柳如是的慧艳，针对柳氏"非钱不嫁"的言辞，感叹道："今天下有怜才如此女子者乎？我非诗能如柳如是者不娶。"一个愿嫁，一个愿娶，这桩婚事已成了大半。汪然明分外高兴，连夜修书给柳如是，要她去常熟虞山，拜访钱谦益。

　　柳如是对汪然老的关爱之情是难以表达的，她在给汪然老的复信中说："鹃声雨梦，遂若与先生隔世游矣。至归途黯瑟，惟有轻浪萍花与断魂杨柳耳。回想先生种种深情，应如铜台高揭、汉水西流，岂止桃花千尺也。但离别微茫，非若麻姑方平，则为刘阮重来耳。秋间之约，尚怀绉绉，所望于先生维持之矣。便羽当即续反。昔人相思字每付之断鸿声里。弟于先生，亦正如是。书次惘然……"这位饱尝人间辛酸的年轻女子，被汪然明的无私真情打动了，每给他复信，常常是控制不住地热泪潜然。

　　崇祯十三年（1640）初冬，柳如是在汪然明的引荐下，放舟至常熟虞山，拜访闲居在半野堂的钱谦益。柳如是的画舫泊于城外的翠菱塘附近，改换成男子装束：头戴幅巾，身穿蓝衫，下面却是一双细小的纤足，乘车前来半野堂求见钱谦益。

　　钱谦益正在书房读书，门阍来报："有客人拜访。"钱谦益看了看名帖。上面写着"晚生柳儒士叩拜钱学士。""柳儒士"这个名字，钱谦益没有听说过，估计是个没有名气的年轻人。这些天来，他被几个拜师的纨袴子弟叨扰得有些心烦，不愿意见那些自称"晚生"的人。便对门阃说：

"我有事，不见。"

门人走后，钱谦益发现，拜帖里还夹着一首诗，题为《西泠》。

钱谦益看了，心头一动，诗句美玉润柔，花光辉映，透露出绰约缱绻的女子意韵。忙跑出书房，问门阃：

"刚才那位柳公子呢？"

"已经被我打发走了。"门阃说。

钱谦益急切地问：

"那柳公子……是男是女？"

门人觉得好笑：

"老爷糊涂了，哪有公子不是男的会是女的？"

钱谦益也觉得自己的话荒唐，忙对门人说："快，快把那位柳公子追回来。"

钱谦益从书房踱到客厅，再从客厅踱到书房，正不安地等待着，抬头忽见客人已经站在屋里，正欣赏墙上的字画呢。钱谦益忙招呼客人坐下，来客深深鞠了一躬，恭恭敬敬地道："晚生冒昧前来拜访钱老先生，还望鉴谅。"

钱谦益打量来客，见客人一身儒服，青巾束发，举止文雅，皮肤如软玉白白嫩嫩，一双水灵灵的大眼闪着清波，神情潇洒，翩然如飞鸿，好个风流儒雅的美男子！但又觉得他身材娇小，清秀有余而阳刚不足。虽一身男子服装，仍掩不住婀娜多姿的体态，只那一躬身，便透露出"林下风"谢道韫的风度。

来客似乎猜出了主人在想什么，故意一掠蓝衫，轻轻地坐在案边的太师椅上，蓝衫下面清清楚楚露出了一双尖尖细细的小脚。那一对红辣椒样的弓鞋，立即在钱谦益心中划了一道闪电。他反复端详面前这位"柳儒士"，觉得有几分面熟，一时想不起来在什么地方见过。这时来客面含浅笑，吟出一首诗来：

> 草衣家住断桥东，好句清如湖上风。
>
> 近日西泠夸柳隐，桃花得气美人中。

此刻，钱谦益脑海里立即跳出三个字来："柳如是"。

西湖一别，钱谦益万万没有想到，柳如是会以这样一身打扮前来探望。柳如是给钱谦益的这份惊喜，是无以名状的。在很长时间里，钱谦益脑海里闪现着两个形象：一双水灵灵的美目，一对红辣椒样鲜亮的纤足。

一番寒暄之后，钱谦益从汪然明的来信说起，从书房谈到诗文，从诗文谈到人品，两人各自倾吐半生坎坷遭际，谈一生的理想和追求，从人生的境界谈到天下的兴亡。两人有时质疑，有时辩驳，有时颔首，柳如是为钱谦益渊博的学识击节，更以他以天下为己任的忠义之心所倾倒。

钱谦益热情挽留柳如是在半野堂稍住一段时日，柳如是执意不肯，决计要回尚湖的舟中，临走前挥毫赋诗《庚晨仲冬，访牧翁于半野堂奉赠长句》：

> 声名真是汉扶风，妙理玄规更不同。
>
> 一室茶香开澹黯，千行墨妙破溟濛。
>
> 竺西瓶拂因缘在，江左风流物论雄。
>
> 今日沾沾诚御李，东山葱岭莫辞从。

诗中把钱谦益比作才高博洽的马融和李膺，他们既是美名天下的才子，又是政绩卓著的名相，均是钱谦益心目中最崇尚的人物。柳如是此诗，可谓"识其天性，因而济之"。接下来又喻钱氏为风流宰相谢安，而自比弹丝吹竹的妓女。句句道出钱谦益欲说而不能说的衷情，钱氏怎能不为之陶醉癫狂！

数十年来，钱谦益笃信佛学，探究禅理，自视修行高出时流。柳如是在此诗中把钱氏比作普渡众生的菩萨，满足了钱氏自视不凡的虚荣心。

钱谦益非常激动，把柳如是看作寻找了大半辈子才找到的知音，当即秉笔濡墨，赋诗赠答：

> 文君放诞想流风，脸际眉间讶许同。
>
> 枉自梦刀思燕婉，还将抟土问鸿蒙。
>
> 沾花丈室何曾染，折柳章台也自雄。
>
> 但以王昌消息好，履箱擎了便相从。

以卓文君的美貌风流，以薛涛的才学博雅来盛赞柳如是。并转弯抹角地说，人世间那么多俗人想得到柳如是，皆不可能。而钱谦益以风流才子自许，相信能够得到柳美人的青睐。

自此之后，柳如是晚上宿于尚湖的舟中，白天赴半野堂与钱谦益晤谈，一老一少，谈诗论史，满堂飘荡着他们欢快的笑声。有时握笔过于劳累，或一时兴致勃发，便携手攀登虞山，登高而望远。左看阳澄湖、昆承湖，烟波浩渺，如同卧龙身边的颗颗珍珠；右看诸峰林立，青翠如黛，若隐若现；远远眺望，长江滔滔涌流，飞来天际……心胸豁然大开。有时瑞雪降临，钱、柳踏雪赏梅，同游尚湖，吟诗作画，垂钓寒水。二人同声相应，亲密而和谐。正如钱谦益诗中所说："冰心玉色正含愁，寒日多情照柁楼。万里何当乘小艇，五湖已许办扁舟。每临青镜憎红粉，莫为朱颜叹白头。苦爱赤阑桥畔柳，探春仍放旧风流。"少妇与老翁，朱颜与白头，反差十分强烈。钱谦益老夫偏作少年狂，一颗风流之心，处处有潇洒放浪之举，在柳如是面前，骤然年轻了几十岁。

为了表示对柳如是的挚爱和忠诚，钱谦益延请了虞山有名的工匠，为柳如是建造了一座典雅的小楼，念及柳如是喜欢活动于舫上，特将小楼设计成船形，精巧而别致。钱谦益亲自监工，连续苦战三十昼夜，顺利竣工。根据《金刚经》中"如是我闻"之句，将小楼题名为"我闻室"，与柳如是的名字暗合。我闻室位居半野堂别墅的前面，隔一椭圆形的大花园，与半野堂南北相对，四周有荷塘和蒲墩围绕，仿佛水乡泽国停泊了一艘画舫，真是匠心独运，天拙大巧。

小楼落成，钱谦益折柬邀请虞山名士清流于我闻室举办诗酒文宴，程嘉燧也应邀从嘉定赶来。就在这一天，钱谦益将柳如是接入我闻室居住。文宴上大家欢声笑语，频频举杯。钱谦益半醉半狂，赋诗抒发情怀：

> 清樽细雨不知愁，鹤引遥空凤下楼。
>
> 红烛恍如花月夜，绿窗还是木兰舟。
>
> 曲中杨柳齐舒眼，诗里芙蓉亦并头。
>
> 今夕梅魂共谁语？任它疏影蘸风流。

浓郁的诗情把柳如是感动了，特别是"绿窗还是木兰舟"一句，分明在提醒她，这我闻室是按照她钟爱的画舫式样设计建造的，只有执着的爱，才能对她的内心如此体察人微。作为一位青楼女子，柳如是遭受了种种痛苦和磨难，也经历了大红大紫，那么多清流才子倾慕她，那么多纨绔子弟追求她，除了陈子龙等一两人之外，又有几个是真心实意的呢？钱谦益虽然年已花甲，一杯浓浓的纯纯的真情足以使柳如是陶醉。他的天真，他的热情，是许多青年才子无法想象的。也许是人生的苦涩品尝得太多，钱氏的温情和狂热，摇撼了柳如是的心旌，她激动地站了起来，喝干了杯中的酒，濡笔赋诗：

> 栽红晕碧泪漫漫，南国春来正薄寒。
> 此去柳花如梦里，向来烟月是愁端。
> 画堂消息何人晓，翠帐容颜独自看。
> 珍贵君家兰桂室，东风取次一凭阑。
>
> ——《春我闻室作呈牧翁》

从漂泊不定的舟船，迁到了典雅而温情的我闻室，暂时有了栖身之所，对关爱自己的钱学士充满了感激之情，同时想到了与陈子龙相爱的悲惨结局，再联想到钱谦益妻妾满堂的家室，真是喜忧羼半、苦乐同在了。

程嘉燧是与钱、柳同为相知的老朋友，读了钱、柳赠答的诗作，感慨万千，援笔助兴，当场赋诗唱和：

> 翩然水上见惊鸿，把烛听诗讶许同。
> 何意病夫焚笔后，却怜才子扫眉中。
> 菖蒲花发公卿梦，芍药春怀士女风。
> 此夕尊前相料理，故应恼彻白头翁。
>
> ——《半野堂喜值柳如是，用牧翁韵奉和》

此次诗酒文宴，对于钱谦益来说无异于洞房花烛，他激动得几宿没有睡着，连续赋诗几十首，反复表达欲与柳如是结爱的真挚情怀。柳如是住进我闻室，与钱谦益朝夕相处，切磋诗艺，披阅古籍，讽诵谈谑，两颗心越来越近了。

22

往年除夕，钱谦益总是把老友程嘉燧迎来，举杯赋诗，一唱一和，为他伴岁的是"白个头发，乌个肉"的老翁。今年不同了，迎来了美人柳如是，为他伴岁的是"乌个头发，白个肉"的如花美女，他心中怎能不充满喜悦呢！我闻室中绿窗红酒，钱谦益与柳如是围炉而坐，相与守岁，辞旧迎新，赋诗煮酒，可谓集天上人间之乐事，室内洋溢着共度良宵佳节的气氛。钱谦益饮干柳如是捧送的一杯酒，濡笔赋诗：

> 庚辰除夜偕河东君守岁我闻室中
>
> 除夜无如此夜良，合尊促席饯流光。
>
> 深深帘幕残年火，小小房栊满院香。
>
> 雪色霏微侵日发，烛花依约恋红妆。
>
> 知君守岁多佳思，欲进椒花颂几行。

柳如是看着墨迹淋漓的诗稿，连连摇头：

"我没有'佳思'，只有'拙思'，这且不说；这'河东君'三字，应是唐代诗文大家柳宗元的代称，妾怎敢与他相提并论？岂敢岂敢！"

"姑娘诗文俱佳，是红妆子厚，为何不可？"钱谦益一本正经地说。

侍女小贝推门进来，欢叫着"下雪了，下雪了！"

钱谦益和柳如是见小贝一头一脸毛茸茸的雪花，成了一个雪人，两人手舞足蹈，高喊着"瑞雪兆丰年！"柳如是忽然想起唐人白居易的《问刘十九》诗，大声吟诵起来：

> 绿蚁新醅酒，红泥小火炉。
>
> 晚来天欲雪，能饮一杯无？

钱谦益燃了高香，敬拜雪神，然后对柳如是说：

"昨日我去拂水山庄，见秋水阁后面的一大片老梅已含苞待放，我催你去赏梅，你说等降了雪才好。这不，你一说雪就来了，河东君，你就是雪神呀！元日赏梅，更是雅趣，明日，你可不能不去呀！"

柳如是仍吞吞吐吐，说："还要看明日的天气，等晴了才好。"

柳如是不肯去拂水山庄，自有她的顾虑。

拂水山庄在虞山南麓拂水崖下，有山有水，风景优美，是钱氏的丙舍，内有钱氏先人的坟茔。新正之月，岂有至先茔不拜之理？钱谦益拜谒先茔，她置身其间颇为尴尬，不拜则为失礼，同拜则有已适钱谦益之嫌，所以柳如是迟迟不肯同往。

钱谦益比柳如是想得更多，除了以上这层之外，往日钱谦益与宠妾王氏等游宴同居，均在拂水山庄，所用器物，历历在目，为避免"碍眼"，不得不提前去拂水山庄，安排人清除干净。

正月初一，随着春姑娘的姗姗脚步，云散雪停，一轮红艳艳的春日跃上碧空，是个大雪初晴的好天气。一望无际的银白，烁烁耀人眼目，红云素纱，分外绮妍。钱谦益激情涌动，高兴得像个孩子，吟诗催促柳如是，"官梅一树催人老，宫柳三眠引我狂"。直到正月初二，柳如是才勉强动身。

拂水山庄背靠壮观雄伟的拂水崖，面对波平如镜一碧万顷的尚湖，崖上的瀑布蜿蜒流入山庄，造出许多出人意料的美丽。庄内有一座松木草堂，原始朴拙，透着远古的神秘，使人常常在恍惚中与有巢氏联系在一起。钱谦益命名为"耦耕堂"，取《论语》"长沮，桀溺耦而耕"之意。堂联"耦耕归与高人约，带月相看并荷锄"。透着隐士的清高和飘逸，很合主人罢归的心境。与耦耕堂隔荷塘相望的是秋水阁，建在一条潺潺的溪水上，清夜入阁，听泉水而入梦，别有一番情趣。西边有花信楼，东边有朝阳榭，楼上蝶形的碧纱窗，与山岚雾霭瞬息万变的拂水崖遥遥相望。庄内古木参天，密林里散落大大小小几十所建筑，有的张显，有的隐蔽。围绕着秋水阁，有大片的绿萼梅，经过一场冰雪的洗礼，柔条初放，花苞绽开，千里暗香在雪海中浮动。偶有一群小雀子"忽"地飞起，又"忽"地落下，像在洁白的绸纱间撒了一把黑豆。柳如是被这冰清玉洁的美景所吸引，徘徊流连，只恨来得太晚。钱谦益笑着说：

"最是春人爱春节，咏花攀树故徘徊。不能再说我逼你来的了，该是你自愿来的才对。"

柳如是也笑了。

梅林中蜿蜒着一条小溪，在大雪中散发着腾腾热气。偶有几片梅花落入水中，悠悠轻漾，一经阳光映照，如同玉片晶莹闪亮。柳如是抓了一团雪抛入溪中，霎时融化，无影无踪。她问钱谦益："此溪中的热气从何处带来？"

钱谦益说，这溪水从拂水崖上温泉流来，携带着滚烫的地温进入山庄，因而溪旁的树木花草四季常青。溪名为梅圃溪，溪旁的花堤为小苏堤。说到这里，钱谦益忽然想起什么似的携起柳如是的手，沿小苏堤快跑起来。溪水越来越清，变成了石涧，在一个渡口样的地方，斜斜地横着一只鸟形的小船，船头伸得老高，像只大大的天鹅。

钱谦益解缆，两人登上小船，顺水放舟，飘飘摇摇，不多时飘到香雪堂。管家张国贤将一面牛皮鼓搬到小船上，用麻绳缚定，命一名十二岁小童挥槌击鼓，钱谦益撑篙，柳如是打桨，小船掉转首尾，溯水而上。

鼟鼓"咚咚轰轰、咚咚轰轰……"

小船如同一只大天鹅，穿行在香雪海中。

钱谦益：

"催花信哟——"

柳如是喊：

"催花信哟——"

接着两人咿咿呀呀，吟咏起诗来。

钱谦益：

大雪飘，飘纷纷。

曦光照，铺白银。

温泉是个愣小子，

劈开雪（钱柳合：咿呀嘿——）

斩断冰（钱柳合：咿呀嘿——）

劈雪斩冰迎春神。

钱柳合：咿呀嘿咿呀嘿——

小花童抡圆双臂，槌槌打在鼓心……

柳如是：冰雪融化成点滴，

一点一滴叩春泥。

一点一滴无声的雷，

惊醒僵死的魂，

唤醒凝冻的气。

胚芽咧一咧嘴，

（钱：咿呀嘿——）

蛹蛇眨一眨眼，

（钱：咿呀嘿——）

泥蝉性子急，

畅想出洞唱高枝。

柳钱合：咿呀嘿咿呀嘿——

钱谦益：枯枝吐芽绿叶炸，

骨突孕蕾蕾孕花。

花绽七彩妖媚笑，

蕊吐天香醉蜂蝶，

翩翩嗡嗡闹天下。

（柳：咿呀嘿）

海棠妖，蔷薇娆，

桃憨杏乖芍药傻。

（柳：咿呀嘿）

赤澄黄绿青蓝紫，

朵朵簇簇接彩霞。

　　钱柳合：咿呀嘿咿呀嘿——

　　小童抡圆双臂，槌槌打在鼓心，越来越起劲了。梅林中游动着这只催花信船，如起飞的天鹅，似摇曳的百花，载着一个生机勃勃的春天。

　　柳如是玩得畅怀舒心，不肯返回半野堂，便在拂水山庄下榻，清夜奇冷，柳如是裹着几层毛毯还缩成一团，不知是寒冷还是新奇，久久不能入睡。天上的星星从来没有今夜硕大，如同鹅卵挂在窗口。她想，应该画一幅画，把这夜的奇景记下来，题目就叫《星光》。天太冷，这幅想象中的画一直没有画下来，从这一夜起，她心中永远亮着硕大的星星，不是一颗，而是一群。

　　第二天凌晨，一群雀子把她叫醒，朦胧中，她觉得雀鸟的叫声凉凉的，如同一把琉璃珠子撒在玉石台阶上，一级一级蹦跳着，清脆得令人心怵。忽然想起钱谦益一首大雪中捕鸟的诗来，忙一碌碌爬起来，去求教于钱谦益。

　　提起雪中捕鸟，钱谦益来了兴致，激动得髭须四参，说：

　　"这是我儿时玩熟的把戏，今儿赶上好天气，也该河东君见识见识了。"

　　钱谦益命管家张国贤拿出一挂火鞭，到山庄西北角点燃，"噼噼啪啪"的爆响，把深藏的鸟儿统统赶到了山庄的东南部。钱谦益在鸟儿聚集的密林里扫出一片空地，撒上秕谷，扣下两个硕大的竹筐，竹筐的一边用木棒撑起。木棒上系着长长的绳子，绳子扯到远远的秋水阁里。躲在秋水阁里的钱谦益和柳如是，每人扯住一根绳头，从窗缝里向林中的竹筐处凝视。

　　饿急了的鸟儿从树洞里、檐巢里飞下来，叽叽喳喳，挤作一团，在筐下抢食秕谷，就在这个节骨眼上，钱谦益打出一个手势，两人同时猛扯绳头，随着木棒的抽动，一边撑起的竹筐突然扣下，一大群鸟儿牢牢地罩在竹筐里。钱谦益和柳如是大叫着从秋水阁里跑了出来，又蹦又跳，在雪地上打滚，活像两个大孩子。

　　柳如是火急火燎，跑过去掀筐掏鸟儿，筐下的鸟儿"叽叽啦啦"冲了出来，来了一次胜利大逃亡。好不容易抓住一只蓝背儿，不知为什么，最终也挣扎逃走，只给她留下几根烂毛。柳如是坐在雪地上，两手一摊，难过得快要哭出来。

　　钱谦益拉起柳如是，"莫在乎，莫在乎"，说着，从腰间抽出一条布袋塞在柳如是手中，又从绑腿里拔出一把匕首，走到另一只扣着的竹筐跟前，双手握匕首把柄，捣碓似的在冻土上凿了一条土槽，然后双手按住竹筐，慢慢旋转，竹筐在旋转中缓缓移动，当竹筐的边缘正好压住土槽时，慢腾腾的钱谦益突然紧张起来，一只手按住竹筐，另一只手迅速地从土槽中伸了进去，立即掏出一只鸟来，高兴地喊着："花喜鹊一只！"随着他的喊叫声，一只鸟儿落进柳如是拿着的布袋里。

柳如是又惊又喜，双手搦紧袋口，生怕"囚犯"逃窜。

钱谦益喊声越来越高，越来越响，"黄莺一只"……"小麻雀一只"……"花雉鸡一只"……"蓝背儿一只"……"画眉鸟一只"……随着钱谦益的一声声喊叫，柳如是手中的布袋很快鼓了起来，不大一会儿，各种鸟儿装了满满一袋子。

管家张国贤将一袋子鸟儿背进藕耕堂，钱谦益看着那鼓鼓囊囊的布袋，问柳如是"如何处治这批战俘？"

柳如是用手背抹着额上的细汗，兴致勃勃地说：

"今儿咱来一次百鸟宴，我主庖！"

"我来帮厨！"钱谦益卷起袖口，跃跃欲试。

柳如是盯着鸟袋，想了想说：

"要挑拣挑拣才行，只能宰杀有害的，不能宰杀有益的。"

钱谦益点头应允，一边从袋里往外掏鸟，一边说：

"河东君，今儿你是审判官，你说宰咱就宰，你说放咱就放……这第一名是个黄莺儿。"

柳如是捧住一团黄亮亮的毛儿说：

"你们文人常说莺声燕语，这么好的嗓门儿怎么能宰杀呢！"一扬手，放了。

黄莺儿拍打着翅膀，飞到树林中去了。

第二名是蓝背儿，柳如是不知蓝背儿是什么鸟，钱谦益告诉她，土名麻喳子，是喜鹊的一种。

"既是喜鹊的一种，便能给人间报喜，怎么宰杀呢！"柳如是说着，一扬手，放了。

那只惊恐万状的蓝背儿，留下一串"叽嘎"声，蹿向天空。

第三名是只画眉儿。柳如是打量着它那双细细的弯弯的长眉，如同黄昏时的新月，罩着两潭清澈的春水，轻叹道：

"它准是个俏女子转世。"说着，一扬手放了。

"姐！"画眉叫了一声，已无影无踪。

第四名是只雉鸡。柳如是抚着它那一身锦缎似的羽毛和长长的尾巴，连说"真美"一扬手，放了。

雉鸡扑扑啦啦，在雪地上打了几个滚，蹿向灌木覆盖的丘冈。

第五名是只灰麻雀。柳如是觉得这只小虫艺儿惊惊乍乍，在手中瑟瑟颤抖，虽然它声音聒噪，一身灰黯，难道这个鄙微的小生命，不该有生存的权利吗？她沉默了一会儿，一扬手，放了。

"吱！"灰雀子留下一声惨叫，钻向高空。

第六名……第七名……第八名……喊到第十八名时，钱谦益叹了口气：

"没了，已经没有第十八名了。看来，这百鸟宴成了一只空布袋了。"

虽然百鸟宴成了泡影，柳如是却说玩得痛快，比什么酒宴都好。钱谦益见柳如是贪恋拂水山庄的山色水景，也不提返回半野堂，便与管家张国贤合计，变着花样，让柳如是戏耍。

刚刚过了新年，安排戏耍的项目不难，年初四祭花王，年初五熏五毒捉五鬼，年初六扎花轿抬花煞，年初七迎七巧送火神，年初八请仙童收雨水，山庄的盆盆罐罐全都搬了出来……一直玩到年十五闹花灯，柳如是累了，安安静静歇了三天。

正月十九日，钱谦益陪柳如是游虞山。

虞山如一头怪兽，匍匐在长江三角洲平原上，屁股伸入常熟城内，爪牙却留在常熟城外，山上因有仲雍墓而闻名海内。深涧幽谷，奇壑隽美，尤其南麓的拂水崖更是鬼斧神工，两柄剑石矗立云霄，泉水从高峰飞流直下，远远望去如银河倒挂。

钱谦益本来已浑身大汗，因有美女柳如是相伴，精神倍增，高诵着"会当凌绝顶，一览众山小"，健步如飞。柳如是更不示弱，快步登上石剑，攀上虞山最高处。一股泉水在高空翻卷，化作细雨微霰飘飞，宛若万斛蕊珠凌空飘洒。柳如是浑身结满了晶莹的微霰，像一枝露水打湿的花朵。钱谦益生怕她着凉，高喊着要她快快下来。柳如是却笑着叫着，要"洗一回天河浴"。

站在虞山的"齿缝"里，回望绿荫掩盖的常熟城，钱谦益告诉柳如是说：

"那片灰黯青苍的城墙左边，便是有名的宾旸门，门里边莹莹放亮的是落星溪。落星溪转弯处便是钱家老宅，影影绰绰被林木涵盖着的便是钱府的荣木楼。我十五岁那年第一次走出荣木楼，到无锡去拜师，拜的第一位师傅就是东林书院的创始人顾宪成。从此，我便身系东林决定了一生的坎坷和厄运……"

柳如是经常听到几社和复社的才子们提到"顾宪成"这个名字，感到有些神奇又有些神秘，便向钱谦益打探顾氏的真实情况。钱谦益回忆了第一次见到顾宪成的情景：

"记得他有一张厚重的脸，闪着朝霞的彤光。他青衫幅巾，伫立在一只古旧的乌蓬船上，随着船桨的欸乃之声，他从家乡张泾赶了四十里，来到无锡东门水关，走进东林书院。泾溪中留下了一道微波银涟，近四十年的重大国事，就在这微波银涟中闪现最初的光影。我跪在书院正堂拜他为师的那一刻，他想些什么？我不知道。但他给我讲的那几句话，至今我仍记得清清楚楚。他说忠臣义士，俊民才子，乃是天地间的元气。这种元气，一半来自先天造化，一半来自后天滋养。士人学子要善养浩然之气，养气以充其根，尚志重气，赖以立身……"接着，钱谦益又讲了四十年来，自己与东林、与国运，紧密相连、不可分割的关系。

柳如是凝神静听，深深颔首，对钱谦益的崇敬之情油然而生，更进一步感受到他汪洋恣肆的才华和清纯厚重的人格，禁不住将满腔激情倾注到他身上。

游罢了虞山，又游了乾元宫、言子墓、昭明读书台等，春风春雨催发了万般生机，更催发了钱谦益心中无可遏止的爱的火苗，他满怀激情，一次又一次请求柳如是同游钱塘、西湖赏梅。柳如是迟疑再三，终于迈出了勇敢的一步，作一次爱的抉择。

23

　　柳如是的心情尤为复杂，陈子龙的影子不时浮现在脑海中，无论如何也难以摆脱。这段时间里很少与钱谦益唱和，她有她的难处，若作欢娱之语，则有负旧友，若发悲苦之音，则又无礼于新知。以前后一人之身，而和其啼笑两难之什，吮毫濡墨，实有不知从何说起之感慨。

　　苏州游览之后，两人又同到嘉兴。十多年来，柳如是漫游吴越，对故乡嘉兴，一直怀有深深的感情。此时，重返故里，望着熟悉的山水，浮想联翩，心情激荡。想到了盛泽镇，想到了周相府，想到了陆氏南园和小红楼，一时间，许多人和事猛然攒集心头，加上旅途劳累，一病不能起身。

　　柳如是无法陪钱谦益去西湖赏梅，独自留在芍园稍作养息。钱谦益无可奈何，只得独自行动，泛舟西湖时写下两句诗，"未索梅花笑，徒闻火树燃"，倾吐了胸中的惆怅和寂寥。

　　柳如是独守芍园，寂寞啃噬着苦心，空虚寂寥中，她愈感到钱谦益的可贵，仿佛与他缘分是前世定了似的，愈来愈离不开他。病痛中写下的几首诗都是怀念钱谦益的。她爱才尚义坎坷奔波中寻觅人生的归宿，与钱谦益的结识，可以说走进了一段温馨的春日。钱谦益桑榆之年，幸遇名花，悦其容貌，重其人品，自然要倾其身去关爱，去拥有。

　　尽管钱谦益和柳如是已经坠入爱河，但在二人之间，一直横亘着一道坚实的墙壁，是不能不重视的。这时钱谦益的正室陈氏还健在，居住常熟城里，钱氏老宅荣木楼。半野堂内还住着两个妾：一为王氏，年轻貌美，曾经很受钱谦益宠爱；一为朱氏，给钱谦益生了唯一的一个儿子钱孙爱，因而地位不同一般。过去妻妾之间存在着种种矛盾，尤其是王朱两房小妾争风吃醋，常常闹得不可开交，可在对付柳如是一事上，她们又结成同盟，捏成一个拳头向钱柳进攻。

正妻陈氏出身名门旺族，从姑娘时候起就端庄持重，温文尔雅。嫁给钱谦益之后，是一个典型的贤妻良母，她从不问丈夫的政事。晚年吃斋信佛，多与女尼来往，只图过个清静的日子，对于钱谦益纳妾藏娇的风流韵事，从不干涉。

一天早晨，王氏和朱氏一起来到陈夫人的荣木楼，向她请安。陈夫人有点意外，王朱二妾一向受丈夫娇宠，无事不会到荣木楼探望，忙问：

"出了什么事？"

年轻的王氏危言耸听地说：

"夫人，你还蒙在鼓里呢，老爷一心想将妓女柳如是纳到家里。这个女人风流放荡，不守妇道，老爷迷上了他，是要败坏钱家门风、祸及子孙后代的。"

朱氏接着说：

"这个柳如是不肯作妾，一心要明媒正娶作太太，老爷如果真的答应了她，她坐进钱家的堂楼里，就成了一尊神，夫人怎能受得了这种屈辱？"

陈夫人尊崇贤惠懿范，钱谦益姬妾成群，她可以不闻不问，但要再明媒正娶一个女人，与她平起平坐，实在难以接受。陈夫人命王氏和朱氏一起去规劝老爷，必要时便教钱孙爱向老子哭求。

王氏和朱氏轮番苦苦进劝，但钱谦益毫不理睬，说好说歹，一句也听不进去。

钱宅有一看门的老妪，已在钱府数十年，实为陈夫人的一个耳目，对半野堂的一举一动，了如指掌，常常有意无意中向陈夫人学说。这一日，老妪侦知陈夫人悲愁的原因，便不动声色地向朱王二氏讲述了十年前钱府内发生的一件事：

天启末年，钱谦益东林事发，削职归里，全家人惶然无措，围坐啼哭。钱谦益的儿子正在生病发烧，那孩子突然望着钱谦益，作出执笏叩头状，连说四遍：

"爹勿恐慌，明年就拜新皇帝，新皇帝好……"

钱谦益惊奇地问：

"孩儿，你是怎么知道的？"

"影堂里的三个公公，都穿红袍朝服，头戴乌纱列坐楼下，教我向爹爹这么说的。"病中的儿子回答说。

钱谦益听病儿说完这段神奇的预言，立即来到供奉祖宗的影堂，向列祖列宗烧香叩头，祈求祖宗保佑。

果然第二年崇祯即位，钱谦益被起用为礼部侍郎。自此以后，钱谦益就极其相信小儿预言或谶语。

崇祯十三年冬至，钱谦益回到老宅，同家人一道祭祀祖先，在拜过先人灵位之后，钱谦益十岁的儿子钱孙爱，突然惊慌地跑过来，说：

"爹爹，孩儿看见公公、太公公了！"

这时那看门老妪跑过来说：

"昨儿傍晚时分，老奴带着小少爷从荣木楼前经过，忽听有呼唤小少爷的声音，小少爷抬头一看，有三位穿着红袍戴着乌纱帽的神人坐在那里，奴仆即刻拉着小少爷跪下叩头。神人对少爷说，我们是你的公公、太公公，令你告诉你父亲，立即斥去那'城南之柳'，才能驱妖避邪，免致败家。当老奴和小少爷再抬头看时，已不见神人的踪影了。"

这时钱孙爱又指着祖宗牌位说：

"爹爹，公公们又回来了！"

钱谦益立即匍匐在地，嘴里念叨着"不肖子孙，给列祖列宗叩头请安！"他惶恐不安地从老宅荣木楼回到半野塘，心想，这"城南之柳"是借用元代谷子敬《吕洞宾三度城南柳》杂剧之名，以剧中柳树精为杨氏子，而柳如是本姓杨，初访半野堂时又着男子装，"城南之柳"不正是指柳如是吗？假若祖宗显灵，要自己赶走柳如是，这将如何是好呢？钱谦益虽然迷信小儿妄言，因他正如醉如痴地沉溺于柳如是的爱河之中，偏偏不往上次童言灵验方面联想，一反常态，觉得此事蹊跷，怀疑是朱氏、王氏和老妪合谋，编造出来的谎言，烦闷了几日，也就不了了之，既不相信也不能追究。

自从离开周府，柳如是就牢牢抱定一个心愿，一定要明媒正娶才嫁，决不作小妾。住进半野堂我闻室之后，多次向钱谦益陈述这一心愿。按照当时的礼制，男人可以妻妾成群，但不能有两房正室。钱氏的原配陈夫人仍健在，且两次受过朝廷诰封，钱谦益若明媒正娶一位青楼女子，这在上流社会人物眼中，如同悖逆，是不齿于人类的。这些麻烦在钱谦益心头压上一块又一块石头，几乎使他喘不过气来。表面看来，钱谦益陪伴柳如是，天天沉浸在诗酒游乐之中，实质上，内心的斗争是非常激烈的。他回忆自己的一生，始终怀着满腔政治热情，换回的却总是悲惨和凄凉。有两件大事失败得最惨：一是万历三十八年，与韩敬争夺状元，不幸失利，仅仅中了一个探花；二是崇祯元年，与温体仁、周延儒争夺宰相，再次失利，因而被遣。此两件，至今想来仍痛心疾首。眼下已五十九岁，面对红颜才女柳如是的示爱，已是最后一次好运了，没有让他犹豫的时间了，只能前进，不能后退，他要从世俗的指爪中夺取这颗鲜亮的红豆，夺取生命中的最后一次成功。这样，大半生积压的遗憾和幽怨，也可以得到排解和宣泄了。想到这里，他终于鼓起了勇气，顿时心头升起一股不可自抑的快意。

钱谦益素性简狂，有雅量通怀而不忌小节的个性。一旦拿定主意，便不顾一切，常常会有超礼越俗的举动，他委托族中长者钱岱勋为媒，正式娶柳如是为妻。

崇祯十四年（1641）六月七日，风流狂放的钱谦益，力破世俗陋见，决心以匹嫡之礼迎娶柳如是。他的婚礼办得也像他的性格一样，狂放而张扬，独具浪漫色彩，他准备了一艘宽大华贵的芙蓉画舫，举办了一次别出心裁的旅行结婚。

钱谦益、柳如是披红挂绿登上画舫。舫上陈设几案，点燃香烛，画舫四周高挂彩灯四十八盏，甲板上摆开丰盛的宴席，十几位男女文友登上画舫，诗酒助兴，泛舟于清流碧波间。

画舫中还有乐伎班子，吹吹打打，一片鼓乐。在喧闹的箫鼓声中，身着探花服的钱谦益与盛装的柳如是跪拜天地，在朋友的欢闹声中喝了交杯酒，潇潇洒洒，周游了几十里。

柳如是二十四岁，正当妙龄，体态轻盈，貌似天仙，伫立于画舫，恰似一朵阳春的奇葩，迎风绽放。而钱谦益六十岁，白发苍苍，肤色干瘪而黝黑，确实像个惬意的钟馗。艳光照人的年轻女子，自愿嫁给鸠形鹄面的老夫，很多人惑而不解。

这一惊世骇俗的婚姻，震动了松江城的大街小巷，也牵动了上上下下各类人物。

当成婚彩舫行至松江县城时，民众们街谈巷议，喊喊喳喳，有的指指点点地说：

"钱牧斋一生喜欢玩猴。老了，玩不动猴了，还要玩一次鸡（姬）。"

有的唉声叹气地道：

"钱家一族的好名声都教他毁尽了！"

一些缙绅儒士聚在一起，痛诋钱谦益"亵朝廷之名器，伤士大夫之体统"。并指使青皮流氓拦阻钱、柳成婚的彩舫，骂不绝口，飞掷砖头瓦块，大闹不休。芙蓉舫上落满了碎砖断瓦，木棒尘土。挂着囍灯彩球、载着新郎新娘的芙蓉舫，同时载着一摊不忍入目的秽物，在一片喊打声中缓缓行进，显得不伦不类，令人哭笑不得。

面对这场恶意围攻，钱谦益和柳如是泰然自若，狂喜之情溢于言表，丝毫不为所动。柳如是调好七弦琴，注目远山，弹奏《春江花月夜》。钱谦益吮毫濡墨，笑对镜台，从容不迫，怡然赋催妆诗：

养鹤坡前鸟雀过，云间天上不争多。

较她织女还侥幸，月荚升时早过河。

柳如是抚琴吟唱：

莺鸽燕鹂忙如梭，婉转美声祝福歌。

鹊桥搭成双囍字，钱柳携手过天河。

岸边地痞流氓面对芙蓉坊指指戳戳，齐声喊叫：钱老头——黑炭头——抱个野鸡当天鹅，越老越丑越玩猴——

钱谦益面对岸上詈骂，泰然自若，亢声高歌，挥笔走墨：

鹊驾銮车报早秋，盈盈一水有谁留。

妆成莫待双蛾画，新月新眉总是钩。

柳如是精神振奋，屹立舫首，和琴高歌：

姻缘奇配传百里，此刻就是七月七。

织女抛来绣罗帕，黑发白首如胶漆。

地痞流氓叫骂声一浪高过一浪：钱老头——黑炭头——抱个野鸡当天鹅，越老越丑越玩猴，改名就叫钱丑丑。

钱谦益老来聊发少年狂，亦唱亦写，洋洋洒洒：

篝火野光照画屏，银河倒转渡青冥。

从今不用看牛女，朱雀窗前候柳星。

柳如是芙蓉舫上揽橹逆行，骂声中更见自骄自傲：

玉台画屏烛光照，笔走龙蛇气势豪。

钱翁无愧龙门客，身价百倍柳亦高。

地痞流氓抛砖掷瓦，声声喊打：钱家子孙，败坏人伦。宗族大棍，打死勿论！

钱谦益愈是狂放愈是诗兴大发，将催妆诗挂到芙蓉舫最高处：

宝驾牙签压画轮，笔床砚匣动随身。

玉台自有催妆句，花烛宴前与细论。

柳如是临漫天抛物而不惧，牵钱翁手而笑吟：

笔架墨池夜生香，名山事业细商量。

妆成何惧丑妇妒，仙翁筑室藏娇娘。

地痞流氓不依不饶：抱个野鸡当天鹅，越老越丑越玩猴——改名就叫钱丑丑。

打打打！宗族大棍，打死勿论！打打打，越老越丑越玩猴——改名就叫钱丑丑。宗族大棍，打死勿论！

　　芙蓉舫停在半野堂附近，闹喜的亲朋陆续散去，西天的余晖照得水面一片碎金，闪闪烁烁。柳如是脱去凤冠霞帔，独自坐在船尾的藤椅上，一颗激动的心"呼呼"跳动，难以抑制。她想，宋辕文俊美，陈子龙英武，在世俗的强大压力下，他们胆怯了，退却了；白发苍苍的钱谦益，却有越礼越俗的勇气，一意孤行，敢为自己心爱的女人做出牺牲，确实难能可贵，她为自己找到钱谦益而自豪，找到这样的归宿而感到幸福。

　　黑夜劫去了远山近峰，只留下芙蓉画舫里的一片辉煌。钱谦益凝神注目，欣赏着囍烛下的娇娘，洁白的肤色如同美玉，鲜艳的面颊如同芙蓉，真有些目迷心醉。柳如是微笑着问：

　　"郎君，你喜欢你的新娘吗？"

　　"不只是喜欢，而且爱得揪心裂肺。"

　　"你爱她什么？"柳如是又调皮地问。

钱谦益一往情深地说：

"我甚爱卿如云之黑，如玉之白也。"

柳如是坦率地笑了，不无戏谑地说：

"我亦甚爱君发如妾之肤，肤如妾之发也。"

新婚之夜的这段趣话，被柳如是写入自己的诗中，"春前柳欲窥青眼，雪里山应想白头。"因而常常被世人提起，引为笑谈。

钱谦益对柳如是的尊重和挚爱，使两人婚后生活十分和谐幸福。半野堂内，文宴雅集，诗酒酬唱，舞袖灯影。读写之余，谈笑戏谑，两人或泛舟，或驱车，尽情享受山水之乐。

24

　　一年之后的冬天，钱谦益在虞山北麓的老宅中建起了一座绛云楼，不久柳如是离开我闻室，迁入绛云楼。

　　绛云楼高三层，雕梁画栋，精巧宏丽，一改半野堂古朴典雅的风格，装饰豪华富丽，"绛云楼"三字，出自柳如是手笔，清奇古雅，有唐代大书家虞世南的笔意。楼上两层为书房，钱谦益一生喜欢藏书，不惜重金购买各种善本，大江南北藏书之丰富，可称得上首屈一指。底层为客厅兼卧室，暗室绣帷琼榻；明间文案上，摆满了纸墨笔砚。正中为客厅，四壁上挂满了名家或友人的墨宝，有吴梅村的小楷，有龚鼎孳的写意，有董其昌的行草等。最引人的一副对联是"鸿鹄高飞一举千里，羽翮已就横绝四海"，潇洒颠狂，令人看了直想翩翩起舞，仔细打量，原来是唐人怀素和尚的狂草。

　　厅堂四角挂着四盆南海萤玉石雕刻的灯笼，这种玉石见风自燃，不用烛火，日夜萤萤发光，可谓稀世奇珍。

　　客厅的格局和装饰，完全按照柳如是的意思布置，卧室的摆设则来自钱谦益的主意。四壁镶嵌金丝楠木，纹理清晰，气味芬芳。缃妃竹烤制的镶金橱柜里，不是口脂香膏类的闺房用品，而是二人手书的诗稿，一叠一叠，有的已经誊清，有的还是初草。这一点正符合柳如是的心意，连连夸赞"不愧为学士的清兴"。

　　为了祝贺柳如是迁入绛云楼，钱谦益举办了盛大的文宴。新知日交、得意门生，都应邀参加，有顾一苓、何士荣、冯舒、冯班、徐尔从，还有名重一时的黄毓祺及其弟子邓起西。

文宴由钱谦益的族孙钱曾主持，弟子们争先恐后向恩师、师母叩拜敬酒。

柳如是精神愉快，神采飞扬，一连饮了几杯酒，容光焕发，光彩照人，显得分外娇媚。她见琴案上放着一架焦尾古琴，顿时来了雅兴，打开琴匣说：

"我漂泊半生、有幸归了钱学士，平生之愿足矣！人生在世，难得逢一知己，今天面对亲朋弟子，我要弹奏一曲，以谢学士的知遇之恩。"

钱谦益满面光彩，含笑说："夫人太客气了。"

柳如是纤指抚拭琴弦，轻挑慢捻，琴音清越飘逸，逶宛悠扬，一会儿莺啭花底，一会儿凤吟竹间。座中客人无不陶然而醉，痴痴迷迷，忘掉了一切郁闷与烦恼。就在这时，柳如是随着弦音，悠悠吟唱起来：

> 舞燕惊鸿见欲愁，书签笔格晚妆楼。
>
> 开颜四座回银烛，咳吐千盅倒玉舟。
>
> 七字诗成才举手，一声曲误又回头。
>
> 佳人哪得兼才子，艺苑蓬山第一流。

这是两年前钱谦益去西湖赏梅时，与汪然明一起饮酒，为夸赞柳如是写的诗。佳人才子、艺苑蓬山第一流，指的就是柳如是。柳如是对牧翁这首诗特别珍爱，唱到激越处，禁不住举步旋舞起来。钱谦益立即坐到琴案前为柳如是伴奏。柳如是踩着琴曲旋律，如嫦娥飘离广寒宫，环珮叮咚，裙裾拂拂，飞花绽蕊，妙不可言。

一曲跳过，柳如是斜倚在湘妃竹榻上小憩。钱谦益见她双颊红润，酥胸耸动，如花浴露，娇媚可人，也不顾弟子们在场，从袖筒里掏出绢帕给她擦汗，又忙抱来天鹅绒大氅给她披上，生怕她着凉。

众弟子理解老师座怜香惜玉的心情，有的说："柳夫人累了，暂且歇着，请恩师给弟子们讲讲诗学吧。"

钱谦益得柳如是如同拱璧，时时想在人前炫耀，忙道：

"柳儒士擅长诗学，请柳夫人代讲吧。"

众弟子一致赞同。柳如是再三推却，拗不过大家执意请求，只得说：

"那就请众学士提出问题，我与大家一起研讨吧。"

第一个问题是冯舒提出的："黄庭坚说，诗之句法，必须巧夺天工，不可自然天成。这话是对还是不对？"

柳如是呷了一口茶道："黄鲁直论诗之句法，可以说有理，也可以说无理。所谓有理，在于求深、求新、求曲折，避免凡熟和卑近；所谓无理，在于一味求深、求新、求曲折，一味反对自然天成，便失之于生涩怪癖，甚至变得佶屈聱牙。其实，黄庭坚的诗句写得最好的，恰恰不是巧夺天工的，而是自然天成的，如'桃李春风一杯酒，江湖夜雨十年灯'，他的诗作正好在反对他的理论。"

柳如是对黄鲁直句法的剖析，精辟透彻，众学士啧啧称赞。接着大家提出一连串的问题，五花八门，应有尽有，柳如是对答如流，连诗坛祭酒钱谦益也大为吃惊，由衷地颔首和钦佩。

众人谈诗论文，正谈得热烈，忽然门人来报，兵部给事中瞿式耜前来拜贺。

听到"瞿式耜"这个名字，钱谦益忙起身迎接。这时瞿式耜已跨进绛云楼，五体投地，叩拜恩师和师母。钱谦益上前扶起，忙说："咱们已是儿女亲家，怎能行此大礼？！"

"一日为师，终身为父；儿女亲家，该当别论。"瞿式耜说着，从提箱中捧出一个长方形的锦匣来，"弟子返乡，有幸赶上恩师与柳夫人乔迁之喜，奉上这幅小景，权作贺礼，聊表寸心。"

钱谦益掀开匣盖，取出一卷淡黄色的画轴，将画轴的一端交给钱曾，小心翼翼把画展开，见是一帧横幅，高二尺许，长四尺左右，画的是一条涨满春水的大江，拐角处江村半掩，翠竹扶疏，芦芽新嫩，桃花如燃。江湾里几只憨态可掬的肥鸭，在水中追逐嬉戏……

牧翁眯眼看着，精神一振，双目中放出灼灼光彩，问周围的弟子，道：

"你们看，这是谁的作品？"

众弟子瞅来瞅去，没有谁敢于回答。

钱谦益把画拿给柳夫人赏鉴，柳如是远看近看，看了一阵，莞尔一笑：

"学士考罢众位弟子，又来考我？依我说，这是北宋高僧惠崇的作品。"

牧翁大为惊愕：

“夫人从何处认出是惠崇的墨迹？”

柳如是成竹在胸，毫无犹疑地说：

“惠崇为北宋‘九诗僧’中的佼佼者，取法易元吉，擅长画鹅鸭雁鹭，寒汀烟渚，江乡风物，风格清旷洒脱，意境幽远，人们赞许地称为‘惠崇小景’。他的画流传下来的极少，这幅《春江晓景》，有东坡居士的题诗，更是旷世珍品。”

钱谦益颤微微地抚拭着画上的钤印和题款，激动地朗诵起东坡的题诗来：“竹外桃花三两枝，春江水暖鸭先知……”

众弟子钦佩柳夫人渊博的学识和过人的眼力，柳如是却谦虚地说是“鹦鹉学舌而已”。这只巧嘴鹦鹉向谁学舌？众弟子没有追问，只盯住恩师发笑。牧翁回望柳夫人，心中涌起一股志满意得的自豪感。

钱谦益问瞿式耜从何得此宝，瞿式耜未开口，兀自笑了：

“去冬我到太行山狩猎，被大雪所阻，住进一家山西老爪子的客馆里。这位山西老爪子胸无点墨，又偏爱炫耀学问，闲谈时盘问我：‘司马、相如谁的学问更高？’我糊里糊涂不知他问的什么意思。他教训我说：‘司马和相如都是大才子，二人相比总会有个高低！’原来他把司马、相如当成两个人了，我只好捧着肚子大笑。后来熟悉了，知道他喜欢收集古董，在他一堆破烂中发现了这幅《春江晓景》，尽他要才要二两银子，我当即买下。这位山西老爪子，压根儿就没听说过惠崇和苏东坡，觉得一张纸卖了二两银子，还拣了个大便宜呢！”

大家听了，一阵哄堂大笑。

钱谦益收起了《惠崇小景》画轴，便与弟子谈起近日行世的新版书籍来。顾一芩忽然想起恩师的嘱托，说：

“恩师要我打听的《旧唐书》手抄本，学生已打听到了，湖州朱家珍藏，正在求售，不知恩师何时去买？”

钱谦益连连摇头。

柳如是洞悉牧翁的心态，开玩笑地说：

“夫子是只问书，不买书，如同面对美人，只看不娶。”

众人一阵大笑。

钱谦益叹一口气说：

"自从卖了那套宋椠版的《汉书》，我便无心再购书了。但积习难改，每每听到有好书上市，又蠢蠢欲动，往往引来一番伤怀。"

听说那套《汉书》被卖掉，瞿式耜感到吃惊：

"那套《汉书》，为宋椠本之冠，恩师一直视作奇珍，怎么舍得卖掉了呢？"

"是呀，那是北宋景德年间翰林院的刻本，距今已有六百年，几经战乱，这种版本留下来的微乎其微，可谓凤毛麟角了。当年花一千二百两从赵孟𫖯的后人赵文敏手中购得，我已珍藏了二十余年，遗憾的是这次建绛云楼，经费欠缺，不得不忍痛割爱，仅二百两的代价，便把它出售了。"

"二百两？太可惜了！""买家苛刻，只给二百两？"众弟子喊喊喳喳。

"买家是谁？"瞿式耜问。

"谢三宾。"

牧翁说出这个名字，绛云楼内一片骚乱，弟子们有的气愤，有的咒诅："谢三宾真不是个东西，家中豪富，还抑损老座师。"

钱谦益摇着手，长叹道：

"谢三宾没有错，只怪我太穷，床头金尽，平生第一煞风景事也。此书去我之日，殊难为怀。"

柳如是斜依在湘妃竹榻上，一言未发。她暗自琢磨：谢象三抑损老座师，是针对我柳如是来的。

这次文宴之后，钱谦益依靠绛云楼丰富的藏书，埋头披阅古籍，着手编辑《明实录》和《列朝诗选》。编辑此两部巨制，需查寻大批资料，文字校订更是繁杂，这些繁重琐屑的工作，全部由柳如是来承担。有时为了查找一字一词一条注脚，要翻阅数百本书籍，绛云楼书籍叠床架屋，某书某卷某册，柳如是随手抽拈，百无一失。析错辨讹，考异订伪，随时即可得到纠正。柳如是爱好广泛，写青山，临法帖，吟诗作词，诠释掌故，无所不精。牧翁喜欢她聪颖慧敏，有过人的悟性，引为同调，更加怜爱。

钱谦益名满海内，加上绛云楼丰富的藏书，吸引了天下无数的文人学士，众多仰慕者纷纷来访。有时牧翁精力不济或应接不暇，便委托柳如是代自己会见四面八方的来客，为学士们解难决疑。

一日，从阳羡来了两位秀才，一位姓角，另一位姓羊，在虞山圣庙设宴请钱谦益讲学。柳如是坐肩舆前往，代牧翁赴宴。角羊二位秀才，见来的不是钱宗伯，而是钱的如夫人柳如是，心中不悦，觉得钱谦益看不起小人物，酒宴中提出一些古怪的问题，刁难柳如是。先是羊秀才与柳如是联句，羊秀才出上联：

秋色十分花渐老

柳如是续下联：

蟾光千里月犹明

羊秀才又出一上联：

凤鸟自歌鸾自舞

柳如是继下联：

珍珠无价玉无瑕

羊秀才见柳如是出语不落窠臼，暗自佩服，但表面又不肯服气，问道：

"有人送我一联，为'蟫通夜抱朱丝静，脉望朝含绿字香。'学生我才疏学浅，不知此联何意，更不知此联该悬挂在哪座房子门上，请柳夫人指教。"

羊秀才暗自得意，觉得如此生僻的字眼，一个青楼出身的女子，绝不可能懂得。

柳如是微微一笑道：

"我先告诉羊秀才，请你将这副对联挂在你书房的门上。为什么？'蟫通'和'脉望'都是蠹虫，专门蛀蚀书籍的虫子，看了这副联子你就不会忘记晾晒你的书籍。"

二位秀才暗暗惊奇，心想，这位柳夫人难道真的是位扫眉才子？角秀才插上来问道：

"听说有一个词牌子叫《贯月查》，柳夫人能否给学生解释解释，是什么意思？"

柳如是颦了颦眉道：

"角秀才真的见过《贯月查》这种词牌，还是你凭空捏造？据我所知，'贯月查'是浪荡子以妓女的绣鞋为杯饮酒的一种游戏。'查'字实为'搓'字，传说尧时有巨查浮西海上，夜明昼隐，远远望去，忽大忽小，若星月出入，绕四海浮动，十二年一周天，周而复始。拿妓女弓鞋盛酒杯，依次行觞，红藻冉冉，故名'贯月查'。这与词牌毫不相干。"

柳如是一番话说得二位秀才张口语塞，坐立不安，连连夸赞柳夫人"学富五车，胜过须眉"，毕恭毕敬地向她敬酒。柳如是饮下两杯酒，坦然地说：

"二位秀才考了我半天了，我也要考考二位。就从二位的姓氏说起吧，一位姓'角'，一位姓'羊'，合在一起为'解'，我就用'解'字出上联，请二位续下联。"说着，展纸挥笔写下一联：

一杯水解了解解元之渴

角、羊二位秀才看了半天，憋得面红耳赤。

羊秀才结结巴巴地说："这一联中连续用了三个'解'字，三个'解'字叠加，念不通哇！"

柳如是嫣然一笑："三个'解'字恰恰是这上联的三只眼睛，首先必须读懂这三个'解'字。第一个应读作jiě，意思是解除；第二个应读作xiè，姓氏；第三个应读作jiè，与下边'元'字组成一个词，解元，功名的称呼，为乡试第一名。二位秀才再读上联，就很明白了。"柳如是一脸肃然地加了一句，说罢，拂袖而去。

角羊两位秀才回到客馆，当夜收拾行李悄悄跑回阳羡。自此之后，柳如是名声大震，成了遐迩闻名的女学士。

一位学士从山西远道而来，带着重礼慕名求教于钱谦益。他从衣袋中取出一张纸，纸上列出数十条生冷的词语，请钱宗伯一一指教。牧翁逐条裁答，详加论定，其中有"惜惜盐"三字，一时说不透是什么意思。这时柳如是正好从楼上下来，笑道：

"太史公腹中空空如也，竟没了学问。"指着三字说，"此三字出自古乐府，为歌行题之一。'盐'字应读作'行'，为俗音所误，以讹传讹。"

牧翁心里佩服，嘴上只好说："我老了，脑筋健忘，若像夫人这般年纪，哪里还要借助于夫人的记性？"

绛云楼经常学士荟萃，有的携了著作，有的带了疑难，杂沓而至，几乎没有虚日，一时成了江浙学子聚散之地。柳如是貂冠锦靴，羽衣霞帔，清辩泉流，雄谈蜂起，访客为之倾倒。有时外出单独参加名流雅士的文会，酬唱应和，竟日盘桓，牧翁从来没有芥蒂，高兴地向客人推荐说：

"此为我高弟，良记室也。"

有时戏称"柳儒士"或称"河东君"。

一日，钱谦益正与柳如是隔玉案对晤书稿，忽然管家报说："黄少爷到。"

钱谦益从书稿上移过眼光，见阶下站着一个熟悉的身影，惊喜地叫道：

"宗羲！"

那人步上台阶，躬身一揖，道：

"不是宗羲，是晦木拜见牧老。"

钱谦益哈哈大笑：

"怪我老眼昏花，也怪你们弟兄二人长得太相像了。"

原来黄宗羲和弟弟黄晦木模样酷似，钱谦益在恍惚间竟然弄错。

牧翁问起黄宗羲的近况，黄晦木说，他们弟兄和复社同仁连袂进京，眼下黄晦木独自从京师返回，哥哥黄宗羲与复社同仁仍逗留京中。

钱谦益虽已归隐山林，但一直关注朝中政局的变化，忙问：

"京中情事如何？"

黄晦木叹了口气：

"大概牧老还不知道，兵部尚书陈新甲被杀头了！"

"什么？"钱谦益这一惊非同小可，忙问，"什么原因？"

黄晦木缓了口气，说起陈新甲被害和周延儒贿赂皇妃的前前后后。

三年前被削职回籍的周延儒为什么会重返内阁，更升任首辅？这里面有一段鲜为人知的秘密。崇祯皇上有一宠妃，为田氏，入宫前是一名扬州"瘦马"。入宫后受皇上宠幸，进为皇贵妃，晋见时芳体如兰，美颜如玉，加之善解帝意，最邀崇祯帝欢心。罢官在家的周延儒，探得宫中内情，遂贿赂太监，通过田妃打通关节，田妃便乘机为周延儒说项。崇祯帝受了怂恿，发中旨令周延儒入朝，封为大学士，位居阁臣之首。岁首贺岁之后，崇祯帝下座长揖，礼拜周延儒道："朕以天下托先生。"周延儒手握重权后，旧病复萌，欺上瞒下，勾结太监，舞弊营私，弄得朝廷一片乌烟瘴气。兵部尚书陈新甲连上三疏，指斥周延儒剿贼不力，联合文武朝臣，重提"守备东南"的主张。周延儒生怕陈新甲威胁自己的相位，便密奏崇祯，诬陈尚书与清兵串通谋逆。崇祯帝一时糊涂，把陈新甲斩首……

黄晦木一番话，使钱谦益陷入了沉思，他暗暗思忖，自己与周延儒有同窗之谊，周延儒遭温体仁排挤被踢出内阁时，自己也曾替他说过不少好话。后来周延儒重返内阁秉政，自己曾给他写了一封长信，吹捧周延儒"含弘光大，致精识诚"，具有司马光的"诚一"，寇准的"刚断"，王旦的"安和"，韩琦的"宏博"。乞求周延儒引荐自己，希望再度被朝廷起用……现在看来，周延儒是个无耻小人，奸诈自私，根本不会提携自己。自己写给周氏的那封信，成了自己的奇耻大辱，若传扬出去，将被天下人嘲笑。钱谦益想到这里。浑身燥热，额头冒出细密的汗水，恨恨地骂了自己一句："混账！"

柳如是去善房安排了酒菜，回来见钱谦益仍呆愣地坐着，不解地说：

"夫子还在犯傻，还不快请黄公子入席？"

钱谦益这才醒悟，尴尬地一笑：

"快……"

第六章

巡江马上　桴鼓军前

25

　　继诗集《戊寅草》之后，柳如是的又一部诗集《湖上草》刊刻问世，钱柳为此兴奋不已，钱谦益捧着墨香四溢的新书称赞道：

　　"清词丽句，格调高绝，少有红闺脂粉之气，处处令我感到夫人雄健刚强、慷慨悲凉的风骨。可敬可佩！"

　　柳如是心中高兴，却装作一脸肃然的样子说：

　　"夫子满口溢美之词，难道故意扮我难堪不成？你这诗坛祭酒，为什么不给我这小人物指点指点？"

　　牧翁笑着说：

　　"《湖上草》收诗三十五首，每一首我都喜爱，可谓字字珠玑。《于忠肃祠》是掉念民族英雄于谦的诗，抚今追昔，感慨万端，可抵一篇史论。《游龙井新庵》是五言体的佳作，灵光闪烁，透露出一股游侠之气。唐人刘长卿号称'五言长城'，河东君的五言诗不亚于刘长卿……"牧翁侃侃而谈，谈罢诗作又谈尺牍，"《湖上草》中还收入了尺牍三十一通，谈论尺牍，我自感没有资格，还是才女林天素在尺牍《小引》中说得好，'琅琅数千言，艳过六朝，情深班蔡，人多奇之。'我看这评判很是确切。夫人述事达情，笔下确有六朝江鲍遗风……"

　　《湖上草》面世，给柳如是的鼓舞是巨大的，她的《梅花集句》三卷，恰在这时告竣，可谓双喜临门。钱柳正陶醉于著书立说的愉悦中，忽然族孙钱曾从南京返回，带来一个可怕消息，他匆匆闯进绛云楼，说：

"南都纷纷传言，闯贼已陷大同，不日即围京师，公公还坐在鼓里，应早早拿个主张才是。"

钱谦益一生对朝政抱有极大的热情，遗憾的是时乖运蹇，罢官、坐牢，弄得他心灰意冷，不愿再为朝政操心。大半年来，各种锥心的消息纷至沓来，心中一阵又一阵焦急，表面上却始终平静而冷漠。柳如是则不同，她一直存有几社才子们的心怀，"天下兴亡，匹夫（妇）有责。"常常是闻讯而起，激昂慷慨。这一次又是柳如是率先火爆起来，催促钱谦益"作速行动"。

正值柳如是焦灼不安的时候，黄宗羲和陈定生等几人从江北赶来，悲切地说：

"京师已陷，先帝已吊死煤山了。"

钱谦益、柳如是大为震惊，连连追问黄宗羲，这消息是真是假。黄宗羲缓了一口气，详述了京城陷落、崇祯帝殉国的经过：

甲申以来，内乱外患，已不好收拾。崇祯帝下罪己诏，朝野人心浮动。闯贼攻入山西，拼死御敌的只有山西总兵周遇吉一人，周总兵退守宁武关，大同、阳和、宣府、居庸四镇守将纷纷迎降。在宣府监军的太监杜勋，蟒玉鸣驺，出宣府三十里恭迎贼兵，李闯王遂陷昌平，焚十二陵，直扑都门。太监曹化淳开彰仪门迎贼入都，都下三大营有的降贼有的溃散。崇祯帝知大势已去，手持宝剑砍杀嫔妃多人，然后登上煤山于寿皇亭附近，自缢殉国。次日尸首被抬至东华门，但见披发覆面，身着蓝袍，光着左脚，怀中留着遗诏，说："朕凉德藐躬，上干天咎，致逆贼直逼京师，此皆诸臣误朕。朕死无面目见祖宗于地下，自去冠冕，以发覆面，任贼分裂朕尸，毋伤百姓一人……"

钱谦益、柳如是听到此处，已抽泣不能成声。黄宗羲再也说不下去，众人相对流泪，沉默无语，过了许久，钱谦益问：

"眼下京师如何？"

黄宗羲道：

"传信人离开京师那天，闯贼正搜捕在京的王公大臣，酷刑拷逼，勒索金银财宝。"

"三位皇子呢？"钱谦益焦急地问。

"皇太子慈烺，还有永王、定王，均落入贼手，不明下落。"

钱谦益叹了口气，似有所思：

"南京方面有什么动向？"

黄宗羲等人从瓜州渡江时绕过了南京，对陪都南京的情形不甚明了。黄宗羲的意思：大行皇帝自缢殉国已成事实，不论南京情形如何，当务之急应是拥立新主。

钱谦益认为，南京为太祖的开基之地，成祖以来二百四十一年间，一直是大明朝的陪都，是第二个政治中心。眼下京师被攻陷，南京自然成了大明的唯一政治中心，拥立新主理当定都南京。南京的情势如何，十分重要。

黄宗羲觉得牧翁所言极是，道：

"钱宗伯为三朝重臣、当今俊杰，在这风云骤变、天崩地坼的危难关头，应作速赶赴南京，利用您的威望，联络有识之士，挽狂澜于既倒，拯救大明朝。"

"太冲说得很有道理，夫子不必犹疑。"坐在一旁的柳如是更是急不可待。

送黄宗羲等人走后，钱谦益便行动起来，收煞文稿，封存诗作，整理书籍字画。将家中内务交给陈夫人和朱王二妾，外事交给管家张国贤。打算收拾好这些便启程赴南京。正在牧翁和柳如是忙得不可开交的时候，忽然接到忻诚伯赵之龙从南京送来的书信，信上寥寥数语，言简意赅："京师已陷，大行皇帝已经殉国，宇内恸悲。陪都臣民惶惶不可终日，史道邻（可法）已到陪都主持大计，恳请钱宗伯速赴君父之难，共商国是。"

看了赵之龙的书信，钱谦益、柳如是焦灼得浑身冒汗，一刻也不愿担搁，第二日清晨，乘坐双轮马车，匆匆登程。

三匹雪花马沿着官道飞驰，阳春的景物一掠即逝，钱谦益心中顿时升起一股以天下为务的情怀，握着柳如是的手说：

"我一生怀经世之才，遗憾的是一生坎坷，备受磨难，万没想到，桑榆之年，文才武略得以施展。我相信五年前陈子龙信中所说，'牧翁一旦处端揆，秉大政，将天下大治万民得安'，绝非妄言。"

"夫子的言论，左右着清流贤士的政治主张，这回定能展宏图、创大业，为大明中兴立万世功勋。"柳如是更是激动不已，跃跃欲试。

车过丹阳城，稍作歇息，柳如是换了一身戎装，军帽上插着长长的雉尾，腰间悬刀，跨下控马，一副雄赳赳气昂昂的样子，像昭君出塞，又像梁红玉从军。路旁的百姓见了钱柳得意忘形的样子，都感到奇怪，不知道这是何人，在干何事。

钱谦益和柳如是来到南京，直奔忻城伯赵之龙的府第。赵府在乌衣巷大宅，面对秦淮河，为历代官宦居住的地方。柳如是第一次来南京，看那波光粼粼的秦淮河，看那柳碧水清的绮丽风光，处处觉得新鲜可爱，问钱谦益道："这个乌衣巷，就是唐诗'朱雀桥边野草花，乌衣巷口夕阳斜'所说的那个乌衣巷？"

"不错，就是刘禹锡诗中所说的那个乌衣巷。可旧时王谢堂前燕，并未飞到寻常百姓家，而是飞到忻城伯赵之龙家里了。"

钱谦益似乎在卖弄自己见多识广，继续说："'谢'是指谢安，他指挥过淝水之战；'王'是指东晋开国元勋王导，他生了个赫赫有名的儿子，叫王羲之。"

听到"王羲之"这三个字，柳如是来了精神，高兴地说：

"原来乌衣巷还是个书法圣地，住在这儿的人大概都能领略书家的神韵，蘸点书圣的灵光。"说着，两人都笑了。

来到赵府，钱谦益投了名帖，忻城伯赵之龙忙出来迎接，赵之龙身量魁伟，一副雄武的模样。钱谦益将柳如是介绍给赵将军，赵之龙十分喜欢，呼出自己的美姬林玉娇与柳如是相识。这林玉娇削肩细腰，袅袅婷婷，貌若西子，一副素洁柔媚的模样。两人相互道了万福，攀谈了几句便亲热起来。柳如是比林玉娇大一岁，柳为姐，林为妹。不过半天，二人携手攀肩，已亲热得分不开了。

林玉娇命下人打扫西跨院，安排钱谦益、柳如是夫妇暂住。又在桃叶渡饭庄包下宴席，为钱柳接风洗尘。

林玉娇出身于秦淮旧院，对金陵的美姬名姝十分熟悉。席间约定第二日与柳如是一起，去拜会秦淮名妓李香、顾媚等人。

第二天一早，赵之龙叫了两顶小轿，打发两位夫人去秦淮旧院访客。自己与钱谦益去隐园，拜会兵部尚书史可法。

钱谦益和赵之龙来到隐园，见客厅已坐了许多人，有吏部尚书高弘图，礼部尚书姜日广，兵部侍郎吕大器，右都御史张慎言，詹事姜广辉，内侍韩赞周等人也在座。

钱谦益上前一一见礼，然后坐在一隅，静听诸位对时局的识见。

史可法几句开场之后，大太监韩赞周以砥柱中流的口气讲开了：大行皇帝殉国，三个皇子都下落不明，目下福王、惠王、瑞王、桂王这四位王爷，为崇祯帝的嫡亲兄弟，血缘最近，均可继承大统，无奈惠、瑞、桂三王远在西南边陲，不便拥立，只有暂居淮安的福王可以立为新君。凤阳总督马士英已发出拥戴福王的知会公文，大局已定，只能如此了……

没等韩赞周讲完，吏部尚书高弘图气愤地站了起来，说："潞王常淓也暂居淮安，为何不可立为新君？"接着，将潞王的贤德摆了七八条。

礼部尚书姜日广插言道："谁说大局已定，马士英敢逆朝野清议、一意孤行吗？再说，福王朱由崧的父亲朱常洵，在神宗爷末期，一心与太子常洛争夺皇位，引起朝廷轩然大波，先后发生了梃击、移宫、红丸三大案。如果拥立福王，很有可能要推翻大行皇帝已作了定论的三大案，势必引起天下大乱，不可收拾。"

韩赞周一脸不是一脸，烦躁地说："福王继位为弟继兄位，理所当然。潞王继位就变成了叔继侄位，史无前例。请问诸位大人，这一点将如何向国人交代？"

史可法站了起来，说："韩赞周断言，叔继侄位史无前例，我看未必。无须细论前朝，就说本朝，成祖继惠帝立国就是叔继侄位，怎能说史无前例？再说，立君当择贤明，不应专讲伦序。"

韩赞周还要争论，吕大器、姜广辉等都纷纷插言，一时大厅里乱糟糟一团，有的说福王贪婪、酗酒、淫乱；有的说福王不仁、不孝、不读书；有的说福王蹂躏下人、干预有司……将福王的劣迹恶行摆了一大堆。韩赞周气得拂袖而去。这时屈居一隅的钱谦益站了起来，他一字一顿地发表了自己的看法，他给潞王常淓总结了一句话："昭穆不远，贤明可立"。给福王由崧总结了七不宜立："贪、淫、酗酒、不孝、虐下、不读书、干预有司"。并提出由史可法出面，速致书凤阳总督马士英，使其改变拥立福王的主张。同时，护送潞王常淓来南京。

钱谦益的主张得到大家的一致赞同。

史可法立即动手修书。众人纷纷辞退，赵之龙陪钱谦益返回乌衣巷。

这时，柳如是、林玉娇已从旧院返回，钱谦益见了，忙问："怎么回事？"

　　林玉娇说："这几日旧院众姐妹都在桃叶渡演戏，只有十娘一人留守。十娘邀咱们去河亭看戏，牧翁、之龙，明儿咱们都去！"

　　"好好好，"钱谦益高兴地说，"许久不见了，正好与众姑娘见见。只是之龙不能去哟！""为何？""旧院佳丽中有的是之龙的老相好，你林夫人能不吃醋？"牧翁的戏言引起一阵大笑。

　　第二天早饭后，钱谦益、赵之龙、柳如是、林玉娇四人，乘一艘画舫向桃叶渡进发，远远便听到丝竹管弦的鸣响。登上河亭，才见里面正在演戏。吴章甫操弦，张魁官把箫，张卯官把笛，丁继之和张燕筑合串《牡丹亭•游园惊梦》。姑娘们见四位来了，忙停了戏，上来招呼。林玉娇、赵之龙、钱谦益都是老朋友，只有柳如是一人是生客，大家还不认识。林玉娇忙给众姐妹介绍：

　　"这是钱宗伯的如夫人柳如是。"

　　话音没有落地，众姑娘便欢叫起来。有的说："原来是救小宛的柳姐姐！"有的说："大名鼎鼎的女秀才到了！"有的说："柳姐姐任侠好义，出了名的红装季布！"有的说："姐姐的《戊寅草》早已传遍咱们秦淮。"……

　　珠围翠绕，一阵阵脂香粉气……柳如是只觉得眼前鬓影钗光，蝶乱蜂忙，这些花光面影，粘连在一起，一时无法分辩清楚。

　　林玉娇走上前逐一引荐：

　　这小巧玲珑、吹气如兰的是李香；

　　这玉面雪肌、嫣然面笑的是马婉容；

　　这端庄艳丽、雍容华贵的是顾横波；

　　这袅袅婷婷、风情万种的是卞玉京；

　　这纤纤媚骨、楚楚动人的是寇白门；

　　这狐媚妖冶、艳光照人的是王月；

　　这桃花流水、风骚醉人的是郑妥娘；

　　……

　　大家嘘寒问暖，热闹了一阵。李十娘招呼大家入席，柳如是在顾横波和李香中间的位置坐下，林玉娇坐在妥娘与玉京中间。钱谦益与赵之龙在另一桌坐下，由白门、王月、李大娘等几位陪着。

酒过三巡，顾横波站起来说：

"柳夫人是咱秦淮姐妹心慕的女侠，协助牧翁，救了咱们的小宛，今日相见，有缘有幸，我先敬柳姐一杯。"

因顾横波已经嫁给了合肥龚鼎孳，柳如是说一句"谢谢龚夫人"，举杯一饮而尽。接着玉京、李香、白门等都来敬酒，柳如是来者不拒，一一饮干。钱谦益不放心地说：

"如是，酒饮得太多了。"

柳如是心里舒服，笑着说：

"我今儿实在高兴，上有神灵保佑，多饮几杯也不妨事。这一杯我与众姐妹同干，从今儿起，咱们就是亲姐妹了。"

众姐妹感动，一起举酒。大家又谈了小宛与冒襄的近况，都为他们的和谐、幸福而高兴。这时戏已开场，柳如是与众姐妹一边饮酒一边看戏。

上演的剧目是《六月雪》，一身白绫的旦角嗓音悲凄哀婉，忽儿又高昂凄绝，撕天裂地：

> 没来由犯王法，不提防遭刑宪，
>
> 叫声屈动地惊天。
>
> 顷刻间游魂先赴森罗殿，
>
> 怎不将天地也生埋怨。
>
> 有日有月朝暮悬，
>
> 有鬼神掌着生死权
>
> ……

柳如是和众姐妹正听得入神，有两位公子走进河亭。前面的一位是阳羡陈定生，柳如是见过，后面的一位四十来岁，面色微黄，长须美髯，大有豪侠风度，柳如是并不认得。

台上戏已停演，众姐妹起身恭迎。两位公子向钱谦益、赵之龙躬身施礼。牧翁叫过柳夫人，给长须美髯者作了介绍，原来这位公子叫吴应箕，字次尾，贵池人，也是复社公子。陈吴二位公子在钱谦益身边落座，问起拥立新君的情形，钱谦益将头一天上午在隐园公议的情况略述了一遍，最后信心十足地说：

"不日，史尚书的书信即可抵达凤阳，谅他马士英也不敢逆六部大臣公议。"

吴应箕摇了摇头说：

"牧翁只知其一不知其二，太监韩赞周已带领一班内侍，悄悄蹓出南京，投凤阳去了。临走时放风说，江北四镇已与马士英商定，拥立福王朱由崧监国，已成定局。"

"这些，史尚书知道不知道？"钱谦益焦急地问。

"我和定生到高府时，高尚书说，他已经知道了。想来史尚书也不会不知道的。"

大概钱谦益感到局势有变，与赵之龙咕叽了几句，起身告辞。林玉娇、柳如是也别了众姐妹，随着离开了河亭。

四人回到赵府，已是傍晚时分，钱谦益与赵之龙商定，第二日去四牌楼高府拜访高弘图，看看有什么新的动向。

第二日刚用过早膳，钱谦益和赵之龙还没有动身，忽然冒辟疆、侯朝宗、顾子方、陈定生、吴应箕等五位公子来访，见礼后，牧翁简单问了问小宛的现状，便谈起了拥立新君的事情。

冒辟疆说："牧翁所言合乎情理，急难的是马士英已派出重兵护送福王到了仪征，明日即到金陵，不论史尚书还是六部大臣情愿不情愿，他一意孤行，都要按照自己的主张行事，这将如何处置？"

钱谦益听了，脸色骤变，大概他已经掂量出这件事的分量，默然不语。

侯朝宗气得脸色发青，愤愤道：

"马士英乃魏阉余孽，邪辟之人，一朝当国，贻患无穷。眼前只有一个法子对付马士英。"

众人转向侯朝宗，目光中充满了期待。

"请史尚书尽快驰书给左宁南（良玉），令其率兵东下，以抗凤阳之兵，拥立潞王。左宁南一到南都，马士英便是阴沟里的泥鳅，翻不起大浪了。"

众公子都说是"好办法"，钱谦益却连连摇头，叹了口气道：

"朝宗之言，为忠言；虽为忠言，并非智言。左宁南远在武昌，凤阳近在咫尺，朝发夕至。武昌为满洲兵南渡的要冲，左宁南东下，武昌空虚，一旦有失，南京失去了西北屏障。再则，马士英先来，左宁南后来，两虎斗于石头城下，同室操戈，本来危难的时局会更加危难，将一塌糊涂，无法收拾。众公子须三思。"

陈定生说："若史左联手，定使马士英畏惧，局势会有新的变化。"

吴应箕则说："当务之急，是史尚书用桐庐之兵，配合留都人马，捍卫南京，阻止马士英南下。国家大计，有经有权，当此危疑之际，当舍经用权，此为诸葛武侯之言。"

一直沉默的赵之龙插言道：

"留都三大营有名无实，兵员多是老弱残疾，兵械破旧不堪，哪能抵住马士英的四镇兵马？桐庐之兵远在数百里之外，那也是望梅止渴。"

钱谦益连连点头，道：

"最紧要者是维持大局。偏安未成，内乱蜂起，满洲军趁火打劫，社稷之倾覆，旋踵即至，那时是我们与史尚书一样，都成了千秋罪人。"牧翁说到这里，闭目沉思了片刻，"我想，若立福王不让士英专权，多引正人清流入阁办事，大家共济时艰。左宁南在外，为南都声援，士英必有所惮。众位公子主持清议，或者事有可为。"

这时，周仲驭策杖而来，赵之龙、钱谦益忙上前搀扶，一步步登上台阶。冒辟疆、侯方域等众公子，向周仲驭施礼问候，然后告退。

周仲驭刚刚坐下，便大骂马士英。牧翁将团结御敌、避免内讧的道理讲了一遍，周仲驭摇头叹息道：

"牧翁想法虽有道理，恐怕时局发展难遂你之所愿，到那时就悔之晚矣了！"说着，那苍老的脸上现出过分的忧凄。"喁喁喁喁……"周仲驭咳嗽不止，看来他那痰喘的老毛病又犯了。赵之龙有点害怕，忙令仆人搀扶他回家休息。三个人一起喊着：

"改日再议！改日再议！"

26

马士英带领重兵，扈拥着福王朱由崧来到了南京，复社才子和一批臣民组成"驱马队"与马士英抗衡，欲将马士英和福王逐出南都。钱谦益一连几天跑得气喘吁吁，在马士英和复社公子之间排解、疏通，总算没有闹出大乱子。史可法为了顾全大局，只得率百官恭迎福王入城。马士英一旦踏入了南京，就指使黄得功、高杰、刘泽清、刘良佐四位总兵——即所谓"江北四镇"上表劝进。五月一日福王率百官谒孝陵，三日开始在南京监国，祭告天地，哭祭崇祯，追尊为毅宗皇帝。十五日即皇帝位，正位以告天下，遂改元为弘光，明年为弘光元年。以史可法、姜日广、高弘图、王铎为大学士，召刘宗周为右都御史，马士英为东阁大学士总督凤阳，每日照常上朝，逗留在南京不去。魏阉余孽阮大铖与马士英早有勾结，献计给马士英，要援引私人，排除异己。马士英先荐张捷为吏部尚书，又荐也是阉党的杨维垣为左副都御史。李沾己为太常少卿。史可法、高弘图、姜日广联名具奏，力言不可。弘光帝不置可否，把三人的奏章留中不发。高弘图与赵之龙密议，请赵之龙提调留都营兵，举行兵谏。钱谦益极力阻止，认为那样必然酿成大祸。只盼刘宗周快快到任，也许他能打开新的局面。

高弘图叹道：

"就是刘老来了，他也没有灵丹妙药，倒是不来的好些！"

次日，刘宗周从杭州赶来，下榻于鸡鸣寺，当晚，赵之龙、钱谦益、高弘图、姜日广等都来了，大家讲了弘光朝种种内幕，刘老头子气得脸皮铁青，怒道：

"我刘宗周拼上这把老骨头，也要跟马士英碰一碰！"

姜日广道:

"宗周老兄不必争了,庸儒之主,又被权奸挟持,就算有回天之力,也无济于事!"

钱谦益却有另一种看法,他说:

"弘光朝能够偏安,大明朝得以延续,全赖诸位和衷共济,鼎力撑持,万万不可相互摩擦,自己拆自己的戏台。"

高弘图、姜日广等心中不悦,便借口有急事匆匆告别。刘宗周发了一通牢骚,也一筹莫展。

钱谦益见马士英专权,情势已无可逆转,便悄悄掉转了屁股,上书称颂马士英为一代贤相,是徐达、于谦一样的人物。马士英自然高兴,推举钱谦益为礼部尚书,兼翰林院侍读学士。就在这时,钱谦益离开了赵府,携夫人柳如是搬进了隐园尚书府。

阮大铖知道,朝中大臣皆以史可法为重,便献计马士英,以高杰、黄得功两总兵争着驻防扬州,互相争斗,须前往排解为借口,奏请史阁部赴扬州,抚绥四镇。

弘光帝立即准奏。刘宗周、高弘图等极力争辩,力阻史可法离开南京。双方相持不下,争吵不休。

史可法暗想,马士英交通内廷,笼络四镇,一旦清兵南下,将如何抵御外侮?不如趁此时出镇扬州,也许事有可为。于是出奏道"愿往。"

弘光帝甚喜,说:"史阁辅愿往,朕无忧矣。"

史可法拜表辞别,他前脚一走,随后马士英便嗾使安远候柳祚昌、司礼监李承芳,共荐阮大铖才可大用,先复光禄卿原职。廷议时满朝大哗。姜日广道:

"先帝初政,有钦定魏阉逆案,阮大铖名列其中,不可任用。"

马士英采取断然手法,请弘光帝颁发中旨,企图不经过会推便任命阮大铖入阁办事。

高弘图奏道:

"阮大铖是否可用,经过群臣会推,不是更光明正大吗?"

马士英气势汹汹地说:

"臣非徇私受贿,哪有不光明正大的道理!"

高私图当着弘光帝的面据理力争：

"何必言受贿，一付廷议，国人皆曰贤，然后任用，岂不名正言顺？"

刘宗周也向弘光帝进逼，面奏道：

"陛下若用逆党，臣决不与之同朝，庶几有面目见先帝于泉下！"

弘光温言慰谕高弘图、刘宗周等，终以阮大铖原官起复。退朝之后，高弘图、刘宗周共责姜日广，为何"不谏一言？"

姜日广凄然道：

"说有何用？事已至此，不如回家等死，免落后人唾骂。"

次日，三人上本辞官归去。他们三人一走，马士英荐张捷入阁，从此朝政皆归马阮二人手中。没几天，阮大铖就从光禄卿升为兵部右侍郎，掌握兵权。

钱谦益荐忻城伯赵之龙统领京营人马，阮大铖立即同意，并表示日后与钱谦益、赵之龙精诚合作。钱谦益受到权臣阮大铖、马士英的宠信，心里分外高兴，回到府中拉着柳如是的手说：

"你我结缡三年，日子窘迫，时时捉襟见肘，今日得到……"原想说"得到马阮的宠信"，发觉不妥，忙改口说，"得到朝廷的宠信，官复原职，你也做了尚书夫人，我愧疚的心情总算得到些许平复，总算对得起你了。"

"三年前初访半野堂时，你刚刚解狱，是个罪民。我是冲着你的才学诗文去的，可不是冲着你做礼部尚书去的。今日学士做了尚书，我叨光做了尚书夫人，自然觉得荣耀。可人的念头很奇怪，夜深人静时我常常想："南宋高宗立国，延续了一百五十二年，这弘光朝也能延续一百五十二年吗？"

钱谦益没有想到，柳如是会提出这样一个不可思议的问题，一时不好回答，良久沉默不语。柳如是继续道：

"听说马阮秉政，处处排挤仁人志士，把复社诸公子看作仇敌……"

"这话是谁说的？"

"秦淮姐妹都这么认为。"

"肯定是李香、李贞丽她们几个说的，你不必信它！"钱谦益非常认真的口气说，"李香恋着侯方域，李贞丽与陈定生交好，侯方域、陈定生、周镳这班子人，做事一贯极端，崇祯初年，他们联名发出《留都防乱公揭》，揭露了阮大铖的罪状，自此阮大铖臭名昭著，万人唾骂，只好隐藏在牛首山的祖堂寺，写他的'传奇四种'，流露出悔过之意……人的一生难免有错，总不能杜绝他悔改自新之路……"

"听说阮大铖放出口风，东林、复社，要统统捉拿下狱？"柳如是疑疑惑惑地问。

钱谦益朗声大笑：

"要说'东林'，我不是个最大的'东林'吗？要说'复社'，陈子龙不是个最大的'复社'吗？陈子龙不单是'复社'，还是几社主盟，不是照样在马士英、阮大铖手下做兵部给事中吗？"

"真的？"好久没有听到陈子龙的消息了，乍一听到，感到震惊。

"这还会假？"钱谦益讲述了马士英举荐陈子龙的经过：

陈子龙的父亲陈绣林，与马士英为同榜进士，作为老年伯的马士英，对陈子龙特别器重，弘光帝即位后，他立即举荐陈子龙入兵部任给事中，这官职虽不大，却有监察兵部诸种事务的权力……说到底，马士英也是个儒生，也是想把大明朝的事情办好的。说到这里，牧翁忽然想起了什么，以灼亮的眼光盯住柳如是，"不只子龙，还有夏允彝、李存我、宋征璧几位，都在马士英、阮大铖手下做事，大概夫人还不知道吧。"

柳如是一阵欣喜，抱住钱谦益的脖子，小心翼翼地说：

"我有一个想法，不知夫君能够同意吗？"

牧翁已经知道柳如是想说什么，爽朗地笑着说：

"只要河东君想做的事，我钱某没有不同意的。"

见牧翁如此信任自己，柳如是非常感动，说：

"我想请陈子龙、夏允彝、李存我、宋征璧等几位才子，来府上一聚，不知夫子乐意吗？"

钱谦益颔首道：

"同在一朝，同为救亡图存，理应引为知己。松江诸才子，既是我的弟子，又是夫人的故友，早该一聚，哪有不乐意的道理！"

二人说着，钱谦益拔笔濡墨，分别给陈子龙、夏允彝、李存我、宋征璧四位写了请柬，邀请他们于次日晚上来钱府一聚。钱谦益知道夏允彝与陈子龙交谊最厚，还特别在夏允彝的请柬上赘了几句话，请他邀陈子龙联袂而来。

柳如是洞悉牧翁的深意，对自己既大度又体贴，因而对牧翁更加感激，感激中增加了一层崇敬。

次日傍晚，宋征璧、李存我先后来到，接着来到的是夏允彝。夏允彝刚刚跳下马车就半开玩笑地喊起来：

"子龙开小差了，我拉一个周立勋顶替，牧翁不会见怪吧？"

"欢迎欢迎！"钱谦益降阶迎接。心中暗想，陈子龙碍着柳如是，不愿在这种场合下与自己见面，所以也没有多问什么，便招呼大家入席。

柳如是看到几社才子，特别是李存我，勾起对陆氏南园那段幸福生活的回忆，心中自然高兴；可陈子龙没来，不免又有些失望。酒过数巡，她终于按捺不住，问夏允彝道：

"子龙怎么了，难道过府来吃一杯酒也不肯吗？"

"不不不，柳夫人想错了！"夏允彝脑袋摇得像货郎鼓，"子龙与马士英闹翻了，昨日已离开南京，哪里还能来得了呀！"

在座的都感到吃惊，问是"怎么回事？"

夏允彝说，子龙对天下大势，一直有自己的独到看法，多次忤逆马士英，马阁辅常以长辈身份教训陈子龙，子龙碍着年伯的面子，退让一步，两人总算相安无事。这次纷争，是朝廷派左懋第赴北京与满清和谈引起的，陈子龙认为应该与李自成、张献忠和谈，不应该与多尔衮、多铎和谈。

众人连连摇头。钱谦益说：

"李自成、张献忠两个贼囚，灭我大明宗室，夺我大明天下，是我不共戴天的仇敌，怎么能与他们谈和？"

大家都跟着附和，大骂闯贼。只有柳如是觉得陈子龙思想深邃，"也许他别有深意"。

周立勋供职于兵部，对子龙的想法比较清楚，夏允彝请他给大家讲讲。

周立勋言语木讷，不善于辞令，磕磕巴巴地讲了半天，才讲出如下的意思：

北京失陷之前，满清的天数为一，闯贼的天数为一，大明的天数为二。那时大明的策略应该是"和清灭贼"，以二灭一，稳操胜券。眼下不同了，闯贼的天数为一，大明的天数也为一，满清的天数翻为二了。满清的策略是"和明灭贼"，仍然是以二灭一，稳操胜券。我们大明的策略应与满清针锋相对，"和贼灭清"，以二对二，争取不被满清灭掉，第二步灭掉满清……

"如此说来，子龙可谓深谋远虑。"夏允彝第一个表示赞同。

柳如是、李存我、宋征璧三人也都夸赞陈子龙不但知书，而且知兵。惟有钱谦益一言不发，只微微摇头。

周立勋又略述了陈子龙与马士英的争论：

马士英责备陈子龙说："与闯贼议和就是叛卖"。陈子龙反驳道："与闯贼议和，若说我们是叛卖，同样闯贼也是叛卖，我们将半壁江山卖给了闯贼，闯贼也将半壁江山卖给了我们，结果谁也没有贩卖给谁，就在这种所谓叛卖中收复了天下，有什么不好呢？"马士英气愤地说："就算驱逐了满清，闯贼会拱手将天下让给我们吗？"陈子龙笑着说："我们会拱手将天下让给闯贼吗？"正在争吵得不可开交时，消息传来，派往北京和谈的左懋第、陈洪范等，被清廷扣押。陈子龙气愤，连上三疏，要求朝廷速速派人与李自成联络。马士英当着皇帝的面斥责陈子龙"不可理喻"。陈子龙一气之下，拂袖而去，回了松江。

因陈子龙去职事，大家心头像压了一块什么东西，席间气氛也沉默了许多。特别是柳如是，给客人敬了一轮酒，便说身子不适，回到后堂休息。牧翁陪着大家说了一些闲话，夏允彝欲回吏部公干，李存我、宋征璧也起身告辞。

就在这时，一名侍女从后堂匆匆走了出来，拉住李存我，将一只锦盒捧到他面前，说：

"这是柳夫人送给李公子的，请收好。"

李存我打开锦盒，见里面装着一方玉篆，玉篆上刻有"问郎"二字，正是当年自己送给柳如是的定情之物，迄今仍保存得那么完好。李存我心中热乎乎的，忙将玉篆收好。默默念道："它是一段情缘的象征，我会永远珍重它，直到离开人间。"

柳如是送还"问郎"玉篆一事，不知从谁口中传扬了开去，有人写诗戏谑道：

尚书曳履上容台，燕喜南都绮席开。

闪烁珠帘光不定，双鬟捧出"问郎"来。

27

　　一天，钱谦益、柳如是去雕陵庄拜望梁慎可的母亲吴太夫人，刚刚返回，便见儿子钱孙爱与弟子郑森上前请安叩拜，原来两人刚从常熟老家赶来，带来一叠游览虞山的诗稿，还带来一大包土产。

　　这郑森是福建总兵郑芝龙的儿子，聪明好学，十五岁考取同安秀才，去年从叔父郑鸿逵来南京，在国子监中作大学生，仰钱谦益诗文大名，赴常熟拜钱谦益为师，与钱孙爱相处甚密，亲如弟兄。钱谦益非常赏识郑森的聪颖和才华，给他起名"大木"，寄予"一木支大厦"的厚望。

　　钱谦益看了二人游览虞山的诗稿，赞赏郑森的诗作"声调清奇，不染俗气，少年得此，诚天才也"。鼓励郑森，"多读多写，必成大器"。批评儿子钱孙爱的诗作"干瘦羸弱，索然寡味"。责令他"以郑森为楷模，一日试写三纸，定能取得进步"……

　　正谈论诗稿的当儿，阮府仆人送上请帖，请钱尚书和柳夫人过府看戏。柳如是犹犹豫豫，不肯前往，钱谦益连拉带劝，柳如是只得上了轿子。

　　原来，阮大铖写了一出新剧，名《燕子笺》，刚刚排练完毕，为了炫耀才华，特请钱谦益与柳如是赏鉴。因全剧太长，选"衔笺""访笺被侮"两折上演。

　　一阵笙簧齐奏，在悠扬宛转的旋律中演了一个多时辰，演出之后，阮大铖请钱宗伯和柳夫人指点赐教。钱谦益极力捧场，美言其"缠绵悱恻，一唱三叹"。柳如是也不能免俗，说了些"文采斑斓，感人肺腑"之类的话。

　　阮大铖对这简短评语不能满足，恳切地道：

　　"柳夫人才名噪江南，词翰倾一时，还请挑出拙作中的瑕疵，以期提高一步。"

　　柳如是生性豪爽，不惯于阿谀奉承，脱口而出道：

　　"阮大人的新作《燕子笺》文采斐然，称得上格调高绝。整体谋划承袭元人窠臼，无非是小姐思春，公子泛情，人物背后没有牵涉生离死别，家国痛楚，似乎觉得……"

　　"小疵，小疵，算不得什么！"钱谦益忙插上来打岔，怕柳如是再说下去。

　　阮大铖长揖到地，连说："金玉之言，金玉之言。"虽有些做作，表情倒还诚恳。

　　返回钱府后，柳如是才对钱谦益说，这阮大胡子确实有些文才，虽不像有些人吹嘘的是"当今王实甫"，总也算是剧中巧手。单从字面上看，他的《春灯谜》比他的《燕子笺》更好一些。

　　钱谦益连连点头，说：

　　"夫人的这个意思，日后见了阮大铖，可当面说给他听听。"

　　这一日钱谦益早朝回来，满面喜气，对柳如是说：

　　"夫人的《戊寅草》，阮大铖读了，见了我大加赞赏，连连叫绝。其中的《为郎画眉》《赠友人》《寒食雨夜十绝句》等，他倒背如流，令我震惊。他推崇夫人的才华，说夫人是领一代风骚的人物。几次提出要过府与夫人盘盘诗文之道。"

　　柳如是觉得，既然应邀看了他的《燕子笺》，与他谈谈诗词歌曲，也亦无不可。便问道：

　　"夫子答应他了吗？"

　　"未经夫人同意，哪里敢贸然答应？"钱谦益说，"我与阮大铖同朝共事，低头不见抬头见，他对我们非常客气，我想，有时略作应酬，也是必不可少的。"

　　柳如是点头答应，钱谦益说：

　　"阮大铖奉旨巡阅江防，准备誓师北伐，要做一番惊天动地的事业，临行前我准备为他设宴，夫人如果觉得可以，不妨出席作陪。"

　　柳如是暗自琢磨，既是同朝做事，又同是文坛奇才，过去已经有了交往，设宴饯行也在情理之中，也就答应了。

过了两日，钱谦益邀请阮大铖过府作客，柳如是打扮一新，热情接待这位当朝权臣。阮大铖喜得双眼眯成一条缝儿，极尽恭维之能事。

"今日柳夫人明艳妩媚，有林下风致，比上次看戏时更漂亮了，难怪人们说，柳夫人名倾都下，举国神往。"

钱谦益抢过话茬说：

"阮大人学兼文武，更擅词曲，现《燕子笺》，领略了阮大人的文才，不久的将来，即可瞻谒阮大人的武功。吾朝有了阮大人这块柱国之石，可谓福祚绵长，可喜可庆！"

柳如是亲自指挥侍女摆上酒菜，请阮大铖入席，坐了上首。钱、柳分坐两旁作陪。

酒过数巡，阮大铖提起自己的《春灯谜》，柳如是诚恳地赞扬了几句，钱谦益极力怂恿柳夫人唱一节向阮大人请教。柳如是不好推却，敲了两下玉磬，金声玉振，唱了《春灯谜》中的一段。阮大铖以象牙扇轻轻打着拍子，摇头晃脑地欣赏着，陶醉于自己的杰作之中。他屈居金陵一隅许多年，第一次遇到了知音。人们常说"得意忘形"，阮大胡子已忘了自己兵部右侍郎的身份，一会儿抚琴，一会儿吹箫。柳如是在悠扬宛转的旋律烘托中，舒展歌喉，唱了一曲又一曲。钱谦益坐在一旁，眼巴巴地看着阮、柳二人一唱一和，打得火热，极尽弹丝吹竹之乐。钱谦益枯坐一旁，偶尔凑点乐趣，拾个落笑，心里还酸溜溜的不是滋味，用"心是主人身是客"一句来描述牧翁此时此刻的心境，可以说惟妙惟肖，再贴切也不过的了。

阮大铖一次又一次为柳如是精彩的演唱叫好，最后向门外的侍从打了一声招呼，侍从立即将礼品捧了上来。

阮大铖打开礼盒，原来里面是一顶价值连城的珍珠冠，数十颗珍珠闪闪发光，如同满天星斗，当顶一颗珍珠大如鸽卵，红如旭日。钱谦益和柳如是都感到吃惊，连说：

"如此珍贵的礼物实在不敢收受。"

阮大铖一脸真诚地说：

"钱宗伯和柳夫人，既是我的知己，又是我的知音，阮某区区薄礼，只为表一份真诚，二位忍心拒绝这份诚意吗？"

柳如是有些犹豫，不知如何是好。钱谦益受宠若惊，满脸堆笑：

"恭敬不如从命，多谢阮大人盛情。"

钱谦益鞠躬点头，再三向阮大铖致谢，吩咐柳如是将珍珠赤金冠收下，同时示意她移席靠阮大铖更近些。柳如是捧起酒壶，给阮钱二人斟满了酒，钱谦益恭敬地举起酒杯说：

"阮公奉旨巡视江防，必然士气大振，长江天险得以巩固，不日挥师北伐，收复失土，我大明朝得以中兴，阮公大功大德，万人共仰！"

"钱尚书所说，正是阮某之所想。眼前最大的困扰是士气低迷，缺乏压倒敌军的威势。阮某我有一个想法——"说到这里，阮大铖拎起酒壶，给柳如是斟满一杯酒，凝视片刻，道：

"老夫想请柳夫人助一臂之力，不知夫人能答应否？"

"若能鼓励将士的勇气，为国杀敌，不要说一臂之力，就是赴汤蹈火，我柳如是也毫不迟疑。"柳夫人双目圆睁，眉宇间透出一股英气。

"如果没有记错的话，钱大人有'闺中病妇思忧国'的诗句，今日看来，果是传神。知柳夫人者，惟钱大人也。"阮大铖朗笑一声，"好，两天后我请夫人走马军中，桴鼓阵前。将士们目睹夫人如此心忧天下，能不军心大振！"

柳如是猛然站起，将杯中的酒一饮而尽，表示愿为将士助威。

当天晚上，阮大铖下达了巡视江防的命令，为柳如是参加长江阅兵作充分的准备。阮大铖为了炫耀自己的威风，安排庞大的阅兵仪仗。

晴空万里，长江在阳光下发出隐隐地雷阵，柳如是一身戎装，脚蹬黑色马靴，肩披大红锦绣斗篷，凤冠上插着长长的雉尾，完全是当年梁红玉击鼓战金兵的打扮。胯下一匹枣红马，英姿飒爽地走在队伍的前面。

阮大铖骑一匹雪花马，锦衣素裤，装扮出一副威风凛凛的气势，招摇过市。一街两巷的百姓指指点点，窃窃私语，他们弄不清这队奇异的人马表演的是什么节目。

仪仗队来到江边，柳如是收辔缓行，昂首挺胸，纵目打量着滔滔涌流的长江，新奇感、豪迈感控制了全身，那汹涌而下、摧枯拉朽的激流，一股脑儿撞入胸中，顿时涌起无限豪情。阮大铖催马赶上来，对柳如是说：

"燕子矶就在眼前，此处地势险要，是扼守金陵的门户，碉堡掩体，遍布矶上，配有数百门火炮，随时可在江上撒下一张火网，纵然北兵千帆竞发，也教它葬身于火海。"

矶上官兵持枪背刀，列队伫立，等候兵部大臣前来巡阅。

礼炮二十四响，轰天震地，接着鼓乐齐鸣，阅兵开始。阮大铖陪着柳如是登上一座临时搭起的检阅台，值令官站在一旁，令旗一指，三千名兵士手操大刀，有节奏地挥舞起来，一招一式，瞬息万变，随着令旗的摆动，变幻出各种阵式。这时，从燕子矶背后绕出来两队尖兵，一律短打，腰间挎刀，手中持剑，上身披着红坎肩子，红坎肩子上绣着三个白色大字："敢死队"。这批敢死队共有八百名，在令旗的指挥下，表演了柔韧的梅花剑法，又表演了刚劲的长蛇剑法。执令官突然旋动令旗，敢死队一个个右脚卷起，左脚拄地，拉出金鸡独立的架势，长剑指天，忽忽旋转，柳如是和阮大铖屹立高台，远远望去，像是无数个红色的陀螺，在脚下旋转。令旗凌空劈下，八百名敢死队员"唰"地跪下，高呼：

"阮大人指挥，百战百胜！阮大人指挥，百战百胜！……"

阮大铖趾高气扬，喜形于色，右手高高举起，斜指天空，向敢死队致意。这时呼喊声如海啸山崩，形成了高潮，步兵操练完毕，便轮到海军。

江面上骤然一阵隆隆巨响，二十艘战舰点火起锚，湛蓝的海天浓烟滚滚，一面面旗帜升起，在浓烟水雾中猎猎飘扬。这时芦苇中驶出一只五六丈长的大木筏，木筏上站着两排草人，一律清军服饰，脖子上盘着又粗又长的辫子。木筏在距检阅台最近的地方停了下来，一名水师军官将一张弓三支箭捧到阮大铖面前，阮大铖援弓搭箭，连射三箭，三箭均射中了木筏上的清军。矶上矶下，欢声雷动。这时木筏迅速顺流而下，驶向远方。令旗斜刺里一举，二十艘战舰"轰隆隆"开动，"嗵！嗵！嗵！……"一起向木筏上的清军开炮，远处的木筏上爆开一朵又一朵烟云火光。为这壮观的场面所感动，柳如是快步下了检阅台，乘小船登上一艘战舰，豪情满怀，举起了一双巨大的鼓槌，攒足力气，擂响鼙鼓，鼓声震撼着江面，震撼着云天。柳如是一身穿戴擂鼓的架势，与击鼓战金兵的梁红玉一模一样，毫无二致。顿时，鼙鼓轰鸣，将士的呐喊和火炮的怒吼，汇成一片，响彻江面海天。柳如是激动得潸然泪下，跃动着身躯，为将士的豪勇而欢呼。

正在紧张的当口，一匹乌骓马驮着一名将士飞驰而来，到了检阅台前，将士跃下马背，匆匆登上检阅台，单膝跪在阮大铖面前，高喊"十万火急！"从腰间解下信囊，双手捧到阮大铖面前。

阮大铖拆开信函，匆匆看了一遍，脸色骤变，对执令官说：

"阅兵结束，各归本营。"转身走下检阅台，招呼柳如是和仪仗队，上马返回。

一路上柳如是心里腌臜囊囊，总觉得有什么事情发生，又不好多问。回到钱府，牧翁才告诉她，睢州总兵许定国叛变了，杀了徐州总兵高杰，带二十万兵马，投降多铎去了。

好比一盆冷水泼到了火热的心窝里，柳如是激情顿时低落下来，半天才问道：

"朝廷有什么打算？"

钱谦益叹了口气：

"阮胡子夸夸其谈，纸上谈兵，毫无用处。马士英也只能用谎言糊弄大家了。"

两人相对而愁，心绪像这浓云密布的夜色一般，越来越黯淡。

门人禀报，说有村姑要见钱大人和柳夫人。已是更深，怎么会有村姑来访？两人都感到奇怪。命门人将村姑带到客厅，细看，原来是李香。柳如是忙问：

"香君妹妹，为何打扮成这般模样？"

李香满心惊恐地说：

"柳姐姐，钱宗伯，你们还被蒙在鼓里，外面出了大事了，周镳被阮大铖派人抓走了。红衣缇骑四处捕人，扬言要把复社的众公子统统抓起来，众姐妹都吓坏了。"

"侯公子呢？"柳如是问。

李香回头往身后望了望，惊恐万状的样子：

"侯公子正藏在我那儿呢。"

"冒辟疆他们呢？"

"按照约定，午后复社公子在莲花桥定生家里聚会。方域刚到定生门口，顶头看见周镳公子被捕，便侧身藏入小酒馆里。众公子大都已经逃脱，只有冒公子、吴公子下落不明……"

钱谦益沉吟良久，疑疑惑惑地说：

"是阮大铖干的吗？不见得吧！"

"那些红衣缇骑说得清清楚楚：奉阮大人之命。"李香说。

钱谦益轻轻摇着头：

"到什么时候了，他阮大铖还兴党狱？这不可能。"

柳如是是个急性子：

"你老夫子瞎估摸有啥用，明儿到阮府去一趟不就明白了？"

钱谦益点头同意。柳如是送李香回秦淮旧院。

次日一早，钱谦益乘轿来到阮大铖官邸，见礼毕，问起抓捕复社领袖周镳的事情，阮大铖哈哈大笑，捉住钱谦益的双手说：

"牧翁，这样的话别人相信，您也会相信吗？复社公子是出类拔萃的精英人物，是国家的栋梁，我怎么会捕杀他们呢？这是心怀叵测者挑拨复社公子起来攻击老夫。"

钱谦益诚恳地点了点头：

"眼前满兵虎视京门，覆巢之下安有完卵？大家以大局为重，捐弃一切前嫌，共同对敌，哪能再兴党争？我相信阮大人是有这个雅量的。"

"钱尚书所言，正是阮某所想，请钱大人不要听那些不三不四的传言，闹出一些误会。"

阮大铖满脸肃然。

"不过"，钱谦益心中仍不踏实，"这两日红衣缇骑四处抓人，不知为了何事？"

"噢——是抓了几个人，都是打、砸、抢分子，与复社公子毫不相干。再说，复社中极少数人，若做出以上坏事，他就不是复社公子了，就是罪犯了——"阮大铖没再说下去，言外之意，抓捕罪犯，理所当然。

钱谦益觉得，阮大铖话中有话，耐人琢磨，所谓打、砸、抢分子，本身就含意不清，不伦不类，凭自己官场的经验可以断定，这往往就是残害异己的借口。便以直言进谏的口气对阮大铖说：

"十年前周镳、吴应箕、黄宗羲等，发出《留都防乱公揭》，对阮大人确有过火之处，当时他们都很年轻，阮大人应把他们看作几个调皮的孩子，一笑置之。这样，才显出阮大人雅量通怀，有利于征服人心，有利于团结各派力量，救亡图存。再退一百步说，若阮大人非报复他们不可，眼下也不是个时候，若眼下动手，实为不智之举，无异于自己给自己拆台。"

"言重了，钱尚书言重了。"阮大铖拍着胸脯说，"过去的事我已忘得一干二净，永远不会再提它了，阮某我一不会报复，二不会兴党狱，请钱宗伯放心好了！"

"既然如此，我冒昧问一句，被抓捕的人中到底有没有周镳？请阮大人给我一个实底。"钱谦益真诚地说。

"没有，绝对没有！"阮大铖说话非常果断又非常认真。

钱谦益脸上露出了笑容，他相信阮大铖的话，而且真心实意地相信，因为他确信，身居兵部侍郎高位的阮大铖，是不能胡言乱语的。

钱谦益回到自己的府邸，见了柳如是的第一句话便是："抓捕周镳纯属谣言。"接着催逼柳夫人快快去见李香，请李香和侯方域放心。柳如是自然高兴，立即乘轿去媚香楼，将好消息告诉了香君和妥娘等人。众姐妹转悲为喜，把柳大姐狠狠地夸了一番。

当天晚上，媚香楼的侍女送来李香一封亲笔信，信上九个字："十万火急，请柳姐速来。"柳如是赶到媚香楼，香君和婉容、妥娘等都不在，只有香君的假母李贞丽守着门户，李贞丽抓住柳如是的手，抽抽噎噎哭起来：

"柳夫人，快去看看吧，周镳周公子被阮大铖杀害了。"

柳如是惊得面色苍白，她不敢相信这是事实，忙问：

"谁说的？可是真的？"

"尸体停在桃叶渡，香君、婉容、妥娘等众姐妹都在那儿，快去看看吧。"李贞丽揩着眼泪。

"侯公子呢？"柳如是焦灼地问。

李贞丽眼里闪着惊恐的泪光，往门外瞅了瞅，小声说：

"逃了，都逃了，不知道能不能脱身，下落还不清楚。"

柳如是痴痴地站了一阵，不知道说什么才好，她不想去桃叶渡看望周镳的尸体，更不愿去看香君等众姐妹痛苦悲伤的面容……乘了小轿，返回钱府，见了钱谦益，劈头盖脸地就是一顿大吵：

"阮大铖不会行报复，阮大铖不会兴党狱，这可是夫子你说的？周镳的尸体停在桃叶渡，快去看看吧！你，你……"柳如是一时气得说不出话来。

钱谦益听了这可怕的消息，如五雷轰顶，呆呆地坐在那儿，木雕泥塑一般，许久没有说出一句话来。

柳如是见他低头耷脑、痛心疾首的样子，心底又涌起一股同情和怜悯，沏了一杯热茶，捧到牧翁手上。

钱谦益翻眼看了看柳夫人，依旧垂下头，许久，自言自语地说：

"我活在夹缝中，只能毕生痛苦。"

仕与隐，清与浊，他的灵魂一直没能摆脱两难的痛苦，世人没有谁能够理解他，只有柳如是隐隐触摸到了一点什么，一时还说不清楚。

从这一天起，钱谦益告病，一连数日没有上朝。

第七章

清水汨罗　取义全节

28

钱谦益卧病期间，噩耗纷至沓来，一会儿说江北四镇已经降清，一会儿说多铎率清军从天长、六合长驱而来，直指扬州……一个又一个败亡的消息使钱谦益焦灼不安，彻夜难以成眠，幸有柳如是陪侍榻前，心绪才略略平复了些。四月二十五日凌晨，天刚蒙蒙亮，门阍领进一个人来，衣衫褴缕，面目黧黑，跨进门槛就呜噎着说：

"扬州已破，史督师殉国了！"

这时，钱谦益和柳如是才认出是冒襄。忙扶他坐下，询问史阁部败亡的经过。

原来，清军围困扬州时，扬州城内的兵民大都逃散，各镇兵马无一个来援，只有总兵刘肇基从白河赶来赴急，刘部仅仅四百人马，杯水车薪，又有什么用处？待多铎挥师攻城，驻防城外的李栖凤等，不战先降。史督师坚守孤城十几日，面对多铎的五封诱降信皆不启封，誓死不降。直到四月二十四日，城中粮械尽绝，小北门被清军攻破，刘肇基巷战身亡，史督师自刎不死，被一参将拥出小东门，大喊"我就是史可法！"遂被清兵捉住。清兵押史督师见多铎，多铎说："先生为我收拾江南，一定封你高官。"史督师断然回答："我头可断，而志不可夺！"多铎又劝道："君不见洪承畴？降清则富贵。"史督师轻蔑地说："洪承畴之所为，卑劣至极，我当能仿效？！我早已下定决心，城亡我亡！"

冒辟疆含着泪说：

"史督师殉国，南都不保，钱宗伯要早作准备才是。"

钱谦益叹一口气说：

"准备和不准备都是一样，看来大明朝的气数尽了。"含泪拉住冒襄的手说，"快回如皋吧，早早安排小宛的行止，大家也放心了。"

冒辟疆告辞，在守将刘孔昭的帮助下，渡江返回如皋。

南京城内各种消息不胫而走，人们窃窃私语，无法辨别哪条是真哪条是假。五月八日，钱谦益上朝，力谏都城南迁，马士英等毫不理睬。五月十日，弘光帝命令紧闭南京各城门，传旨缙绅家眷不准出城。钱谦益照常上朝，见朝廷空无一人。问一位内侍，才知道弘光帝正在内殿看戏，由大太监韩赞周、屈尚志、田成陪着，一边饮酒，一边搂着优伶调笑。钱谦益有些气愤，调头回府，独自坐在书房生气。气愤稍有平息，又放心不下，第二日早早起来上朝，路过马士英的府邸，见马府大门洞开，往日的威严已不复存在，只见侍女和仆人忙乱一团，搬运衣物箱笼。钱谦益心头"忐忑"一声，知道形势不妙，匆匆赶往宫廷。远远看见宫里宫外乱乱窜窜，宫门已无兵丁把守，尽是些仓皇奔走的宫女。钱谦益呆呆地望着，心中暗暗说道："跑了，他们都跑了！"市井百姓结伙成群拥进宫廷，有的背衣物，有的扛桌椅，有的抱了一大抱字画，还有两人将金銮殿前面的一口大水缸推滚出宫门，大概他们把水缸上的镀铜，真的当成金子了。这些人谁也不吭一声，仿佛都是哑人。这突然的变局使钱谦益产生了一种错觉，觉得自己是一个道地的局外人，眼前的一切，与自己没有任何关系，过去没有，现在也没有，自己只是一个茫然的旁观者，在观看一场哑剧。

一个熟悉的面孔闪现在眼前，原来是侍膳的小太监。钱谦益一把抓住他，悄悄问："圣上到哪里去了？"

小太监见是钱尚书，便惊恐地将钱谦益拉到僻静处，说：

"昨夜二鼓，皇上带着嫔妃和侍卫，从通济门出走。接着马阁辅奉太后追赶。他们奔哪儿去了，就不知道了。"

早已料到的厄运终于来到眼前，钱谦益头脑嗡嗡发响，他已记不清楚，是怎样回到府中的，他踉踉跄跄撞进前厅，一把抓住柳夫人的手说：

"完了，一切都完了！"

这一夜，钱谦益和柳如是都没有睡。钱谦益从卧室走到书房，又从书房走到卧室，不知道做什么才好。俗话说，树倒猢狲散，国已亡，家必破，下一步路将如何走？难道人生之路已到了尽头？柳如是静静地躺着，虽没有一句话，大脑却如同一个咕噜噜转动的车轮，她回忆自己这半生走过的道路，向世俗搏击过，向命运抗争过，面对种种压力和迫害，从来没有屈服过，从来没有退缩过。眼前困难当头，生死迫在眉睫，应该怎么处置？

一缕晨曦抹上花窗，窗前的桐树上几只鸟儿喳喳地叫着，那琉璃质的空气中，撒一把清脆的鸟声，更加显得清新纯净。柳如是走出卧房，玉屑般的鸟音洗漱着全身，沉重的思想顿时化为乌有。一股幽幽的花香钻入鼻孔，她深深地吸了一口清凉，轻轻地说：

"五月的时光多么美好啊！"

她走过了清水间，开始了洗漱，精心地梳洗打扮。高高的发髻上，金簪翠钿，洁白如玉的腮边，一朵火红的石榴花摇曳颤动。换了一身素雅的裙衫，收拾得整整齐齐，洁美素净，坐到妆台前打量着镜子中的自己，自言自语地说："唔，我来到这个世界上已经二十七个春秋，怎么还是如此鲜美，如此妩媚动人？"

柳如是命厨师做了一桌精美的菜肴，摆到湖边的凉亭里，亲自请来夫君钱谦益，两人对面饮酒。

柳夫人鬓边的石榴花鲜洁耀眼，招惹得钱谦益心中一动，眼前骤然划过了一道曦光，他轻轻握住夫人的手：

"夫人如九天仙子，比往日任何时候都娇媚动人，老夫我真的有点按捺不住了。"

柳如是与钱谦益碰杯，一饮而尽，深情地说：

"妾飘泊半生，能得夫君相知相爱，此生足矣。本该与夫君相扶相挽，走过桑榆之年，现在看来，已不可能了……"

"今日夫人说出如此伤感的话，不知为了什么？"

柳如是捧起一杯酒送到钱谦益面前，郑重地说：

"宋代诗人文天祥有一句话：人生自古谁无死，留取丹心照汗青。如今清兵入室，国难当头，名节重过生命，宜取义大节，以副盛名。院中一池清水，可比汨罗，妾愿与夫君同效屈子，死而无憾！来，妾与夫君同干一杯，以壮行色！"

　　出乎柳如是的意料，钱谦益没有激昂慷慨的表白，甚至连任何明确的反应也没有。其实，他内心矛盾重重，心情极为复杂。夫人深明大义，决心为国难而死，作为东林巨子的他怎能不深受感动！同时，面对死亡他又怀有无限的恐惧。他羡慕文天祥，羡慕史可法，羡慕那些节烈名士，但一想到明晃晃的屠刀便浑身战栗。他没有胆量饮下这杯血酒。默默放下手中的杯子，两行热泪涌了出来，伤心地说：

　　"感谢夫人生死相随，成全我的名节，老夫垂暮之年，死何足惜，可惜的是夫人青春年少，风华正茂，舍身殉难，精神可嘉，只是我于心不忍……"

　　"夫君的心情我是理解的。"柳如是说到这里，有些伤感，眼眶里湿漉漉溢满了泪水，"古人云，夫妻好比同林鸟，不求同生，但求同死。蒙夫君深情厚爱，夫妻同赴国难，这是妾最大的幸福，妾已心满意足了。"

　　夫妻二人默默地喝完了一壶酒，相扶相持走出凉亭，来到湖边，柳如是给钱谦益整了整衣领，说：

　　"夫君，跳吧！"

　　钱谦益没有纵身跳入湖中，而是伸出一只脚在湖水里试了试，随即又蜷了回来。柳如是见他畏畏缩缩的样子，催促说：

　　"夫君应当珍惜自己的清望，不能在史册中留下污名。闭起眼睛，大胆地跳吧！"

　　钱谦益面露难色，吞吞吐吐地说：

　　"水……水太凉，我……我不能下去……"

　　柳如是长长地叹了一口气，她感到失望，不愿再多说什么，她甩下宽大的外衣，正欲奋身投入湖中，钱谦益抢上来抱住了她，紧紧地将她抱在怀中：

　　"夫人！夫人……"

　　钱谦益被柳如是视死如归的精神吓坏了，脸皮变成了一张黄纸。

　　柳如是挣扎着，无论如何也难以挣脱，最终只能倒在钱谦益的怀中。

　　假山下的泉水呜呜咽咽地流淌着，榴花纷纷坠地，给世间一片悲伤的殷红。湖边凄凄寒柳在风中哀吟，一竿指天的青竹在无声中折损，淌着青青的竹泪。柳如是无可奈何，紧紧抱着钱谦益痛苦地呜咽起来。钱谦益老泪纵横，更增加了无限悲哀和凄楚。

钱谦益病倒了，卧病在床苦苦思索。他既然不想死，想来想去惟一的道路是向清军投降。"红粉情多青史轻"，正是牧翁晚年人格的概括。

五月十三日，大学士王铎、忻城伯赵之龙，一起来见钱谦益，说："多铎已率清军渡江，为免南都像扬州那样，被清军的屠刀血洗，只有率百姓纳降。"

钱谦益思索了半天说：

"我们蒙失节之羞，换来南都生灵免遭涂炭，也是值得的，既如此，只能忍辱负重了。"

五月十五日，文官以王铎、钱谦益为首，武官以赵之龙为首，文武两大僚统，大开洪武门，百官献册，行四拜礼，以南京城向多铎迎降。多铎端坐马上俯视降臣，骄横跋扈不可一世。五月十六日晨，多铎在原弘光朝宫殿接受文武百官朝贺，完全是一副号令天下的姿态。

降将赵之龙逼迫南京百姓家家设香案，黄纸书写"大清国皇帝万万岁！"供在高处，表示俯首接受"大清"的统治。

南都降官纷纷向多铎敬献厚礼，礼品动辄价值万两。钱谦益为表示自己廉洁，送的礼品最薄。礼单上写着：

太子太保礼部尚书兼翰林院学士臣钱谦益百叩首谨启一页

计开鎏金壶一具　　珐琅银壶一具

蟠龙玉杯一进　　宋制玉杯一进

天鹿犀杯一进

……

顺治二年五月二十六日太子太保礼部尚书兼翰林院学士臣钱谦益

钱谦益自奉礼单前往清豫王府，叩首阶下，一副乞怜的样子，向多铎陈说降意，多铎十分高兴，问候了几句，忽然想起一件事，说：

"明宫中设有'掖庭'，是何意思？你是礼部尚书，应该懂得。"

"'掖庭'是宫中外殿与内宫的夹缝地带，是宫女或乐伎居住的地方。"钱谦益暗想，多铎在勒索馈赠时，忽然提到"掖庭"，内中定有深意，忙说，"不久前南朝诏选的十名美女，现住在春风楼，个个是江南奇葩，现敬献给豫亲王爷，以愉悦王爷精神。"

多铎喜得眼睛眯成一条缝，抚着钱谦益的脊背：

"钱爱卿对大清忠心不二，其诚可鉴，本王定奏明皇上，给予嘉奖！"

得到了多铎的夸奖，钱谦益受宠若惊，与王铎、赵之龙这几个亡国之臣，为迎降日夜忙得不亦乐乎！往日办事不是乘车便是坐轿，现在颠着两脚跑，一天跑下来累得直哎哟。柳如是搀他躺在藤椅上，一方面给他捶腰，一方面不服气地说：

"迎降迎降，这是造的什么孽哟！给百姓迎来个瘟神！听听百姓怎么说的吧：'敞开玄武门，家家作顺民。烧了大明宫，扒了祖宗坟。留发不留头，惨杀几千人……'"

从通济门起，以大中桥北为界，兵居东半城，民居西半城，东半城的百姓被迫连夜搬迁，提男抱女，哀号满路。搬迁稍迟，刀枪之下立时毙命。说到这里，柳如是更加气愤：

"率禽兽食人，人将自食，这不单是亡国，同时又是亡天下……"

尽管柳如是气话说了一大堆，钱谦益一句话也不说，既不恼怒，也不争辩，只管木痴痴地坐在那儿，像是发生了什么病症，又像是失去了知觉。只有一点是明显的，他的饭量减少了许多。柳如是安排厨师，给夫子做些可口的，尽量使他多吃些。

这一日，钱谦益突然说"头皮瘙痒"。柳如是立即醒悟，盯了他一眼说：

"大概是想留头不想留发吧，何必放屁拉桌子，遮着呢？"

钱谦益在夜幕的掩护下，悄悄来到李家剃头铺子，剃去了"明朝的头"，留起了"清朝的辫"。柳如是看着他那根拖在脑勺后的细细的猪尾巴，直觉得阵阵恶心。

五月二十五日午后，族孙钱曾气喘吁吁地跑进客厅，说：

"皇上回来了，皇上回来了！"

钱谦益、柳如是齐声问：

"谁回来了？"

"弘光皇帝回来了，被刘良佐押着，从中华门进城，我出中华门时，顶头碰上他们……"钱曾说着，眼中闪着奇异的光芒。

几天前，多铎召见降臣时，曾说已派遣降将刘良佐去追赶弘光帝，万万没有想到，刘良佐这个孽瘴，真的把皇上给追回来了，这一下还不要了他的小命！想到这里，钱谦益关切地问：

"皇上怎么样？你看清楚了没有？"

"看清楚了。"钱曾说，"皇上乘坐黑色小轿，因没挂轿幔，我看得清清楚楚。他身穿蓝布衣，头上蒙着一块青色包头，双手拿着一把油纸扇子，遮住脸面。两名妃子骑着毛驴跟在轿后。沿途百姓争相观看，有人向他吐唾沫，有人大骂'昏君'，有人还向他扔砖头砸坷垃……"

"可怜，可怜，何必如此呢！"钱谦益连连叹了几口气。

柳如是意味深长地说：

"这位亡国之君，今日重见南都百姓，不知作何感想？"

钱曾摇了摇头，说：

"他没有羞耻，也不知道难过，嘻嘻笑着，东张西望。只向轿边的兵士问了一句'马士英现在何处？'"

"不成器的东西，不知死了是鬼！"柳如是骂了一句。

三个人都不说话了，客厅里一阵悲凉和凄楚。

次日，多铎发令，允许南明降臣到清军营中，探看被拘禁的弘光皇帝。

钱谦益来到时，正好大学士王铎先到一步，他立而不跪，戟指着弘光帝大喊大叫，骂弘光沉沦酒色，醉生梦死，等等，叱骂了一通，扬长而去。钱谦益则是另一番模样，他踉踉跄跄赶到弘光帝面前，喊了声"陛下"，便忍不住失声痛哭起来，在故主面前长跪不起，弘光帝拉拉钱谦益的手悲悲切切地说：

"钱爱卿救陛下。"

钱谦益老泪纵横地说：

"臣子忍辱负重，不顾名节之累，与清廷合作，以保全天下百姓，陛下也不能怪罪臣子了……"

直到清军将弘光帝押进内宅，钱谦益还跪在那儿哭泣不止。

29

弘光朝倾覆，南京改为江宁府。六月五日清廷传出赐令：凡江南降臣俱开列履历，分别注册，送入北京，等待清廷录用。

钱谦益日夜盼望北京早日传来佳音，可新主子的嘉奖委任迟迟不见到来。此时他最为艳羡的便是降清明将洪承畴，身为清廷内院大学士，又挂"招抚南方总军务大学士"印，红得发紫，热得烫人，钦羡之余，觉得自己也要像洪承畴那样，为清廷招抚南方出一把力，以博得清廷赏识，以期重用。找来自己的亲信周荃，指使周荃到多铎那里献计，说吴越一带百姓性情温顺，像软软的水田那样，不需诉诸武力，即可轻而易举地平定江南。还授意周荃，向多铎献上一串名单，这些均为一方名人，可担任安抚江南的使命。他还亲自起草了安抚苏州的文告：

> 大兵东下，百万生灵尽齑粉。招谕之举，未知合郡士民，以为是乎非
> 乎？便乎不便乎？有智者能辨之矣。如果能尽忠殉节，不听招谕，亦非我之
> 所能强也。聊以一片苦心与士民共白之而已。

钱谦益提醒人们，"招谕之举"也不失为一条出路。内心还潜藏着向清廷献媚以换取重用的诡计，这是别人不易看透的。这点上，看得最清楚的莫过于柳夫人。

一日，钱谦益偕柳如是返回常熟老家，同游拂水山庄，他见一处石涧流泉清澈可爱，便脱掉鞋袜想到泉水中洗脚，却又怕水深不敢向前。柳如是站在一旁冷冷地笑了一声，说：

"这是一泓泉水沟渠，夫子以为是秦淮河吗？怎么忽然有了如此壮举？"

柳如是口吻中充满了嘲讽和鄙视，钱谦益面红耳赤，讷讷的无言以对。

不论柳如是嘲讽还是劝说，钱谦益仍没有丝毫回心转意，反而一意孤行。六月初，写信给常熟知县曹元芳进行劝降，招降父母之邦，念念不忘的是自己祖上撒下的那一份产业。当柳如是谴责他时，他难过地垂下头，许久才说：

"我默默承受了人们对我'自毁晚节'的谴责和非难，换来的是家乡父老的存活和安全，我有羞耻也有自豪。别人不理解我，难道夫人也不理解我吗？"

柳如是气他恨他，又为他难过，张了张嘴欲言又止，泪水盈溢在眼眶里，没能说出一个字来。

嘉定三屠的悲惨消息传来之后，八月中旬又传来松江起义失败的消息：李存我守松江东门，城破后自缢身亡；陈子龙和徐三公子战死，夏允彝赋绝命诗投水自尽……败亡的消息如一把又一把冰冷的剑，刺穿柳如是的心。她泪流满面，默默饮泣，极度的痛苦将她击倒，她再也爬不起来了。

卧病中的柳如是得到了钱谦益的热心关怀和百般照顾，延医诊病，煎药喂药，柳如是精神慢慢好转，不久，便能下床活动了。

柳如是病愈之后，与钱谦益同游苏州。第一天游览了几处园林，第二日游览虎丘山。钱谦益穿了一件小领大袖、样式特别的外衣，刚刚走到白塔下，旁边过来一位苏州学人，钱谦益只觉得眼熟，一时记不清这人是谁，这苏州学人却认出了大名鼎鼎的钱谦益，便紧赶几步追上来，问道：

"请问钱宗伯，您这衣服是哪朝风格？"

钱谦益一时窘迫，面颊发烧，又要故作潇洒，强颜戏谑道：

"小领示我尊重当朝之制，大袖则是不忘先朝之意。"

那学人听了，哈哈大笑起来，不无讥讽地说：

"哦，钱大人确为两朝'领袖'，失敬失敬。"

钱谦益极力遮掩心中的羞愧，只能讪讪地陪着发笑。

顺治三年（1646）正月，在焦灼中期待许久的钱谦益，终于等来了"喜讯"，清廷任命他为礼部侍郎，管秘书院事，充修明史副总裁。钱谦益早就有志于修史，人们常说"虞山尚在，国史犹未死也。"眼下清廷任命他为修明史副总裁，符合他的宿愿，他是非常高兴的。

柳如是坚决反对钱谦益为清廷作奴，再三提醒他要恪守名教节义，"已经是一只脚陷进烂泥塘里了，不要再把另一只脚也踏进去。"

钱谦益心中充满了种种矛盾，但是不可遏止的政治热情怂恿着他，使他决计北上进京就任。

按照清廷的规定，降臣被任命新职之后，都要进京朝拜新主，之后方可上任，降臣的妻妾可随同进京。柳如是不肯随钱谦益进京，尽管钱谦益苦苦劝说，磨破了嘴唇，柳如是毫不动摇，执意独留金陵，决不作清廷命妇。

钱谦益进京后，遭遇的景况与自己想象的完全不同，降臣的屈辱感和落寞感，使他心中充满了痛苦。这时，他接到陈夫人的一封来信，便以身体有恙为由，辞职告退。顺治三年六月，钱谦益在北京待了半年之后，回到南京。

这时候，柳如是正遭受陈夫人和两位小妾的攻击，社会上也有人将一盆盆脏水泼到柳如是身上。柳如是独坐灯下，面容憔悴，一副惨然可怜的模样。钱谦益见了，心头一阵疼痛，觉得自己负了这位美人，小心翼翼地问道：

"夫人，你病了，还是在生气？"

"一个被人认作有罪之人，还敢生什么气？"柳如是一直不肯抬头。

钱谦益坐到柳如是身边，抚着她的肩膀，悲伤地说：

"夫人瘦多了，都是我害了夫人，若说有罪，我才是个罪人。"

柳如是心头一阵感动，觉得有股热流冲上来，堵住了喉咙，好大一会才缓缓地说：

"妾身若有对不起夫君的地方，甘愿听候处置！"

内疚和悔恨挤压着钱谦益的心，他痛苦地说：

"在国家危亡之际，夫人高风亮节，从容赴义；我身为一个大丈夫，却贪生怕死，屈膝投降，我自愧不如夫人。夫人即使有闺房私情又何足挂齿，何况又是子虚乌有，纯系宵小诬陷！"

柳如是禁不住热泪潸潸，流了满脸，她一把捉住钱谦益，呜呜咽咽地哭了起来。钱谦益吮着夫人咸咸的泪水，同时自己的泪珠又滴到夫人的脸上，两个人哭成了一团儿。

"夫君豁达大度，不拘儿女小节，妾平生遇此知己，深感安慰。"柳如是一边哭着一边说着。

钱谦益满脸屈辱满面凄苦地说：

"夫人风标节义，是我毕生的楷模，我不如夫人。"

柳如是命侍女摆好香案，两人跪在香案前，卧室里顿时充满神圣肃穆的气氛，她一字一句地说：

"天下知我者，莫过于夫君一人；而天下知夫君者，也惟妾身一人。我愿与夫君一起对天盟誓，永远相亲相爱，竭尽心力，报亡国之恨，雪屈辱之耻。"

钱谦益挺了挺腰杆，肩膀端得高高地说：

"多谢夫人指点，让我们夫妻同心同德，报仇雪耻，以谢天下。"

从这一天，钱柳和好如初，精神重新振作起来。

这年的秋天，钱谦益和柳如是为实现誓言，决定离开南京返回常熟。钱谦益既有降清失节的悔恨，又有反清复明的向往，途中亲眼看到昔日锦绣江南，金瓯破碎，遍地疮痍，心中充满了悲愤，降清之悔与日俱增，暗下决心，投入到民众反清复明斗争中去，以挽回失节之羞。

路径无锡，钱柳看到街头处处张贴着通缉要犯黄毓祺，一簇簇人群围着观看。布告上写着：

江阴贡生黄毓祺，参与守城之役，城破后逃脱。黄犯实冥顽不化，纠合党徒，传檄四方，正阴谋起兵，此实属逆天行事，江南士绅百姓勿受蛊惑。

有将该犯缉拿归案者，赏银五仟两。

钱柳二人看了布告，暗暗吃惊，黄毓祺是钱谦益的密友，从前曾多次到半野堂晤谈。柳如是早在松江陆氏南园时就曾见过他，对他人品和学业一直十分仰慕。钱柳默默走出了无锡城，心中充满了忧虑和激动，忧虑的是黄毓祺的处境，激动的是人心未死，抗清的烈火并未熄灭。

钱谦益南归"养病"之后，清廷为了笼络人心，专门降旨命江南巡抚土国宝赴钱府探望，并将康复情况奏报朝廷。当时土国宝驻扎苏州，钱柳路经苏州，前往巡抚衙门作礼节性的拜会，恰又碰上土国宝的生日，钱谦益赋《赠土开府诞日》七律三首，以示祝贺。

在土国宝安排下，钱柳在苏州拙政园小住数日。一天，二人同游虎丘山，剑池旁边的生公石前，围着许多游人，正在观看题写在石头上的一首诗。这时，一个疯和尚跑过来，高声喊道：

"这首诗是赠给我钱宗伯的，快闪开，让钱大人来看看！"

钱谦益有些疑惑，上次游虎丘时，一名学人曾以他小领大袖的外衣讥笑他，这一次不知又要出什么事情，忙拉了拉柳如是，想赶快离开。可柳如是已经钻入围观的人群，见生公石上清清楚楚写着一首七言律诗：

> 入洛纷纷兴太浓，莼鲈此日又相逢。
>
> 黑头早已羞江总，青史何曾用蔡邕。
>
> 昔去幸宽沉白马，今归应愧卖卢龙。
>
> 最怜攀折章台柳，憔悴西风问阿侬。

这时钱谦益已经凑了上来，站在柳夫人身边，他看着诗中的戏谑和讥讽，如同冷箭直穿心胸，又羞又愧，更怕有人会认出自己。柳如是则不同，她觉得这诗流露出的风韵，是那么亲切和熟悉，从风格上看，定然属于几社才子一派。忙问围观的众人，这诗是谁写的。

围观者中一个瘦子说：

"一个疯和尚。"

柳如是暗想，宋辕文做了清廷新宠，李雯也在北京做官，陈子龙、夏允彝、李存我等几位，早已离开了人世，这疯和尚能是谁呢？

钱谦益不愿在这首诗跟前逗留，拉起柳如是返回。二人走下虎丘，拐进一条小巷，柳如是觉得，身后有一个脚步声始终跟着自己。回头见是生公石前跟自己答话的那个瘦骨伶仃的男子，心中有些害怕。那男子展颜一笑，小声诵出几句词来：

> 念飘零何处，烟水相闻。欲梦故人憔悴，依稀只隔楚山云。无过是，怨
> 花伤柳，一样怕黄昏。

这是陈子龙《满江红·送别》中的几句，柳如是太熟悉了，她善意地向瘦子点了

点头，那瘦子跟上几步，悄声说：

"还记得学生徐稼禾吗？"

柳如是脑海中立即闪出坐在徐孚远车上的那个瘦瘦的孩子，万万没想到，几年不见，已经长成了大男子，只是依旧那么瘦弱。

柳夫人忙给牧翁介绍，然后叫了一辆马车，三人一同返回拙政园。

柳如是和钱谦益将徐稼禾引进住室，徐稼禾的第一句话便是"陈子龙还活着"。

柳如是和钱益同时"啊"了一声，这消息太出乎意料了。

"那疯和尚就是陈子龙？"柳如是问。

徐稼禾点了点头，接着叙述了陈子龙死里逃生的经过。

八月三日松江陷落，陈子龙在西郊被围，一身数处受伤，躺在死人堆里装作尸体，直到深夜才也逃到昆山。夏允彝为名节而自杀，陈子龙舍不得丢下八十多岁的祖母而活着。从昆山逃至嘉善水月庵出家避难。改名信衷、瓢粟，四处颠沛流离。今年年初，祖母去世，他对祖母尽了一份孝心后，便参加了太湖白头军起义，起义失败后，又装扮成一个穷僧模样来往于苏州、常州各古刹中……"眼下陈子龙联络很广泛，我就是他在苏州的眼线……"

陈子龙还活着，还在为反清复明大业而斗争，这消息令柳如是既高兴又难过。她叮嘱徐稼禾，要为陈子龙的行动保密，转告对他的问候，祝福他平安活着，壮志得酬。钱谦益虽一言未发，陈子龙英武义烈的行动，使他内心深处佩服、景仰，相比之下，自己显得多么卑鄙和猥琐。

钱柳离开苏州，回到了常熟。钱谦益忙着料理家族中的种种纠纷，柳如是因一路风寒，身子不适，独自搬到白茆红豆山庄居住，理气调养。

白茆为长江口岸的一个大镇。红豆山庄位于常熟城外三十里的白茆镇，原为钱谦益外公顾氏的家产，此山庄处于荒原茂林之中，充满田园涧溪的野趣，院内长着一棵古老的红豆树，因而得名。柳如是一方面在幽静的山庄隐居养病，另一方面探听探听抗清复明志士的消息。

这年冬天，大雪来得分外早，一向少雪的江南，白皑皑的一望无际，秀丽犷达的红豆山庄，突然变得林寒涧肃，充满一股肃杀之气。傍晚漫天扬着雪花，柳如是正偎在炭盆边烤火，女佣领进一个人来，由于满头满身积雪，只觉得是个浑身白花花的活物，毛茸茸的令人生畏。待那人抖去衣帽上的积雪，柳如是惊喊出声来：

"啊！黄先生——"

来人"嘘"了一声，柳如是立即闭口。原来来人正是清军通缉捉拿的要犯黄毓祺。

柳如是既惊又喜，把黄毓祺拉到火炉边烤火取暖，吩咐厨娘做了几个小菜，又温了一壶酒，让黄先生吃酒驱寒。黄毓祺一边吃酒，一边讲了清军血洗江阴的惨状：

小小江阴城，守城八十日，清军借用大炮和豪雨将小北门攻破，起义领袖阎应元身中数箭，投入水中，清军将他拽出，他骂不绝口，被清军剁成数段。满城男女没有一个人投降。清军见人就杀，城外被杀军民七万余人，城内被杀多达九万余人，尸体堆积如山，堵塞街巷，血流染红城池几十里……黄毓祺两处中箭、三处刀伤，与徒弟邓起西躲到宝塔顶上，才侥幸保全性命……

柳如是满含泪水，举起一杯酒说：

"祭奠江阴死难的烈士，祭奠一切抗清死难的英灵！"说着，双手将酒杯举过头顶，然后洒在地上。

黄毓祺非常激动，说："夫人明大义，高风标，毓祺我冒死来访，看来是做对了。"接着谈了松江、常州共同起义的计划，眼前最困难的是缺乏军饷，黄毓祺此次来访的目的，"是请柳夫人和钱宗伯给予资助。"

"忠义不容辞，理当尽其所能。"柳如是充满激情地说，"明日我请夫子来山庄，和先生面商。"

第二天，钱谦益冒着风雪来到红豆山庄，见柳如是神情安然地坐在火炉边读诗，觉得夫人想乘着难得的雪景，要自己来山庄吟诗作画吧，所以一踏进门槛，便吟出两句诗来：

"青峰多壮伟，举起千尺雪。"

放下手中的《离骚》，柳如是一边给钱谦益掸身上的雪花，一边说：

"壮伟的不在天边，正在厢房里等着夫子呢！"

钱谦益懵懵懂懂，一时弄不清什么意思。这时黄毓祺走进客厅，拱手说：

"扰了牧翁的清雅，罪过，罪过！"

钱谦益感到愕然，怔了一下，立即笑着说：

"唔，原来壮伟的不是披雪而来，而是披着通缉令而来，难道不怕我钱某告密吗？"

"来者不惧，惧者不来，难道红豆山庄不是最安全的地方吗？" 黄毓祺也笑了起来。

柳如是摆上酒菜，三人一边饮酒一边密谈。黄毓祺讲了准备再起义的计划，希望牧翁在军需上给予支持。钱谦益听了，皱起眉头，许久没有说话。这几年钱府库存空虚，常常捉襟见肘。在钱谦益犯难的当儿，柳夫人悄悄走回卧室，将已经准备好的首饰匣子捧了出来，对黄毓祺说：

"这儿有一颗猫儿眼，还有几颗南海珠，另外是翡翠项链、金首饰，值数千金，献给义军作饷，聊表我们夫妻一点心意。"

钱谦益忙起来，抢先接过首饰匣，对黄毓祺说：

"我正苦于囊中羞涩，多亏夫人深明大义，捐出自己的首饰，其实是为我解决了一个难题。从今之后，我当积极筹措，为复明大业尽自己的所能。"说罢，将首饰匣交给了黄毓祺。

黄毓祺深深地致谢。三张脸上洋溢着笑容。

自从钱谦益降清，柳如是一直心情忧郁，闷闷不乐，故国旧都之哀痛，无以排解。两年多来，难以见到一丝笑容。今天是她最舒心最快乐的时候，也是她笑得最艳美的时候。牧翁的诗句"争得三年才一笑"，是此刻最恰当的写照。

黄毓祺从红豆山庄走后，便经常派人前来联系，红豆山庄成了义军秘密联络的据点，柳如是不时地为义军传递蜡书，参与起义的准备工作。钱谦益也全力支持柳如是的这些活动。

按照预定的计划，黄毓祺于顺治四年三月十五日，率领水师从海上直达白茆港。五县义军同时起事，联手攻打常州。同一天黄斌卿也亲帅舟山水师援助松江，得手后直逼苏州，掀起一次大规模的救亡运动。

三月十四日的晚上，在钱谦益的支持下，柳如是乘船去海上犒劳水师。

　　柳如是激情满怀，带着犒师的各种食品，与两名侍从登舟扬帆，乘着月光在大江上漂流，扑向宽阔的大海。她想，虽不能在万军丛中桴鼓杀敌，能在惊涛骇浪中鼓舞士气，也应是撼动人心的壮举。正在柳如是激情高涨的时候，突然海上刮起了飓风，一排排巨浪，如同一列又一列高墙，铺天盖地般压来，风头搅着海水"嘶嘶"地啸叫着，船桅折断，如同折断一根麦秆，刹那间折成数截。十丈大帆如同一片树叶，"吱溜溜"飞得无影无踪。柳如是乘坐的帆船，及时驶入港湾，才得以保全。船上的人浑身衣服都被海水湿透，夜寒风冷，一个个冻得缩成冰蛋。柳如是焦急地盯视大海，期盼着舟山水师安然无恙地到来。她在彻骨的寒冷中伫立着，期待着，直到夜半仍不见任何动静。船老大估计水师的船队，要么中途返航，要么遇难沉没，安全到来的希望已经没有了。

　　飓风渐渐平息，船老大发现，影影绰绰有人在水上泅游，立即招呼大家营救，打捞起来的十几个人中，正巧就有黄毓祺，柳如是被这突如其来的变化惊呆了。

　　黄毓祺被抬进船舱，灌下两碗姜汤，才慢慢醒过来，看见柳如是坐在自己身边，两行热泪"唰"地流了下来，使劲地说出一句话：

　　"天不助我也！"

　　三月十三日的晚上，舟山水师的座主黄斌卿突然改变了注意，不愿发兵松江，黄毓祺见事已至此，只得率领自己的一营水师数百人，从舟山出发。船队行至长江口时，飓风大作，摇天撼地，船只大都在浪中撞碎沉没。黄毓祺侥幸抓住一块船板，漂流了半夜，才得以获救。

　　黄毓祺和几位得救的水兵，在柳如是等人的照顾下稍作休息，便换乘小船赶往常州，要在傍晚前到达预定的地点，与五县义士会合，共同起事。

　　怀着悲痛，也怀着希望，柳如是回到红豆山庄，与钱谦益一起，惦记着五县义士起义的消息，惦记着黄毓祺的安危……

30

　　三月下旬，正是江南春雨绵绵的日子，一天早晨，毛毛细雨渐停，钱谦益坐在佛堂里诵经，忽听人喊马嘶，一片嘈杂。众多清军包围了钱府，领队的军官与几名军士冲进前厅，喝问道：

　　"谁是钱谦益？"

　　钱谦益站起来，一字一顿地说：

　　"本朝礼部侍郎钱谦益在此。"

　　军官抽出盖着朱红大印的逮捕令，高声朗读：

　　　　钱谦益从逆谋反，着即捕拿归案候审。

　　军士如狼似虎，给钱谦益戴上了手铐。

　　"这是陷害，我冤枉，我冤枉……"一任钱谦益大声喊叫，清军不理不睬。

　　这突如其来的劫难，把钱府搅得一片混乱。陈夫人、朱王二妾，都是上不得台面的人物，哪里经得住这种阵势，愈急愈是没有办法，只会哭泣。牧翁的儿子钱孙爱，天性懦弱，早吓得瑟瑟发抖，一筹莫展，根本不敢上前。

　　自从经受那场海上飓风之后，柳如是就浑身酸疼，骨节发软，一直躺在床上养病。这时听到逮捕牧翁的消息，折身起来，快步来到前厅，迎着那军官说：

　　"将军一路劳累，请稍稍歇息。"忙令家人摆酒设宴。

　　那军官不屑地说：

　　"我们公务在身，少啰唆！"

"请诸位喝杯茶,妾有几句话向将军禀报。"柳如是转身拿出几锭白银塞到军官手里。

军官收了银子,脸面即刻软了下来,话头也平和了许多,问柳如是有什么要求。

柳如是说:

"妾也没有过分要求,老爷一向身子孱弱,衣食起居常年要人照料,妾欲随行照顾老爷,请将军恩准。"

军官觉得这也符合常理,并不过分,便点头答应。

柳如是抱病随行,从夫赴难,钱谦益感动得老泪纵横,坚决阻止柳夫人从行:

"夫人弱柳之质,又在病中。怎能经得一路风霜雨露、长途跋涉之苦?我蒙冤赴难,自信有苍天救助。再说,老夫残年余生,死不足惜,望夫人千万不要前往。"

柳如是主意已定,不论钱谦益如何劝阻,也无济于事。她简单地收拾了一个包袱,陪牧翁上路。在清军的呵斥声中,紧握住牧翁戴铁铐的手,一刻也不离开。她一路小心翼翼,处处照顾着牧翁。钱谦益受了柳夫人的感染,胆子也渐渐壮了起来,谈笑自若。远行的马车在坎坷的泥路上"咯咯噔噔"地响着,在颠簸中前进。柳如是的心比马车颠动得更厉害,这次去南京与三年前去南京大不相同,三年前是礼部尚书夫人,满身荣耀;今天是谋逆罪犯之妻,满身晦气。尽管处境大不相同,柳如是的心却同样充满激动和振奋。走在清兵的刀刃之下,为自己的丈夫分担痛苦和忧愁,她更感到自豪和幸福。柳夫人紧紧靠在丈夫身边,滚烫的手将一股巨大的力量,源源不绝地输入钱谦益的心中。

钱谦益被关进刑部监狱,等候审讯。柳如是日夜不息地穿行在金陵的大街小巷,拜访钱谦益的亲朋好友及学生,寻求解救的门路。

赵之龙的小妾林玉娇,是弘光朝时柳如是交的密友之一。柳如是到南京之后,立即向林玉娇通了消息。林玉娇非常热情,亲自将柳如是接入赵府,设宴款待。酒宴中柳如是述说了牧翁被捕的前前后后,林玉娇对柳如是的勇气和真情十分佩服,并尽力给予帮助。

林玉娇说,此时在南京的最高权要为洪承畴,仅次于洪承畴的是三省总督马国柱,她的丈夫赵之龙虽曾带头迎降,但一直不受重用,在洪承畴面前说不进话去。

柳如是愁眉不展，有谁能疏通这个关节呢？林玉娇忽然想起一个人来，他就是兵备使梁慎可。

梁慎可与洪承畴同为万历四十三年举人，有乡试同年之谊，现在洪承畴幕府，是洪最为信赖的人物。同时与马国柱交往甚多，互为依重。

打探到这条线索，柳如是非常高兴，因为梁慎可的父亲、祖父，与钱谦益都有来往，两家称得上三代世交。三年前在南京时，两家多有照应。梁慎可的母亲吴太夫人一向很喜欢柳如是，眼下吴太夫人虽然年事颇高，仍然主持家政。想到这里，柳如是立即展纸濡笔，给吴太夫人写了一封信。

别后三年，南都金陵物是人非，触景生情悲从衷来。丈夫钱谦益沉入冤海，柳如是胸中充塞着无限凄苦，加之她一杆妙笔，因而这封信写得声泪俱下，哀婉动人。吴太夫人读了柳如是的这封信，深受感动，当天派人将柳如是接入雕陵庄梁府。

正值吴太夫人的七十寿诞，为了取得梁母的欢心，柳如是用了两天时间，悉心创作了一幅《福寿图》，献到吴太夫人面前。吴太夫人满心欢喜，将柳如是请到自己的住室谈心。

柳如是不施脂粉，一身素绸淡妆，一副淡雅凄楚的模样。吴太夫人拉住她的手，长长地叹了一口气说：

"先夫在世，与牧翁交好多年，最佩服牧翁的才学。谁料牧翁今日遭此不幸，真令人难过。最是夫人花柳之质，长途跋涉，冒死从行，实为难能可贵。"

"多谢太夫人的关爱。"柳如是凄凄艾艾地说，"妾夫年老多病，乞假还乡，不问世事，近年来一心向佛，遁入空门。谁料奸人作祟，无端遭受飞来之祸，蒙受奇冤。妾辗转反侧，夜不成寝，思来想去，只有代夫一死，如若代死不成，则从夫同死，只求梁大人帮助，将妾的上书呈给洪督师。妾虽九死，也感谢不尽了。"

吴太夫人感动得溢出两眶泪水，抚着柳如是的肩膀说：

"不要太伤感了，牧翁会得救的。"她一方面厚待柳如是，一方面反复叮嘱儿子，要想方设法营救钱谦益。

梁慎可是个孝子，对母命一向不敢违拗，这件事虽然棘手，也只得老着脸向洪承畴求情。不几天梁慎可转告柳如是，牧翁能否得救，还要看黄毓祺的口供如何。

原来常州起义失败，黄毓祺潜往江北，匿居通州法宝寺，后移居友人薛继周家中，与部下接头，部下张纯一、张士俊丧尽天良，叛卖告密，将黄毓祺的行踪泄露给了乡绅盛名儒，盛名儒欲乘此机会将世仇薛继周全家抄斩，便连夜向官府密报。

顺治五年（1648）二月，凤阳巡抚陈之龙率清军突然包围了薛继周的宅院，同时查抄了法宝寺。搜出了明总督印及反清诗词。黄毓祺被捕，下海陵狱，后又移至广陵狱中。

黄毓祺一案株连甚广，钱谦益因几次留黄毓祺避居家中被盛名儒告发。

刑部开堂审讯，严刑拷打，逼黄毓祺招出钱谦益参与谋反的实情。黄毓祺一口咬定："我乃旧国孤臣，复明义士，钱谦益变节逆降，乃新朝显贵，像他这种逆子贰臣，黄某嗤之以鼻，怎会与他来往？"无论狱吏如何使用酷刑，黄毓祺坚贞不屈，孤胆豪情，他写下绝命诗道：

> 人间忠孝本寻常，墙壁为心铁石肠。
>
> 拟向虚空擎日月，曾于梦幻历冰霜。
>
> 檐头百里青音吼，狮子千寻白乳长。
>
> 示幻不妨为厉鬼，云期风马昼飞扬。

几天之后，黄毓祺绝食而死。

自从黄毓祺被捕，黄的大弟子邓起西一直潜伏于南京，试图营救其恩师出狱。得知黄毓祺绝食而死，柳如是立即与邓起西联系，请他注意盛名儒的动向，设法阻止他到刑部对质。作为钱谦益谋逆一案的最先告发人盛名儒，必须到刑部对质，方可判定钱谦益的罪名。盛名儒接刑部传票来到南京，住在一家小旅店中，还未来得及到刑部对质，就被邓起西盯上了。

这天夜里，邓起西穿一身夜行衣，乌靴乌帽，扎得头紧脚跷，偷偷拨开盛名儒住室的窗户，一阵轻风般窜了进去。盛名儒正在灯下读书，只见眼前一道黑影，一条大汉如铁塔般立在自己的面前，手执两把腰刀，放射着寒光，双目炯炯，咄咄逼人。

盛名儒吓了一跳，手中的书本早扔在了地上。

"盛名儒！"黑汉声音沉雄，如同巨钟，"你活得腻烦了吧？你诬告钱谦益谋反，你是个坏了良心的孬种！"

"我……我……没有诬告……"盛名儒战战兢兢，不知道怎样说才好。

黑汉晃了晃手中的钢刀：

"当年，张汉儒诬告钱谦益，结果丢了性命，你不会不知道吧？如果你胆敢去刑部对质，立刻就会有人来砍你的脑袋。"

盛名儒"哂"地跪在黑汉面前：

"请大人高抬贵手，指……指一条活路。"

"今夜你就离开南京，远走高飞，隐姓埋名，便可得到一条生路。如不听话，霎时教你的脑袋搬家！"黑汉说罢，一股清风般窜出了窗子。

盛名儒擦干额上的汗水，凝思了片刻，当夜收拾东西，悄没声息地离开了南京。

钱谦益谋逆一案，刑部无法取证，一筹莫展。柳如是抓住这个机会，乘探监的当儿悄悄指点钱谦益，要钱谦益上书辨冤。钱牧斋上书说：

> 此前供职内院，邀沐恩荣，图报不遑，况年已七十，奄奄余息，动履藉
> 人扶掖，岂有它念？

加上梁慎可从中说情，一再为钱谦益开脱，洪承畴与刑部合议，上书清廷，得到清廷的允准，将钱谦益无罪开释。

此后，钱谦益作《梁母吴太夫人寿序》，谈及柳如是寄居雕陵庄一事，对柳如是徒行赴难、以智相救的壮举，大加赞许。

四十多天的监狱生活，钱谦益刻骨铭心，终生不忘，直到晚年他在诗中还写道："桃花春流亡国恨，槐花秋踏故宫烟。"

柳如是为营救钱谦益，付出了巨大的努力，显示了她的智勇和毅力。经过这次磨难，钱谦益、柳如是抗清复明之志不但没有受挫，反而更加坚强了。

31

　　钱谦益出狱之后，尚在被管制之中，即所谓"颂系"。他与柳夫人来到了苏州，这时牧翁的好友吴梅村正在巡抚土国宝幕中，由于吴梅村的关系，钱谦益与柳夫人寄居于拙政园。

　　四月初钱谦益被捕入狱，那时柳如是已怀孕近六个月，因忙着解救牧翁的狱难，柳如是已顾不得腹中的胎儿，整日东奔西跑，颠踬流离。住进拙政园之后，日子安稳多了，觉得腹部迅速膨胀起来，四肢瘫软，行动也变得困难，牧翁惊惊乍乍，过了两个多月，安然无恙地产下一个女儿。这是钱柳结缡后七年的杰作，人高兴得深夜不能入睡，望着怀中的宁馨儿，钱柳两颗冰冷的心顿时融化在幸福的温泉里。一天清早，钱谦益正准备给爱妻购买早点，见一高个子女人挑着两筐青菜走来，放下担子，径直走进屋里，脱下毛蓝褂，抹下头上花毛巾，柳如是认清了来人，惊叫道："徐稼禾，出了什么事？"徐稼禾落座后双手抱住脑袋痛苦地道："子龙殁啦！"在钱柳的惊惶中徐稼禾述说了陈子龙落难的经过：白头军起义失败后，陈子龙辗转苏州常州各古刹，与江左各驻军中的义士联络，策动降清的军队暴动，以期与南方抗清的鲁王相呼应。万万没有想到，传递蜡书的田秉胜突然被捕，交待出兵变的主谋为陈子龙，来不及出逃的陈子龙在嘉定被清军捉拿。

　　清军大帅巴山、操江都御史陈锦、江南巡抚土国宝，齐集松江府大堂，对陈子龙进行审讯。

　　操江都御史陈锦首先发问：

"陈子龙，你为什么造反？"

陈子龙镇定自若，说：

"错了！我没有一兵一卒，怎么造反？"

陈锦说：

"你接受鲁王的命令，身为七省总督，那还不是造反吗？"

陈子龙哈哈大笑：

"又错了！本朝只有七省总漕，没有七省总督，监国的圣旨要我总督义师，我因祖母病逝，有三年之丧，因此没有出兵。"

陈锦恼羞成怒，喝道：

"你是七省总督，人人皆知，为何还要辩护？"

陈子龙淡淡一笑：

"七省总督要杀，义师总督就不要杀吗？我要把话说清楚，这并不是辩护。"

清军大帅巴山责问陈子龙：

"你为何不剃发？"

陈子龙说：

"身为汉人，我只遵循汉人的习俗。剃发是对祖宗的背叛，保留头发可以见先帝于地下。"

陈子龙越说越激动，官话中夹杂着松江方言，大堂上三个问官，无论是建州的满族人巴山，还是变节的汉官陈锦、土国宝，都听不懂他说的是些什么，审讯无法进行下去。巴山等只好把陈子龙捆绑起来，放进船舱，准备押送南京，再作处理。

押送陈子龙的船只停泊在距松江不远的跨塘桥下，大概陈子龙留恋家乡，不愿做异地的孤魂野鬼，他见舱中只有一个清兵看守，便运足力气，把捆绑双臂的绳索挣断。

清兵看守大喊了一声：

"快来人呀，陈子龙逃跑啦——"

喊声没有落地，被陈子龙一掌劈死，等甲板上的兵丁涌入船舱时，陈子龙已撞破百叶窗跃身投入水中。清兵纷纷跃入水中，一顿饭的工夫方才捞出陈子龙的尸体。清军指挥官气得头脸发青,割下陈子龙的头颅悬挂在船首虎头牌上,将尸体抛入河中。

周立勋、徐孚远带领几名弟子,将陈子龙的尸体捞了回来,安葬在陈氏墓地。

陈子龙死得如此凄惨,这情景如利箭穿刺着柳如是的心,她要到松江去,去看一看陈子龙的墓地,去看一看那血染的山水。

钱谦益抓住柳如是的手,深情地说:

"去吧,夫人放心地去吧,孩子我会照顾好的。"

柳如是在徐稼禾引领下,从姑苏码头登船往松江进发,一路波击浪涌,柳如是的思绪正如这滔滔滚动的河水,翻腾不息。她忆起乘画舫到陈眉公师傅那儿拜寿的情景,就是那一次初识陈子龙,冥冥中像有一根红线牵引着,把自己牵到陈子龙身边,进而结识了众多几社才子,改变了自己的人生道路。特别是那座小红楼,珍藏着自己与陈子龙金子般的爱情,那是一生中最为销魂的时刻,没有这段狂热的爱情,人生将不成其人生,美好将不成其美好;没有这样一段狂热的爱情,不论他有多大权力和多少财富,人生将不成其为幸福的人生。

傍晚,客船经过横云山,柳如是突然想到十三年前的秋天,离开小红楼移居在此,因思念陈子龙病了一场,中秋月圆时曾写一首诗《八月十五夜》,怀念陈子龙。日月轮回,已经四千七百多个圆周,这首诗还是那么新鲜,还是那么活跃,一字字跃上自己的心头,她马上展纸秉笔,把这首一直活跃在心头的诗抄录下来:

> 涤风初去见迁芳,招有深冥隐桂芒。
>
> 翠鸟趾离终不发,绮花人向越然凉。
>
> 莲鱼窈窕浮虚涧,烟柳沉沉拂淡篁。
>
> 已近清萍初霏漭,秋藤何傲亦能苍。

她还清楚地记得,写这首诗时,正住在横云山下李雯的别墅里。

第二日清晨,徐嫁禾引领柳如是弃船登岸,逶迤来到陈子龙墓地,荒野里一堆大冈,大冈向阳的一面垅起大大小小的坟冢,一个刚刚添了些新土的坟冢前插了一个木牌,白木牌上写着"陈子龙先生之墓"七个黑字,柳如是扑过去,抱住木牌,哀哀地痛哭起来。一边哭泣,一边将昨天录下的那首诗稿,与冥钱一齐焚化,心中暗暗祈祷,祝愿陈子龙的英灵长眠于地下,得到安息。

从小红楼中的恩爱，到祭奠亡灵的悲痛，柳如是深切感到了人生旅途中的莫大遗憾和凄凉。在这国破家亡之时，她进一步领悟到陈子龙人格的魅力，敬佩他的风标和气节。

离开了陈氏墓地，柳如是绕道松江，拜访几社才子。徐孚远热情地接待了她，当她问及其他友人时，徐孚远表情凄楚，他说：

"待问战死，允彝满门殉节，立勋、致远、彭宾等，均已流亡他乡。还有谁呢？"他想了许久才说，"见见李雯吧。"

提起李雯，柳如是想起他飞动的才气和斑斓的文采。崇祯八年，自己离开小红楼与陈子龙分手，李雯曾写一首诗《题内家杨氏楼》，至今仍依稀记得：

> 微雨微烟咽不流，南窗北窗锁翠浮。
>
> 涛声夜带鱼龙势，水气朝昏鸿雁秋。
>
> 归浦月明银海动，卷帘云去绿帆愁。
>
> 如今不有吹箫女，犹是萧郎暮倚楼。

很显然，这首诗是写给自己的，吟着此诗，柳如是心头隐隐战栗，她觉得自己有负于这位暗恋自己的才子。

在去李府的路上，柳如是问道：

"李雯不是在多尔衮手下做中书舍人吗，为什么又回到了松江？"

徐孚远介绍说：

甲申之难，李雯的父亲李逢甲在北京死于大顺军的屠刀之下，舒章因丧父的巨大悲痛，他很多天不肯离开父亲的棺椁，也不进饮食。这种孝行使多尔衮身边的官员大为感动。多尔衮接受部下的建议，劝舒章做他的幕僚，授舒章为内阁中书舍人。云间三子之一的李雯，才华横溢、文采绚烂，凡大制多出自他的手中，著名的摄政王多尔衮致史可法劝降书，即为舒章所草拟。舒章降清，屈节辱志；子龙抗清，高风亮节。这一对最要好的朋友，却走了完全相反的两条道路，可谓薰莸不同器，冰炭不同炉。舒章降清，自愧自悔，内心一直十分痛苦。前年的深冬，他向多尔衮乞假南归，多尔衮作为对李雯忠心侍清的回报，同意了他的请求。李雯回到松江，在华亭乡间的一座小屋里，拜会了隐居在此的陈子龙，陈子龙亲切地接待了他，两位孩提时的好友亲切拥抱，子龙没有说一句谴责舒章的话，只拉着他的手，默默相视而坐。这对于舒章来说，无言的谴责，比责骂更撕肝裂胆，禁不住热泪潸潸，流了满脸……云间学子们把这次相会，比喻为汉代守节的苏武与丧志投降匈奴的李陵相会的重演……

马车在李家老宅前停住，柳如是和徐孚远下了马车，远远看见院子里站着一位瘦骨伶仃的"老人"，走到跟前，徐孚远大声喊道：

"舒章，你看谁来啦？"

柳如是见那"老人"身着青色罩衫，又脏又皱，满脸髭须，足有一寸多长，乱糟糟一片。双目怔怔发傻，白眼仁一轮，射出一道瘆人的阴冷，从那潜在的神情中确认出他就是李雯。柳如是着实吓了一跳，一时不知道说什么才好。

李雯僵硬的面孔稍稍活动了一下，好大一会儿才露出一丝温情：

"是杨姑娘。你怎么来了？"

李雯呼唤的是十三年前的自己，柳如是觉得亲切，忙点了点头：

"看你来了。"

李雯没有说话，用枯瘦的手指了指身旁的两张木椅，让柳如是和徐孚远坐下，呆愣了半天。突然盯着柳如是说：

"去看看子龙吧，看看他的墓地。"

柳如是点了点头：

"去了，去过了。"

又愣了好大一阵，李雯转身打开一个黑漆木箱，拿出一份诗稿来，指着诗题问柳如是：

"杨姑娘可曾读过？"

柳如是见诗题是《明妃篇》，作者是"陈子龙"，摇了摇头，说：

"没，子龙的这首诗我没读过。"

李雯将陈子龙的诗稿放在正堂的茶几上，幽幽地背诵起来：

"明妃慷慨自请行，一代红颜一掷轻……"

只诵出两句，便忍不住涌出两行热泪，呜呜地痛哭起来……

柳如是捉住李雯的两只手，仿佛抓住两把枯柴，想劝他几句，不知为什么，一句话也说不出来，只觉得一颗心在无言中流泪。

分别时，柳如是索要了李雯一首诗稿《旅思》，作为纪念：

> 家国今何在？飘零事日非。
>
> 依人羁马肆，乡梦忆牛衣。
>
> 有泪吟庄舄，无书寄陆机。
>
> 鹧鸪真羡尔，羽翼向南飞。

借鹧鸪南飞反衬自己北上，委婉曲折地表达出自己失节的痛苦。

柳如是回苏州不久，便接到徐孚远的书信，说李雯悲哀不能排解，郁郁成疾，道死云间。

第八章

风雨寒柳　遗恨绵绵

32

　　钱谦益和柳如是夫妇，带着新生的女儿，从苏州回到常熟。先住城里的老宅荣木楼，后移居红豆山庄，与黄宗羲、黄晦木、邓起西，嘉定的程守业、昆山的陈蔚村等，这一批遗民秘密往还。

　　一日，陈蔚村从福建来，高兴地对钱谦益说，东南半壁抗清的领袖人物郑成功，原来就是牧翁的学生郑森。钱谦益听了既惊又喜，忆起当年给郑森取名"大木"，寄予"一木大厦"的厚望、证明自己高远的眼力。兴奋之余，钱谦益立即写了一封长信，陈述自己救亡图存的方略。叮嘱陈蔚村，火速转交郑成功。郑成功接信后非常激动，立即致函钱谦益，请求恩师联系江浙义士，做好反清复明的内应。

　　这时，辅佐西南永历皇帝的主帅为瞿式耜。顺治四年，瞿式耜大败清军，西南各省民心大振，降清的将领纷纷易帜"反正"。此时，钱谦益以隐语作楸枰三局给广西留守太保瞿式耜，信中说：

　　　　……楸枰小技，可以喻大。在今日有全着，有要着，有急着，善弈者，
　　视势之所急而善救之……

　　连同一首七言律诗，通过郑成功转交给瞿式耜。瞿式耜读了师座牧翁的信和诗，甚为感动，永历三年（1649）九月，给永历帝上《报中兴机会疏》，其中写道：

　　　　……臣同邑旧礼臣钱谦益寄臣手书一通，累数百言，绝不道其寒暖家常
　　字句，惟有忠躯义感，溢于楮墨之间。盖谦益身在虏中，未尝须臾不念本
　　朝，而规划形势，了如指掌，绰有成算……

　　永历帝对钱谦益的义举十分重视，立即致书牧翁，命他与郑成功的水师相呼应，图谋大事。

　　永历四年（1650）五月，钱谦益在黄宗羲、柳如是的支持下，展开了游说金华总督马进宝的工作。直到顺治十三年（1656），钱谦益不顾七十五岁高龄，亲赴松江（马进宝已调任苏松常镇提督），作第三次游说马进宝的活动。牧翁在云间活动了一个多月，与马进宝作了多次密议长谈，促使这位狡诈多疑的马总戎，最终做出了"中立"的承诺，无声无息地撤除了长江和海口的一道铁屏障，为郑成功的水师溯江西上打开了通道。钱谦益不枉辛劳，游说马进宝取得了成功。

　　永历七年（1653），松江义士姚志卓、朱全古二人，夤夜来到红豆山庄，说郑成功派遣张名振、张煌言两员大将，率领数百艘海船，从厦门北上，日内即可进入长江口。

　　钱谦益和柳如是听了，精神大振，连夜准备了酒食和银钱，赶往白茆港犒师。

　　天刚刚放亮，钱柳已抵达港口。柳如是站在高高的江岸上遥望东方，夜幕笼罩下的长江，银白的波涛飞泻而下，发出"隆隆"的闷响。随着朝暾跃出，海上红霞喷射，湍急的长江变成一队英勇的队伍，亮着红缨，举着红旗，向无边的大海冲杀，向无垠的远方跃进。钱谦益年近古稀，柳如是娇花弱柳，夫妻相扶相挽，屹立于凛冽的寒风中，瞻望着茫茫大海，大海上影影绰绰现出几片帆樯，如同摇曳着几片绿叶，帆樯渐渐稠密，如同旌旗猎猎，掀起了一江黑烟白浪……

　　柳如是摇着一件紫色的斗篷，欢跳起来，随着"喂喂喂"的叫喊声，两人眼中蓄满了激动的泪水。

　　战船成三列纵队进入港口，中间的一艘大船，插满三色战旗，船楼七层，彩旗猎猎中矗立着高高的指挥台，不用说这便是张名振的帅船了。

　　帅船刚刚抛锚，柳如是便沿着跳板跑了过去。钱谦益也不示弱，紧紧跟着柳夫人上船。张名振屹立在船头，盔甲严整，周身闪烁着豪光。腰间悬着长刀，背后八个大字：直捣黄龙，恢复中原。左右两边站着四员虎将，威风凛凛，气吞山河。

　　钱谦益刚刚登上甲板，便高声呼喊：

　　"张将军，张将军！"

张名振快步跑过来，攥住钱谦益的手说：

"钱宗伯可好？您偌大年纪，怎么来了？"

钱谦益使劲晃着张名振的手说：

"王师北上，百姓望眼欲穿，我怎能不来！"说着，拉过柳夫人，刚要向张将军引荐。张名振哈哈大笑说：

"柳夫人巡江马上，桴鼓军前，威名震南都，柳夫人的英姿我早瞻谒过，难道还要牧翁引荐吗？"

柳如是上前施礼：

"将士们千里浮海，一路辛劳，我夫妇备一杯薄酒，犒劳诸位，聊表寸心。"

"我代表全军将士向钱宗伯和柳夫人致谢！"张名振接过礼品，向钱柳介绍了身边的阮浚、阮美、阮骍、阮骥四员虎将，"阮氏四杰是我的心腹和肱股，忠勇刚烈，有了他们，定能荡平中原，光复我大明国土……"

柳如是向阮氏四杰一一敬酒，并代表江浙民众给他们挂了彩带，彩带上绣着八个大字：艰危奔走，抗清复明。

张名振传唤阮姑娘出舱，阮姑娘与阮氏四杰为同胞兄妹，带领十营娘子军驰骋海上，威震天下，柳如是早已听说过。

阮姑娘一身戎装，英姿飒爽，率领一队娘子军跑上甲板，雄赳赳站成一列，张名振指着柳如是介绍说：

"这位是柳夫人，女中豪杰！"

"哪里哪里，我乃平庸之辈。"柳如是谦虚地说，"阮姑娘飞舟海上，跃马军前，才是名副其实的巾帼英雄！"说着，向阮姑娘和每位女兵举酒慰问。

阮姑娘率娘子军向柳夫人致军礼。

张名振精神亢奋，对柳如是说：

"等牧老督师江上，夫人桴鼓金山之时，我当派阮姑娘侍卫夫人左右。"

阮姑娘欣喜受命，笑着说：

"愿跟随夫人！"

此时，在帅船上的才子徐闇公目睹了这次兴会，记述道：

> 浪激风帆高入云，相看一半石榴裙。
>
> 箫声宛转鼓声起，江左人称娘子军。

水师离开白茆港时，钱谦益带领家仆返回红豆山庄，柳如是留在水师船上，与阮姑娘在一起，溯江而上，向南都金陵进发。

水师抵达镇江，船泊金山，张名振与阮氏四杰等，白衣方巾登山，从者五百人。寺僧募化，张名振说：

"大兵到此，秋毫不扰，得福多矣，还要募化吗？"

僧人说："此乃名山也。"

张名振助米十石，盐十担，在书簿上写道：

"张某到此，大兵不得侵扰。"张名振一行在金山寺徘徊半日方才下山。

第二日，张名振身着纱帻，青袍角带，再登金山寺，西望石头城，遥祭孝陵，泣下沾襟，设醮坛九层，斋醮三日。柳如是登上醮坛，参加了水师的祭仪。

张名振在祭仪结束时赋诗抒怀，诗前云："予以接济秦藩，师泊金山，遥拜孝陵，有感而赋。"

> 十年横海一孤臣，佳气钟山望里真。
>
> 鹬首义旗方出楚，燕云羽檄已通闽。
>
> 王师桴鼓心肝噎，父老壶浆涕泪亲。
>
> 南望孝陵兵缟素，会看大憝祸龙津。

张名振率水师西进，夺取金陵。清廷一片慌乱，连夜调集重兵，从前后左右四面进行包抄，清军大将郎廷左率大军渡江南下，欲截断张名振的后路。张名振生怕落入敌人的陷阱，连夜调转舰船，仓促撤出长江。

柳如是望着退入海天的水师，长长吐了一口气。她心情沉重地回到虞山，但并没有因此灰心丧气。

康熙二年（1663）五月初八日，延平王招讨大将军郑成功，病逝于东宁，年三十九岁。临终前将面目抓破，说"我无面目见先帝及思文帝"。钱谦益在《秋兴》诗中说："事去终觉浮海误，身忘犹叹渡河迟。"感叹郑成功因去台误了复明大计，愧悔已晚。

不久，清军封锁白茆港，钱谦益移至城内旧宅居住，柳如是却一直留居红豆山庄，倾听海上的消息。一日，柳如是忽有所悟，酝酿出一副对联，忙写下来挂在山庄的大门上。上联是：

日毂行天沦左界

下联是：

地机激水卷东溟

门横是：

望海楼

这副楹联寓意颇深。其实，红豆山庄并没有楼，这"望海楼"是空中楼阁，筑在柳如是的心上，寄托着柳如是抗清复明的意志和愿望，这是一座时刻盼望义师重新浮海而来的楼，这是一座义愤孤忠、悲天悯人的楼……秋水伊人，天涯望断，柳如是"沉湘复楚"之志，跃然纸上。

33

老红豆树枝繁叶茂，由硕大的树干支撑着，在半空中张开浓云般的树盖，蓊蓊郁郁，如同一位徐徐吐纳的仙人，使整个山庄清风习习，催发了无限清凉和爽洁。永历十五年（1661）秋天，在浓重青苍的枝叶间，竟然结出了一颗鲜美的红豆，红若丹砂，艳若朝暾，凡来山庄的人们，无不翘首瞻望，红豆树本来生在岭南，由于气候的关系，移来常熟后不易开花，更难结果。这棵老红豆树在隔了二十年之后又突然开花结果，显得分外神奇，周身充满了灵性。

柳如是按捺不住内心的激动，认为红豆树开花结果的奇迹预兆着复兴大业的辉煌。在钱谦益生日那天，柳如是采下这颗弥足珍贵的红豆，作为寿礼献给钱谦益，寄托柳夫人对牧翁最美好的祝愿。

年届八十的钱谦益，见爱妻从山庄送来这一特别礼物，诗情满怀，挥笔写下红豆诗十首，抒发兴奋激越的情怀。其一云：

> 院落秋风正飒然，一枝红豆报鲜妍。
>
> 夏梨弱枣寻常果，此物真堪荐寿筵。

在钱谦益庆寿那天，柳如是亲手搀扶着牧翁登上荣木楼，指着楼下的花园要他瞧瞧。牧翁眼前一片青葱，仔细辨认，这青葱葱的，正是一个大大的"寿"字，原来这是柳夫人的杰作。牧翁一阵狂喜，双手握住柳夫人，眼中蓄满了泪水，久久没有说出话来。

过了八十岁生日不久，钱谦益就病倒了，他似醒非醒，似梦非梦，恍惚中回顾自己的人生历程，悔恨纠缠着痛苦的灵魂，撕扯他那衰弱的心。他潜藏很深的内心世界，终于在《与族弟君鸿论求免庆寿诗文书》中，倾吐了出来：

　　……夫有颂必有骂，有祝必有咒，此相待而成也。有因颂而招骂，因祝而招咒，此相因而假也。今吾抚前鞭后，重自循省，求其可颂者而无有也。少窃虚荣，长尘华贵，荣进败名，艰危苟免。无一事可及生人，无一言可书册府。濒死不死，偷生得生……

看着牧翁这篇自省书，几名弟子和亲朋心急如焚，齐刷刷跪在钱谦益卧榻前说：

"牧老为东林巨子，文坛领袖，号称江左龙门客，道德文章，为人师表，早已为海内公认，怎么可自毁清望呢？"

柳如是将弟子和亲朋逐一扶起，肃然道：

"人贵有自知之明，夫君此文严于责己，不加掩饰，乃肺腑之言，在人生哲理上能达到这样一种大彻大悟的境界，是难能可贵的。"

病榻上的牧翁连连点头，高兴地说：

"夫人不愧为我的真知己！"

除了陪伴钱谦益之外，柳如是依然居住在红豆山庄，每日写诗作画，将自己起伏激荡的心情记录下来。一天柳如是画了一幅墨梅，它没有枝干，只有一枝梅花斜插高空，显得孤零零的，根部裸露着，无土可依。这幅墨梅正是柳如是复明苦志、孤怀遗恨的真实写照。

钱谦益晚年家境窘迫潦倒，入不敷出，主要靠钱谦益的文名以润笔费为生，若不卖文，则无法维持生计和医疗费用。八十岁以后，钱谦益卧病于东城故第，已不能执笔。一天，有顾盐台前来请求文章三篇：一为顾云华封翁墓志；一为云华诗序；一为《〈庄子〉注》序。欲借钱宗伯的文名以自重，愿付润笔费千两。牧翁且喜且忧，喜的是这宗润笔费可观，忧的是几位弟子代笔皆不满意。恰巧黄宗羲来虞山拜访，牧翁以此三文邀请，黄宗羲当即进入书房，自辰时至亥时，三篇文章写就，轻而易举地挣得白银千两，解除了牧翁生活中的困窘。

钱谦益缠绵病榻三载，总结了自己苦恨坎坷的一生，在无限悲痛中走完了自己的人生道路，于康熙三年（1664）五月二十四日辞世，终年八十三岁。

钱谦益一死，如同支撑大厦的顶梁柱瞬间倾倒，偌大一个钱府陷入惊慌和混乱。

族人钱朝鼎首先发难，钱朝鼎为顺治四年（1647）进士，曾任浙江按察使等职，是个贪恶鄙俗的小人。他比钱谦益小一辈，这时正解职在家闲住。几十年来，钱氏家族一直是以钱谦益为尊，如今钱谦益已死，钱朝鼎以新贵身份，争夺一族之长，同时抢夺钱财。他主谋定计，勾结族中钱谦光、钱曾等一帮子不义之徒，带着家奴仆从，直奔红豆山庄，先把庄内值钱的家具、衣物等东西装入四只大船运走。钱朝鼎还用解职许久的都察院封条，封了所有的门窗。

钱曾是钱谦益的族孙，又是受业的入室弟子。牧翁一贯对他非常器重，授他学业诗法，还聘他管理家务。他有恩不报，反而附和钱朝鼎、钱谦光作恶，实属忘恩负义之徒。

六月二十六日，钱曾指使家仆陆奎，抢走柳如是的银杯九只。黄昏又唆使一伙小人上门"逼债"，辱骂柳如是为"流妓"，以动摇她的身份。

牧翁病逝，柳如是已经痛不欲生，经过族人折磨，便病倒在床上。钱朝鼎等人虎坐中堂，日夜索要钱财，逼着柳如是的女婿赵管立下虚契，按虚契还钱。钱曾、钱谦光等，将管家张国贤打得皮开肉绽，将柳如是储存的一点活命钱逼走。六月二十八日，钱谦光直入孝幕，坐在灵堂前对柳如是说：

"限你三日内交出白银三千两，少一分一文不准发丧。"

柳如是确实拿不出银钱，不要说三千两，就是三十两也拿不出来。

三天后，钱谦光等一伙恶徒来到荣木楼，柳如是早已在此等候，她在客厅里摆了一桌酒席，悲痛中强作笑颜，说：

"咱们都是一家，没有外人，今天是亡夫五七的日子，特备薄酒一杯，商量如何开丧出殡的事情……"

还没等柳如是把话说完，恶徒们就嚷嚷开了，有的喊"不要耍花招，没谁喝你的酒"！有的喊"不拿出银子来，别想出殡"！

柳如是一身孝服，面容苍白疲倦，那双晶莹的眼睛，依旧如寒星般闪烁着凄艳的光芒，她胸有成竹地说：

"诸位尽管饮酒，银子已经准备齐全，我上楼去拿。"

柳如是上了荣木楼，随即把房门关上，桌上放着写给女儿的遗嘱，三尺白绫已悬挂在梁上。

回顾一生走过的道路，她屈辱过，痛苦过，在绝望中抗争过，在痛苦中奋斗过。在与钱谦益共同生活的二十多年中，归宿有所，心灵上得到了些许慰藉，但亡国之痛一直萦绕在心头。眼前丈夫撒手而去，国事家事俱不堪收拾，世事加给自己的只有屈辱和痛苦。俗语：士可杀，不可辱。在这个冷冰冰的世界上，除了自己心爱的女儿，别的再也没有什么值得留恋的了。想到这些，她毅然地站了起来，从容赴死，自缢而身亡。

钱谦光、钱曾这几个恶徒，喝光了一壶酒，仍不见柳如是下来，于是匆匆跑上荣木楼看个究竟，见房门紧闭着，踹开房门一看，柳如是已悬梁而死。几个恶徒吓得面如土色，夹着尾巴匆匆逃窜。

柳如是的遗嘱说：

> 汝父死后，先是某某并无起头，竟来面前大骂。某某还道我有银，差遵王来逼迫。遵王某某皆是汝父极亲切之人，竟是如此诈我。钱天章犯罪，是我劝汝父一力救出，今反先串张国贤，骗去官银官契，献与某某。当时原云，诸事消释。谁知又逼汝兄之田，献与某某。赖我银子，反开虚账来逼我命，无一人念及汝父者。家人尽皆捉去，汝年纪幼小，不知我之苦处。手无三两，立索三千金，逼得汝与官人进退无门，可痛可恨也。我想汝兄妹二人，必然性命不保。我来汝家二十五年，从不曾受人之气，今竟当面凌辱。我不得不死，但我死之后，汝事兄嫂，如事父母。我之冤仇，汝将同哥哥出头露面，拜求汝父相知。我诉阴司，汝父决不轻放一人。垂绝书示小姐。

遗书中所说"某某"，即族贵钱朝鼎，"遵王"即钱曾。钱朝鼎实为"钱氏家难"的主谋。

女儿、女婿和儿子，看到柳如是自缢的惨状，痛哭失声。他们怀揣诉状，手捧母亲的遗书，告发到县衙，常熟知县瞿四达传揭呈报苏州府，要求彻查此案。尽管钱朝鼎、钱曾几个主谋者依然逍遥法外，但在舆论的压力下，毕竟惩治了陆奎、杨安等几个打手恶徒。

　　柳如是自缢荣木楼，钱氏一门得以保全，不至于倾家荡产，这种"宁为玉碎，不为瓦全"的精神，受到众多正直人士的赞扬和敬佩。

　　柳如是死时年仅四十七岁，她不算太长的一生却极富传奇色彩：命运坎坷而魄力奇伟，超世俗，轻生死，敢恨敢爱；美艳绝伦而又才华横溢，侠女气质而儒雅风流；怀亡国之痛、破家之恨，而气节风标卓荦不群……在人生的道路上，她最终选择了自我了断的方式，而且如此悲壮惨烈，这是她几十年来追求独立精神、自由思想，追求人格尊严的必然结果。

尾　声

三百五十年后的现代诗人，为柳如是写了一首短诗以志纪念。

青青的结，被浪子的三月

解去

绒绒的絮

从玉玲珑中

轰然

弥出

见初雪洁白肌肤

闪熹微赤裸裸仙姿

丝缕搅着丝缕，团团转转

扑天绕地滚滚腾腾

娇憨憨，躺在阳光的掌上卖痴

这就是你的柳性之媚了

践西子软腻腻的小腹

携苏堤、揽白堤

呼隆隆，江山变脸

嚎啕而来的是断桥、断桥

断桥……

甲申年宽阔的大断裂无可补救时偏要填补

用诗用美用一口滋血的气

每个阳春总是典礼

杨花爽洁饰素锦兜带

柳絮柔美飐绉纱窄襟

羊脂、羊脂，软玉样的小腰

一闪

弓鞋点上虹桥，漫天祥瑞

步步登上九虚

诗坛龙门客不敢仰视你

清风中他被旋成一抔浊泥